魔豆

魔豆

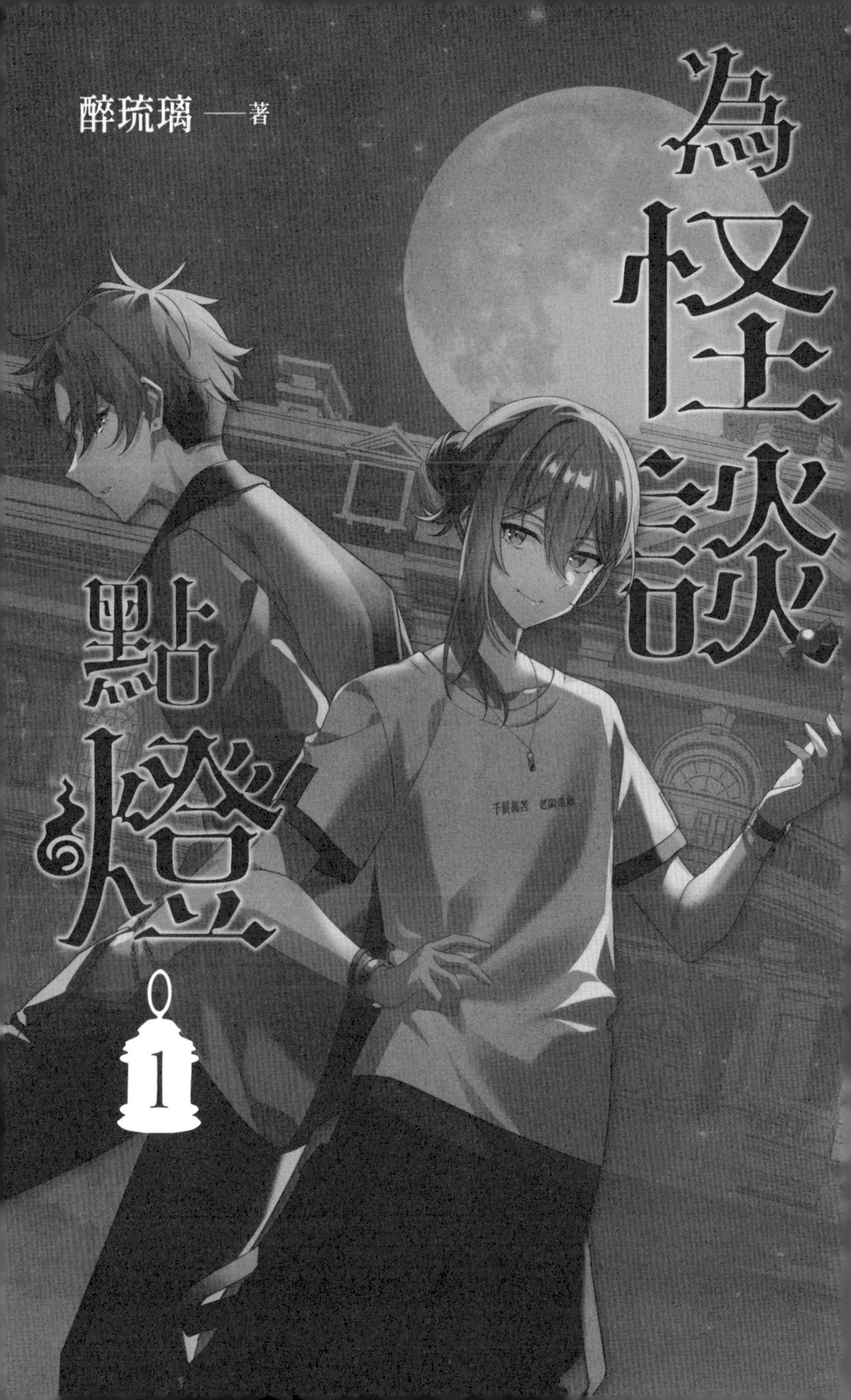
醉琉璃——著
為怪談點燈
1

為怪談點燈 1

目錄

為怪談點燈
人物介紹
姜星河
祈洋
言丰之
老闆還盧

引燈

「你們有聽過『露娜小姐的邀請函』嗎？」
「嗄？那是什麼？」
「是那個吧，最近404上討論的新怪談。」
「404又是啥？」
「就最大的靈異論壇……啊，忘了你不看這種東西，怪不得不知道，還以為你真的是山頂洞人……怪談總知道吧？」
「鬼故事？」
「也算啦，反正我們槐花市不只怪談多，這些年來離奇案件也多，不少還都是懸案。網路上……其實主要是論壇上有人說都是怪談在作祟……」
「一聽就唬爛，肯定是一些變態殺人狂做的！」
「可是論壇上就有人發文說收到露娜小姐的邀請函了，問該怎麼辦才好。」
「所以露娜小姐的邀請函到底是啥？還有阿維到底啥時來？都十一點了，不是約十點半會合嗎？那小子不會放我們鳥了吧……」

「露娜小姐就是最近在槐花市流傳的新怪談，也不曉得誰先傳出來，反正就傳開了……說只要在紅色月亮出現時去楓香鬼屋敲門，就有機會收到露娜小姐的邀請函，收到的人會被帶去另一個世界。」

「楓香鬼屋，是那棟廢屋吧，這個我知道。那邊不是發生過分屍案？男的把老婆跟小孩砍了，自己最後在屋裡上吊，結果屋子到現在都賣不出去。」

「上禮拜是不是聽說那邊又死人？」

「好像是有遊民想溜進去住，卻發現門外有半具屍體。」

「靠杯！眞的假的？我上禮拜才經過那耶，不會跟凶手擦身而過吧！」

「你們夠了沒？不是在講露娜小姐，到底要不要聽？不聽我也不用浪費時間講了。」

「差點忘了，你剛講到哪？」

「他講到有人發文求助，說收到露娜小姐的邀請函了……笑死，都收到了還有辦法發文，不是早被帶走了？一聽就創作文，騙人進去看的。」

「不，那人好像眞的……被帶走了喔。他發完文後，下面一堆人留言質疑，跟你剛說的意思差不多，但他再也沒PO文。」

「那還是很假，說不定人家早就換帳號了。」

「不少人當時跟你想法一樣，但有自稱他同學的人在下面留言，說他跟原PO同寢，原PO眞的失蹤了。原PO收到邀請函的那天緊張兮兮，一直問他有沒有看到邀請函，室友什麼也沒看見，以爲對方壓力太大。結果室友隔天一覺醒來，已經沒看到原PO，但鞋子還在，包包鑰匙什麼的也在。」

「也、也許是他開小帳自演，換我我也做得到！」

「不只原PO的一個同學留言，後來不少留言都是原PO同系或同校的人留的，證實原PO已失蹤，人家家長報案，有警察來學校問，到現在還是沒找到人。」

「然後又陸續有其他人發帖，說收到露娜小姐的邀請函啦、進去了某某飯店不存在的樓層……發文的人後來也全沒了消息。」

「都……都失蹤了嗎？」

「對，都……噗！哇靠他還眞的全信了耶！哈哈哈哈哈！」

「……王八蛋！你們不會全部是唬我的吧！信不信老子眞的揍死你們幾個！」

「哈哈……咳咳，哈……等一下，笑得好難過……最開始說的那個是眞的失蹤了。不過我朋友跟那個原PO室友認識，他說對方跟家人處不好，講電話都是在吵架，很可能是跑去旅行，沒跟人講。」

「但警察不是找到學校來了……」

「家長報案了，人家能不來嗎？大概就走個流程，問問話，然後交差了事。拜託，原PO又不是三歲小孩，男大生要躲起來有得是辦法。我只是沒想到你真的傻傻……噗！放心啦，要是露娜小姐是真的，我也不會好好站在這，阿維也早被帶走了。」

「你這麼說……喂喂，你不會真的跑去試了吧？」

「真男人要有求證的精神。而且不是有句話這麼說嗎？『只要膽子大，女鬼放產假！』我們還怕那什麼露娜小姐不成。」

「還我們……靠！你們是幾個人去？居然沒揪一下，還是不是兄弟？」

「我揪過了啊，上上禮拜。你們一個說在烙賽，一個要去夜店把妹，我後來跟我同學還有阿維一起去。就上次一起喝酒那個，敲完門到現在啥事也沒發生。」

「好像有印象了，是不是拍照的？」

「對啊，就他，他也說沒遇到……靠，阿維那小子總算已讀！電話來了！我開擴音！」

「阿維你怎麼搞的？不是說好十點半集合？現在都十一點了。就差你一人，兄弟。」

「我出門了。」

「阿維你聲音怎麼那麼啞？」

「我出門了。」

「知道你出門了，所以你人呢？還要多久才到？」

「我出門了。」

「幹！你是跳針喔！是不會說點其他新鮮的？」

「別氣啦，反正阿維說他出門了，肯定很快就到……阿維你電話別掛，免得你人又失聯了。」

「我……咚咚……出門了……咚咚咚。」

「阿維，你那邊是不是有什麼奇怪的聲音？聽起來有點像敲門……」

「嗯？有嗎？我沒聽到。而且阿維不是在路上了，去哪敲門啊？」

「眞的有，我聽到咚咚咚的聲音……是敲門吧，明明是敲門吧！」

「你夠了沒？別以爲我會再上當。」

「不是，我沒騙你們，我眞的有聽到……阿維，你旁邊是不是有人敲門？」

「我……%^ *^ &滋……滋……滋……露娜小姐……出門了。」

「……」

「……」

「幹！阿維怎麼一直重複這一句？不覺得有點不妙嗎？」

「不只這個不妙吧！你們有聽到嗎？阿維那邊好像還有一個聲音在說話……噫！我又聽到敲門聲了，你們都沒聽到嗎？」

「你到底在說什麼？剛只有阿維在跳針說話……喂！阿維，你是怎麼了？你沒事吧？」

「阿維你快告訴他們，你那邊有人在敲門！你快說啊！」

「我出門了我出門了我出門了……咚咚咚……滋、滋、滋啦……滋啦啦……我敲門了我敲門了我敲門了我敲門了我敲門了我敲門了我敲門了我敲門了我敲門了露娜小姐向我向你你你你發出邀請函了——」

「**露娜小姐向你發出邀請函了。**」

第1盞

昏黃的路燈下，細細的雨絲無預警飄落，替夜晚添上一筆寂寥色彩。

離路燈不遠的暗巷角落裡，一蹲一站兩道人影。

摸到雨滴的老楊咂下舌，拿出防水袋，避免攝影機淋濕。

人可以濕，吃飯工具可得好好保護。

況且雨小，人濕一下也沒差。

老楊抬頭望了眼被窄巷切割成長條狀的天空，從這角度不僅能瞧見雨絲，還能看見懸掛天邊的一輪紅月。

月亮是黃色或銀白——這個認知早在三十年前就被推翻。

三十年前，十二月九號，一二九大地震發生，規模七點三，持續一百零二秒。

位於震央的槐花市奇蹟似地沒有出現重大傷亡，建物也只是倒塌些許，路面雖被地震撕扯出多條長達數十公里的裂縫，裂口卻不大，沒有一條超過一節手指寬度。

只是不論如何填補，這些因一二九地震而出現的縫隙都無法補起。

由於對安全沒有太大影響，最後被置之不理。深且狹長的裂縫如同抹不去的無數傷疤，四散在槐花市路面。

同時在地震發生的那一晚，原本呈現銀白色的月亮染成詭異的紅，體積更是脹大不少，與槐花市的距離好似一夜之間拉近許多。

這令政府陷入緊張，深怕月亮異變引發潮汐異常，立即號召專家學者成立應變小組，預防海嘯或是其他天災。

幸運的是，這些令人憂心的事沒有發生。月亮好像只是單純變大、變色，其餘一如往常。

時至今日，「月亮是紅色的」已成大眾認知。

仰望天空的紅月一會，老楊按著發痠的脖子低下頭。他摸向口袋內的菸盒，想掏根菸出來解解菸癮，但摸了個空。

幾秒後老楊才恍然想起，最後一根菸已經被他抽完，新的菸盒在車上，要拿得回車上。車子停得遠，也不曉得警衛何時會離去，老楊可不想錯過時機。他磨磨牙，努力按捺想抽菸的欲望。

老楊朝巷外打量一圈，細雨下的灰綠色洋樓矗立在鏽跡斑斑的鐵欄杆後，屋頂破損，草葉凌亂瘋長，有種別樣的頹喪美感。

這些景象無一不在說明，這是幢久無人居的建築物。

槐花市豐州區靜安路四十四號，又被稱為——

楓香鬼屋。

會被叫鬼屋的原因也很簡單，長年無人居住，房屋荒廢，周圍又樹影環繞，完全符合鬼屋該有的氣氛。

而網路上也有人信誓旦旦地說，那幢灰綠色的洋樓明明沒住人，屋內卻會亮起燈光，還會聞到奇異的甜香。

這些傳聞都為楓香鬼屋增添了神祕詭異的色彩。

但真正讓這棟鬼屋獲得注目的，是兩年前的分屍案。

洋樓好不容易迎來新主人，沒想到不久後男主人便殺害妻小，將其殘忍分屍，一部分屍塊扔到槐花市的公園裡，引起社會震驚。

待警方循線找到楓香洋樓、準備逮捕凶手時，男主人已在洋樓裡上吊自殺，屋內還發現妻子小孩剩餘的「零件」。

成了凶宅的楓香洋樓被低價轉售，前前後後換了幾任屋主，沒一任住得長久，據說不是聽聞怪聲，就是驚見鬼影。

經過各種靈異傳聞渲染，楓香鬼屋的名字廣爲人知。

只是這棟鬼屋的熱度沒有維持太久便被遺忘在腦後，畢竟社會最不缺的就是更聳動、更駭人聽聞的新聞。

不料兩年後，此處會以另一種方式重新進入世人視野。

今晚的楓香鬼屋拉起一圈封鎖線，還能見到一名裹著黑外套的警衛坐在門前看守。

有時警衛會起身走走，大多時間則守在大門前。

老楊知道廢屋有人看守的原因。

大概幾個月前，也不知道從哪開始流傳一則怪談。

只要在紅月出現的夜晚，去敲響楓香鬼屋的大門，就有機會收到露娜小姐的邀請函。

露娜小姐每次出現都戴著暗紅的圓禮帽，一身同色裙裝，半張臉被遮住，只能看見艷紅的唇瓣。

一旦收到露娜小姐的邀請函，就會被強制拉入另一個世界。

「露娜小姐的邀請函」的怪談在網路上越傳越廣，吸引年輕人跑來試膽，也有網紅前來直播探險。

有人說碰到恐怖的事，有人說拍到靈異照片或影片，有人說曾目睹露娜小姐，也有人說收到邀請函，更有人說同學收到邀請函後眞的失蹤了。

眞眞假假混在一塊，誰也說不清楚。

但人們顯然不在意眞假，他們追尋的不過是獵奇故事帶來的刺激。

五天前，楓香鬼屋發現了半具屍體。

只有下半身，上半身不翼而飛。

發現的人是一名遊民，據他所說，他原本想偷溜進去住，結果卻看到門外放著兩條腿，還連著腰的那種。

只要跟楓香鬼屋沾上邊，好像就會增加詭異色彩。

以靈異爲主題的平台馬上掀起一波討論，其中規模最大的404論壇更是冒出眾多帖子，激烈探討死者是不是敲了楓香鬼屋的門，收到邀請函，被露娜小姐帶去另一個世界，但只帶走一半，才會留下半截屍體。

更有人信誓旦旦地說，怪談其實是活的。

自從一二九大地震後，市裡持續發生離奇的命案，失蹤人口數字也不斷增加，其實都是怪談作祟。但早年社群不發達，加上警方刻意隱瞞，才沒有爲人所知。

這番論點還獲得了不少人支持。

老楊去論壇看過，他把這帖子丟給槐花市警局認識的人，對方卻給了他曖昧的說詞。

「不好說。」

老楊當下頭皮差點炸了。這什麼意思？難道網路上說的是眞的？怪談……眞的是活的？那露娜小姐難道也是眞的!?

老楊當時待在溫度適宜的室內，卻無端出了一身冷汗。

操！早知道之前就不跟著阿維他們……不不不，都已經過好幾個禮拜，什麼怪事也沒發生。就算怪談是眞的，顯然他也不是被盯上的目標。

老楊自我安慰一番，隨即又想到過幾天得去楓香鬼屋那邊工作，忙不迭追問更多。

「所以眞的是被露娜小姐帶走半截？怪談是眞的？論壇說的都是眞的？」

「我也不是很清楚，還在確認中……上面的意思是到時會有專業人士處理，反正你沒事別跑去敲門就是了。」

那人含糊其詞幾句便就匆匆下線。

留下老楊抓耳撓腮，不知道該不該推掉雜誌社的委託。但這一、兩個月案子不多，再不接就要喝西北風了……

警方也說確認中，那就還有機率只是普通凶殺案……老楊咬咬牙，爲了錢還是來到楓香鬼屋，反正只要他抵死不敲門就行。

分屍案至今還沒查出個所以然，爲了避免再有人跑來試膽，甚至意圖闖入屋內破壞現場，警方除了拉起封鎖線，更派人留守。

站得累了，老楊靠壁換個姿勢，交換左右腳的重心。

他是一名自由攝影師，靠接案過活，長期下來累積不少固定客戶。

這次便是雜誌社找他幫忙，陪同對方的編輯前往楓香鬼屋調查「露娜小姐的邀請函」這則怪談。

雜誌社打的主意很簡單，趁露娜小姐跟楓香鬼屋還有點熱度，趕緊做個專題，影片搭配自然是不能少的，運氣好能蹭到一波點閱率。

之前，老楊只當露娜小姐的怪談是譁眾取寵，但自從警界朋友給了他彷彿意有所指的答覆後，他對這次工作就有點提心吊膽。

老楊深吸一口氣，不斷自我叮囑。別敲門，絕對不能敲門，讓雜誌社的新人去敲就行。

要是出事……只能算對方衰了。

這麼想的同時，老楊忍不住往下瞥。他與雜誌社合作多次，和蹲在地上的年輕人則是第一次搭檔。

「小言是新來不久的編輯，才來半年，他挺積極的，老楊你到時順便帶帶他。」充當聯繫窗口的企劃這麼說。

也就新人還有這種衝勁。

換作是雜誌社其他老鳥編輯，對於這種等同夜間加班的工作都是能閃就閃、能推就推，誰也不想晚上還得辛辛苦苦地前往荒涼廢墟。

企劃說那個叫「小言」的新人積極，老楊還以爲會看到一名熱血、充滿幹勁的年輕人。來者確實年輕，白上衣、有許多口袋的黑色工裝褲，一副大學生剛畢業的清純氣質。就是衣服上正面寫著「千薪萬苦，老闆還盧」，背面則是畫著人躺在草叢上，旁邊寫著「臥草」。

老楊……

嗯，就很難評。

和老楊交換完名片，言丰之找了個巧妙的位置蹲下，既能看見楓香鬼屋，又不會被門前警衛發現。

他從口袋裡摸出一把包裝繽紛的水果糖，點來點去，點中了橘子口味，準備把剩下糖果塞回去時，才恍然想起現場還有老楊。

「吃糖嗎？」言丰之朝老楊攤開掌心，「水果口味的，草莓不行，我喜歡把草莓味的留最後吃。」

眞奇怪的癖好……老楊內心嘀咕，從言丰之手中選了一顆葡萄口味的糖。

糖果是硬糖，老楊的牙齒之前才崩過一角，他不敢大力咬，只得慢慢含。

老楊一邊感受葡萄甜味擴散，一邊向言丰之搭話打發時間。

「小言啊……」外表一看就是言丰之更年輕，老楊倚老賣老，直接把人喊小，「你要做怪談專欄，功課做了不少吧。你有去404論壇上看過嗎？有人說怪談是活的，也有人說露娜小姐眞的會把人帶走，沒帶完整就會剩一部分留在楓香鬼屋外。嘖嘖，網路上的人都只知其一，不知其二。」

他像故意賣關子般頓了頓，接著帶有幾分炫耀意味地說：

「看在你今晚跟我搭檔，我私下向你透露一點，社會上眞的存在專門處理怪談的專業人士，這可是來自官方渠道的消息，一般人不會曉得的……不過先說好，待會我只負責拍，門你自己敲。我這不是怕事，只是工作內容要分清楚嘛，是你的就該你做。」

說了半天都沒得到回應，老楊不滿地又喊一聲，「喂，小言！你有沒有在聽！」

「沒有呢。」言丰之直白地說，快速回了作者之前傳來的訊息，便將手機架在地上。

他基本是秉持著下班不碰工作的原則，可對方是他進雜誌社後第一個從頭帶的作者，地位多少有一點特殊。

老楊被言丰之毫不修飾的回應噎了下，不想自討沒趣，頓時熄了聊天的心思，內心倒是越來越質疑窗口說的積極是不是唬爛他。

積極看不出來，有點機掰倒是真的。

言丰之蹲在地上不動，像尊凝固的雕像，半長的頭髮在腦後隨意挽成丸子頭，岔出的髮絲偶爾被風吹動。

如果老楊沒記錯，這人從蹲下後就沒換過姿勢。

他的腿都不會麻的嗎？

老楊目光一掃，忽地注意到一處奇妙地方。

「你手機擺那……是在錄影嗎？」

老楊覺得奇怪，錄影不是該對著巷子外的鬼屋拍，那支手機的鏡頭卻對著言丰之腳邊。

從螢幕上來看，只能看到言丰之的半隻腳和濕漉漉的地面。

言丰之轉過頭，偏淺色的眼睛在路燈光暈映照下格外熠亮，讓人想到黑暗裡發光的貓眼。

他用力咬碎糖果吞了下去，「我在錄影沒錯。」

「你鏡頭弄反了都沒發現？它錄你的腳都不知道錄多久了。」

「沒弄反，就是拍這個方向沒錯。」

「啥？」

老楊懷疑言丰之是蹲久了血液不流通，連帶腦子跟著糊塗了。

誰錄影會錄自己的腳？

就算是戀腳癖，也得拍別人的腳吧……除非是特殊戀腳癖，他這種俗人無法理解。

言丰之不知道自己被冠上疑似戀腳癖的頭銜，「我在證明自己正在加班，之後好申請加班費。」

老楊嗤笑一聲，嘲笑新人的天真，「拜託，你們老闆那麼摳門的人。雜誌社老鳥沒跟你說過嗎？加班費在你們那是不存在的。」

「沒關係，我拿著證據去檢舉他就會存在了。」言丰之雲淡風輕地說。

「你當你老闆吃素的？就不怕他秋後算帳？」

言丰之一點也不擔心，他早就想好了，「出版界太缺人爲愛發電，燃燒新鮮的肝，更別說一個能說四國語言但願意接受月薪三萬的編輯特別難找。」

「四、三……咳咳咳！」老楊被口水嗆到，發出一陣難受的咳嗽，怕引來洋樓警衛的注意，他趕忙掩嘴。

等氣勻順了，老楊瞪大眼看著言丰之，不知道該佩服這年輕人會說四國語言，還是震驚這種人才竟然只月領三萬。

他知道那老闆摳門，但摳成這德性根本叫坑人了吧！

對方不可思議的是言丰之還接受這種血汗壓榨。

這條件拿到外面，鐵定不少公司搶著要人。

老楊匪夷所思，「我要是你，早就跳槽了。」

「不了，我就想待在現在的公司。這工作穩定，不會有太大變動，適合放鬆身心。」言丰之聳聳肩膀，一點也沒有離職的打算。

就算在別人眼中這跟火坑差不多，他也有留下的理由。

「我覺得你腦子有病。」

「而且我之前中了樂透。」

「我靠！等等，你說真的!?」老楊險些又被口水嗆到，這還是他頭一回見到樂透得主。

言丰之慢悠悠的話聲飄來，「你猜？」

老楊……

他要收回新人有點機掰這句話，分明是超機掰吧！

雖然給出了模稜兩可的答案，但言丰之的確早早實現許多人一輩子奢望的夢想——財富自由。

嗯，他真的中了樂透。

不過他也沒對老楊說謊，他是真的認為目前工作很不錯。

沒什麼勾心鬥角——當然也可能是他們公司一直處於人力不足狀態，忙工作都來不及了，沒空搞宮鬥大戲。

穩定——沒太大變動，直白點就是死水一灘，包括薪水也是。三百六十五天碰的都是差不多的工作內容，這是帶他的編輯說的，畢竟言丰之剛進來半年而已。

在當雜誌編輯前，言丰之身肩多份打工，二十四小時彷彿能掰開當四十八小時用，如陀螺轉個不停。

可以說他幾乎無時無刻都處於高強度的忙碌中。

「這樣下去會出問題的，你必須停下來。」

言丰之不覺得自己哪邊有問題，但他自認是個聽勸的人，也不希望讓身邊人擔心。於是當他中了樂透，就一口氣辭掉所有打工，先給自己放個長假。

放完假他開始尋思得找點事情來做，整天閒著並不符合他的個性。

選來選去，他選擇進入雜誌社。

雜誌社薪水不高，但勝在穩定。

穩定是一件好事，可以讓身邊的人不擔心。

而且他也喜歡書，雜誌社再適合不過了。

言丰之還有一個小煩惱，雖然他自認沒問題，但他還是聽話地去看過幾次心理醫生。

煩惱就是……好吧，醫生也覺得他有點問題，具體來說就是在感知情緒上偏遲緩，建議他可以藉由一些極限運動帶來的刺激尋求改善。

碰巧這時候，雜誌社打算做一個關於怪談的專欄，迴響好就會長期連載。

負責這專欄的編輯除了須自行撰稿、邀請作者們撰稿外，還得上山下海，哪裡有怪談就往哪裡去。

這怎麼看都是苦差事，社內沒幾個人願意接手。

沒幾個，就是多少還會有一個。

言丰之就是唯一自告奮勇的那個。

尋找怪談。

怪談等於不可思議、靈異、驚悚、恐怖。

等於刺激。

到頭來，言丰之只聽進醫囑的最後兩字。

進雜誌社半年，言丰之早就從同事那聽聞老闆的摳門，具體反應在加班費申請上。

言丰之不嫌棄月薪低，他本來就把進來這裡當成另類的休養身心。

況且他也開了條件，得以不早到、不加班。

接下怪談工作算是例外。

但不代表老闆就能省去他的加班費。

必須在夜間出勤兼上山下海，對編輯來說絕對算是額外的勞動工作。

多做事卻少拿錢，言丰之絕不允許這種事發生。

所以他要錄下加班過程，回去後再扔到老闆面前，冷靜地告訴對方：

給錢，錢錢錢錢！

沒在加班費的話題停留太久，言丰之轉回頭，正好捕捉到警衛起身離開的一幕。

「機會來了，我們快過去！」

言丰之靈活竄起，雙腿絲毫沒有蹲麻，一頭奔入巷外的雨絲中。

「等等我！」老楊連忙扛著攝影機大步追上，不忘把鏡頭對著那抹莫名雀躍的背影。

警衛一離開，灰綠色的洋樓前變得空空蕩蕩。

言丰之從封鎖線下彎身而過，來到楓香鬼屋大門前。

豎立在旁邊的路燈亮著昏黃色的燈光，綿綿細雨下的灰綠洋樓本該詩情畫意。但洋樓破敗感強烈，雜亂的植物攻佔庭園，林立的楓香樹在夜間恍若幢幢鬼影。雖有燈光照亮部分洋樓，但對比之下，照不到的位置更似深陷化不開的黑暗中，陰森氣氛拉到滿點。

再加上「楓香鬼屋」這個稱號，教人光是站在洋樓外就感到毛骨悚然。

老楊因工作關係去過許多地方，別說廢墟，墓地都去過不少次。

他自認膽子大，先前去那些地方都不覺得有什麼，然而此時看著這棟黯淡的建築物，卻不由自主感到涼意襲上，後頸寒毛根根豎起。

老楊吞吞口水，又想起朋友說過的話。他扛著攝影機，忍不住退後幾步，人站到階梯下，彷彿那扇緊閉大門是毒蛇猛獸。

「小言你快一點，別磨蹭了！趕緊敲完門，我們隨便拍拍就收工，否則那個警衛回來就麻煩了。」

「等等。」言丰之仍在觀察。

洋樓大門是雙開式的，顏色格外黑，黑得半點雜色都看不到，還隱隱泛著一層光澤。

而且外觀上毫無破損，與洋樓其餘殘破處相比，簡直像被精心保養過。

「等什麼……你可別拖太久。」老楊不時東張西望，就怕警衛回來。

想著怪談內容，言丰之屈起手指，往門板不輕不重地敲了三下。

咚、咚、咚。

隨著敲門聲響起，老楊喉頭跟著滾動，發出好大一聲咕嘟。

敲完門後，回應的只有死寂。

什麼異事都沒發生。

言丰之有絲失望，但對此也有心理準備。

怪談只說敲完門後有機會收到邀請函，並沒說什麼時候會收到。

雖然可惜露娜小姐沒有立即出現，但言丰之也沒忘記工作。既然要做怪談專題，與怪談息息相關的建築物內部也得進去探索一番。

說不定廢屋裡藏有意想不到的刺激。

言丰之的一顆心不禁蠢蠢欲動。

「我們進去看看吧。」

「啥？」老楊被他的提議嚇一跳，「不用進去了吧！露娜小姐的怪談沒提到要進屋……」

言丰之充耳不聞，自顧自轉動門把，轉到一半感受到一股明顯阻力。

門是上鎖的。

「打不開，門鎖上了。」言丰之對老楊說。

「鎖上？不會吧，我還以爲這地方的門是不會鎖的。」老楊一時按捺不住好奇心湊上前，隨後錯愕地瞧見言丰之從包裡摸出細鐵絲，「你拿那個要幹嘛？」

「以前打工學過一點開鎖技巧。」言丰之把鐵絲凹成奇形怪狀，送進鑰匙孔內。他半蹲著身子，對鑰匙孔戳戳轉轉。

都站在大門前了，不進去楓香鬼屋，豈不是白來一遭。

老楊……

不是，什麼打工需要這種技巧？

言丰之興致勃勃地嘗試，可惜開鎖計畫進行到一半便胎死腹中。

一束強烈的熾亮光線突然從旁掃射過來，粗暴地衝著言丰之和老楊的腦袋而來。

「什麼人！你們在那幹什麼！」

厲喝劈頭砸下，言丰之和老楊一驚，反射性轉過頭，被光線刺得瞇起雙眼。手電筒強光下移，起碼不再直射他們的眼睛。

警衛不知何時回來了，他舉著手電筒，目光凌厲地瞪著不速之客。

「我沒有要做什麼，我只是路過的普通人，聽說這裡發生過殺人案，好奇來看看。」言丰之舉起雙手，真誠地表明自己的無辜，那張清純的臉彷彿還寫著「我很乖」這幾個大字。

老楊無語。最好普通路人會想來看分屍案的案發現場，而且這路人還手拿撬門用鐵絲。但身為同夥，再怎麼想吐槽，老楊也還是強迫自己連聲附和。

「對對對，我們就只是好奇……法律沒規定市民不能好奇吧。」

「我看起來像傻子嗎？」警衛擺明不信兩人的胡扯，張揚的五官陰沉下來，眉眼盤踞著濃濃的冷戾。

讓常跑劇組的老楊來說，這人的臉就不該當什麼警衛，該去當明星！

手電筒的強光移向老楊的攝影機，再移向言丰之手中的手機跟鐵絲。

言丰之此時終於想起手裡還拿著作案道具，下一秒若無其事地扔掉。

「你把什麼東西丟了？算了。」警衛的重點放在拍攝工具上，「攝影機、手機，你們是來搞直播的吧！」

「沒有直播，這只是爲了申請加班費的小手段罷了。」言丰之解釋。

警衛聽不懂，也無法理解言丰之爲加班費付出的努力。他大步往前一邁，手電筒的光不客氣地照回兩人臉上。

雙方距離拉近，言丰之眨下眼，視線停在警衛的脖子上。如果他沒看錯，那是一個皮革……項圈？

現在警衛都打扮得那麼時髦的嗎？

「行了，不管你們想做什麼，現在都別想了。你們要做的就是立刻離開這裡！」警衛冷聲斥喝，手電筒隨著他的手臂甩動，「還不快點走！」

言丰之眼尖看見警衛另一手已經探向腰間警棍，如果他們還拖拉著不走，警棍有很大機率會指向他們。

這種情況下，想進入楓香鬼屋顯然是無望了。

言丰之感到一絲遺憾，原本他今晚的計畫是達到三小時的加班時數，拿到三小時的加班費。還有他的刺激清單……逛鬼屋、見露娜小姐，如今一個也沒達成。

但面對神情越來越不善的警衛，他明智地選擇放棄，毫不猶豫地抬腳走下門前階梯。

「喂！小言！」老楊壓低音量，「你就這麼走了？」

「不然呢？」言丰之平靜地反問，雙腳沒停下，繼續一步步往下走。

他的刺激清單裡可沒有和警衛硬碰硬，最後被人扭送警局這一項。

聽著言丰之的回答，老楊吐出一口氣。

是啊，不然呢？

他回頭瞥向靜靜矗立在他們後方的灰綠洋樓，有絲慶幸，又有絲惋惜。

慶幸不用真的踏進這棟令他雞皮疙瘩排排站的建物，惋惜這次酬勞可能拿不到全額。

警衛依舊冷著一張臉，手電筒的光隨著兩人身影移動，他緊緊盯住他們，以防兩人有多餘的小動作。

言丰之沒打算做什麼小動作，甚至還朝警衛友善地點下頭，拿出水果糖，「加班辛苦了，吃糖嗎？」

警衛臉部肌肉抽搐一下，用冷臉拒絕言丰之的好意，一雙眼裡赤裸裸地顯現「這人是有什麼毛病」。

言丰之剛走出楓香鬼屋的庭院，就停住不動。

路燈這時閃了閃，發出類似燈泡炸裂的聲響。

鵝黃色的燈光瞬時熄滅，偌大暗影籠罩下來，周圍立時變得陰暗。

老楊嚇了一跳，腳步一頓。

「停在那邊幹什麼！」見狀，警衛立即不滿高喝，「你們兩個還不快點走！」

不是言丰之不想走。

路燈忽然熄滅，他的前方像墨水打翻般染成一團幽暗。在那抹暗色中，有雙瑩白纖細的手緩緩朝他伸了過來。

手的主人是名戴暗紅圓帽的女人，半張臉被擋在陰影下，襯得鮮艷的唇瓣如此醒目。

女人穿著同色裙裝，腳下亦是一雙暗紅的高跟鞋，雙手舉著一張繪有優雅花紋的卡片，直直遞向言丰之的方向。

言丰之身後的老楊差點拿不穩自己的吃飯傢伙，脖子像被掐住，發出不成調的驚叫。

「露露露露……」

察覺到情況不對，待在後頭的警衛連忙跑來，手電筒強光直照向紅圓帽女人的臉。

明明光線明亮強烈，卻始終突破不了女人臉上的陰影，彷彿盤踞在那裡的是一團深不可測的黑暗。

只能見到那雙紅艷艷的唇瓣慢慢張開。

「露娜小姐向你們發送邀請函，歡迎來楓香洋樓參加宴會。」

言丰之慢慢抬起手，眼看指尖就要觸及那張漂亮的卡片。

「別接！」警衛吼了一聲，「你他媽腦子是撞壞了嗎！」

挨一頓罵的言丰之覺得很無辜，他沒有接的意思，問題是⋯⋯

「我的手控制不住。」

「不來就沒事，偏偏跑來找死，就你們這些人屁事多！滾開，別擋路！」警衛粗暴地推開傻在原地的老楊，一個箭步來到言丰之身邊，大力扯住他的手臂。

言丰之能感受到警衛的力道無比蠻橫，無奈此刻他的手比焊住的鐵還難扳動，手指更是不受控地繼續伸向邀請函。

「操！」警衛抽出伸縮警棍，迅猛地抽向那雙白皙的手，卻像抽到一堵無形的障壁。

這時言丰之還能冷靜分析眼前狀況。

他的身體被奪走操控權，手不聽使喚地抬起，雙腳則生根似地不能動，還保有自主權的大概剩下眼睛與嘴巴了。

喔，還有他的腦子。

言丰之思緒高速運轉，剎那間已得出一套結論。

已知，不想接邀請函也會讓你接，接了大概就強迫中獎參加宴會。

再已知，參加宴會不曉得會花多久時間。

根據怪談內容，宴會是在另一世界舉辦，可以想成是另一個維度的空間，也不知道手機在那裡還能不能派上用場。

假如不能，他要怎麼自證自己在另一世界也在加班？

這樣就沒法跟老闆申請更多加班費了。

在無法向公司申請加班費的情況下，接下來的額外社交和勞動對言丰之來說就像被強行綁定一份新打工。

既然是工作……

看著自己握住邀請函的手，言丰之抬眼望向笑容揚得更大的露娜小姐，發出靈魂質問。

「出席算時薪還是日薪制？走轉帳還是付現？」

第2盞

漆黑的雕花門牌搖搖欲墜地吊掛在一扇門板上，隨著門被人推開，那一丁點力道就像壓垮駱駝的最後一根稻草。

繫繩斷裂，門牌直直往下掉，砸出哐啷聲響。

走道上散布眾多門牌，上面爬滿血跡般的暗沉鐵鏽。

門牌全都寫著相同的花體文字——楓香洋樓。

無數楓香洋樓的門牌好似一具具倒臥在地的遺體。

深怕驚動藏匿在某處的怪物，探出一半的小腦袋火速縮回門後。

過了一會兒，門再被推開。

彷彿小蝸牛探出小觸角，謹慎地試探外界危不危險，直到確定門外什麼也沒有，藏在門後的瘦小身影才走了出來。

「呼……沒怪物，姜星願小隊員現在是安全的。」小女孩拍拍胸口，鼓勵自己做得很棒。

她沿著走廊前行，手裡拎著大塊玻璃片，邊緣尖銳，與年齡稚幼的她一點也不搭。

「啊！發現壞蛋花！」走沒多久，穿著藍色吊帶褲的小女生瞪大眼睛，犀利的目光鎖定長在牆角的一簇花。

馬卡龍色的花朵粉嫩可愛，當中卻夾雜著一個不和諧的存在。

那是一朵手指花。

白色的十根手指彎曲，指節上還看得到更細小的指頭，時間一久，就會長成細長的手指。

姜星願馬上三步併作兩步上前，揮舞著手中的玻璃碎片，使勁地割下那些手指。

沒有血色的手指掉落於地，登時如蟲子蠕動，朝其他方向移動。

姜星願才不會給這些壞蛋花機會，她抬起腳，沾滿污漬的布鞋重重踩下。

宛如昆蟲被踩扁，異質物爆漿的感覺從鞋底傳來。

姜星願熟練地在地板上蹭了蹭鞋底，留下綠色的黏稠痕跡。

第一次踩爆這些手指時，姜星願嚇得哇哇叫，小臉寫滿抗拒和厭惡。

沒有小女生會喜歡做這種事情。

雖然姜星願不知自己爲什麼會在這裡，但看到手指花的第一眼，她就知道那是壞蛋花，必須拔下來、割下來、砍下來，然後用力踩爆的壞東西！

隨意地蹭了幾下，也不在乎有沒有完全弄乾淨，姜星願繼續抬腳往前走。

反正不可能真的弄乾淨，就像手指花永遠不會只有那麼一朵。

濕滑黏膩的綠色液體只會一次次在她鞋底下炸裂迸出。

姜星願哼起歌，「一閃一閃亮晶晶，滿天都是小星星……」

林立在小女生周邊的，是一扇扇的門，以及一條條的走道。

門扇五顏六色，紅橙黃綠藍靛紫都能見到，色澤粉嫩；走廊上無時無刻飄著甜蜜的香氣，像是奶油、蜂蜜、巧克力、鮮奶油，或是熱呼呼的鬆餅。

讓這個宛若由無數門跟走廊組成的大迷宮繽紛又甜美。

姜星願的吊帶褲已破破爛爛，上面沾滿許多不明液體，暗褐色的痕跡令人聯想到乾涸的血漬；用星星髮圈固定住丸子頭，髮圈顏色黯淡，像因使用許久而褪色。

姜星願的臉蛋也髒兮兮的，彷彿在垃圾堆打滾許久的小花貓，一雙眼睛倒是亮得很。眉毛偏粗，鼻子挺俏，依稀能看出是名充滿英氣的可愛小女孩。

姜星願在尋找哥哥，累了就回到安全房間躺下來睡覺；害怕了就抱著自己，一手放在肩上輕拍，假裝哥哥陪在她身邊。

等睡了一覺，她又精神飽滿地跳起，踏上尋哥之旅。

轉動門把，推開門扇，左右觀察一下，再踏出腳步——這段時間姜星願已經把這串動作做得很熟練了。

就在她準備走進房間時，房內另一扇半敞開的門後傳來了腳步聲。

姜星願沒有面露喜色，覺得那是哥哥來找她了；相反地，那張總是精神奕奕的臉上露出恐懼的神情。

姜星願僵著身子，大腦發出尖銳的警報，嚷著快點跑，可雙腳卻不聽使喚，像硬邦邦的棍子立著不動。

直到有若野獸的吼叫聲模模糊糊地飄過來。

「姜……星……願……」

姜星願一個激靈，飛也似地轉身往回跑。

她極力放輕動靜，卻還是被那道吼聲的主人聽見，原本聽來遲緩的腳步聲霎時加快。

半掩的門扇下一瞬被粗暴撞開，一團龐大的肉色影子闖進來，觸肢在空中舞動，無數白色手指像枝椏從旁側岔出。

怪物的咆哮聲追在後頭，來不及關上的門板被一扇扇蠻橫撞開。

每當門扇撞在牆上製造出劇烈的響動，姜星願的心臟也跟著緊縮一下。

她在走廊上東鑽西竄，不停地跑進新的房間，再從房內的另一扇門跑出來。

姜星願在找紅色的門。

這座大迷宮的門五顏六色，還時常改變，不久前是綠色的門，再回頭就發現它變成紫色。

但不論這些門的顏色怎麼變化，待在這裡好一陣子的姜星願已經摸出它的規律。

——紅色是安全的。

只要找到紅色的門，使勁推開它，就能逃進安全的房間。

紅色、紅色、紅色。

姜星願不斷左右張望，跑得上氣不接下氣，小小的胸腔幾乎瀕臨爆炸。她深吸一口氣後，再抬頭，猛地見到一扇紅色的門就在不起眼的角落。

找到了！

姜星願喜出望外，小小的身體爆發一股力量，飛撲似地來到紅門前。

門把剛一轉動，後頭就傳來黏黏糊糊的低吼，肉色的龐然影子已然逼近。

姜星願掌心冒汗，手滑了幾次握不緊門把。走廊上的甜蜜氣味逐漸被腥臭侵蝕，她伸手往吊帶褲上一擦，再重新握上門把。

紅色的門順利打開了。

門縫逐漸變大，蒼白但明亮的光芒瞬間流洩出來。

姜星願幾乎立時跌撞進入紅色門後的房間，也不管身子還沒站穩，她急切地回過身，使勁關上門。

門縫裡最後見到的是加快速度撲過來的觸肢，長在上面的手指蒼白腫脹，怪異地扭動著，好似一隻隻意圖鑽爬進來的蛆蟲。

門板完全密合，那些像蟲子蠕動的手指也消失在姜星願的視線當中。

姜星願憋氣憋得胸口都痛了，將積壓許久的一口氣重重吐出，她倚著門板，虛脫般地滑坐至地上。

只要打開紅色門，就會進入一個擁有漂亮玻璃天窗的房間，可以看到外面的黑夜和紅色月亮。

房裡還有一盞圓筒狀的燈，往外散發慘白卻耀眼的燈光。

怪物進不來這個房間，但有時會在外不住徘徊，姜星願只能乖乖等待，等門外動靜完全不見，才能再小心翼翼地打開門。

姜星願坐在地上休息，眼睛滴溜地轉，轉到房裡的一扇窗戶上。

她驀地瞪大眼，顧不得體內急速膨脹的疲勞，迫不及待地跑到窗戶前，將整張臉貼在玻璃上。

窗外大部分時間都黑漆漆的，彷彿一塊大黑布蓋在外頭，窗戶打不開，她也沒辦法扯掉黑布。

不過有時候，窗外會出現別人家的景象。

今天運氣很好，窗外出現一個華麗的房間，房裡還有人。

姜星願幾乎把臉都壓上玻璃，臉頰被擠得變形也不在乎，貪婪地看著窗後映出的身影。是人呢！

不像她待的屋子只有怪物。

可惜她看不清楚那人的臉，上面只有一團漆黑的漩渦，但她知道那不是哥哥。

哥哥身體的顏色不像在冰箱冷凍很久的肉，也不會披著白色手指編織成的披肩。

那是愛漂亮的女生做的事。

姜星願恍然大悟，原來那是個大姊姊。

大姊姊優雅地走下樓梯，每抬起腳跟，都會在地毯上留下一灘肉泥。

大姊姊轉頭對一個長滿眼珠的人說：

「收到邀請函的六位客人即將蒞臨，管家，你該準備好去迎接他們進來楓香洋樓了。」

◆

幾條人影平空出現在夜間的樹林裡。

一屁股跌坐在地的滋味挺痛的，言丰之懷疑自己還沒因爲當編輯椎間盤突出，就被這一跌弄到骨盆錯位。

如果要問言丰之對遇見露娜小姐的感想——

嗯，好歹回答他的問題，擬個勞動合約，最好再先給錢，這樣他會心甘情願地被踢進楓香鬼屋。

可惜露娜小姐的反應是瞬間拉平彎起的嘴唇，甚至還有下垂的跡象。

下一秒言丰之就感到自己被一股無形之力粗魯地踹出去，警衛和老楊也跟他一起像枚砲彈往後飛。

言丰之還沒拿回身體的掌控權，無法扭頭看後面，縱使拚命轉動眼珠，視野仍受侷限。

他閉上眼，要不是雙手無法動彈，他眞想現場擺出安詳入睡的姿勢。

照飛出去的軌跡來看，他們應該會重重撞上楓香鬼屋的大門，也可能準頭稍偏，撞上牆壁。

不管是哪個，顯然都逃不過撞門或撞牆的命運。

撞壞了應該可以申請職災吧。

誰想得到，碰撞的機會遲遲沒來。

楓香鬼屋上鎖的大門竟自動敞開，深幽的門口如同一張準備好的血盆大口，將他們三人吞下肚。

無邊的黑暗如霧氣迅速湧上言丰之的身周，爬上他的臉。

門外的紅影子往後退了一步，融入幽影裡。

在被黑暗完全吞沒之前，言丰之的耳邊傳來電流遊走的滋滋聲，滋滋、滋啦……滋……

最終化爲一道冰冷的機械合成音。

任務：ν¢Δ□ο□ψ□[I]……滋滋、滋啦……滋……將甜蜜的滋味送給眼睛的主人。

機械音只出現剎那，下一瞬言丰之發現失重的墜落感結束，耳邊傳來「啪」的一聲。

像有氣泡破裂，再張眼，就發現自己身處在一座樹林裡。

月光從枝葉間落下，提供了一些能見度。

言丰之看見老楊和警衛也在旁邊，另一邊還有一對男女。

言丰之忽地感到一陣輕微暈眩，眼前跟著出現疊影。他用力眨眨眼，眨掉令人不適的影子，就看見一隻手朝自己伸過來。

手的主人是一名膚色偏冷白的男人，穿著黑襯衫，戴著金邊眼鏡，頭髮剪得極短，凸顯五官的深邃。

言丰之沒拒絕對方的好意，借力使力站起，「謝謝你。」

「不客氣。」黑襯衫男人沉穩地說道。

對方一站直身子，言丰之才發現他相當高大，完美詮釋什麼叫肩寬腿長。

這人氣質清冷，身形挺拔，站著不動就是一道賞心悅目的風景。

警衛和這位好心人都長得帥，自己長得也不差，露娜小姐給邀請函難不成是看臉……

言丰之的目光驀地對上老楊三十幾歲卻像五十歲的臉。

嗯，純粹是他多想了。

老楊緊抱著攝影機，陷入巨大的驚嚇中，無法明白自己怎會從楓香鬼屋瞬移到樹林裡。

相較之下，警衛格外鎮定，他拍去身上草屑，脫去黑色夾克。

不只脖子的裝飾時髦，他身上還有一堆麁克風的金屬飾品，再配上一件寬鬆的不對稱襯衫，這身打扮怎麼看都很難與警衛身分搭在一塊。

再聯想到警衛面對露娜小姐時的冷靜反應，言丰之不免產生猜想——這人估計不是普通警衛那麼簡單。

更進一步猜想……警衛該不會就是老楊先前提到的、應對怪談的專業人士？

警衛將外套往地面一扔，言丰之聽見他咂舌嘟囔。

「搞什麼鬼，居然那麼多人被拉進來……」

被拉進來……所以這人果然知道什麼內情吧。

是專業人士的機率越來越高了！

不知道能不能交換個聯絡方式，以後想找「刺激」的話……言丰之強行掐斷念頭，想太遠了，還是先想辦法弄清眼下情況再說。

老楊回過神，用力眨了幾下眼，確認眼前景象不是幻覺後，一張臉登時刷成慘白。

他想起警界朋友跟他提過的，還有論壇裡那些悚然的言論……

他們這是……這是眞的被露娜小姐帶到另一個世界了……

「啊……啊啊啊！騙人的吧！這肯定是騙人的！」老楊慌張爬起，只想馬上離開這詭異的地方，「出口！出口在哪裡！」

「老楊！」言丰之被他激烈的反應嚇一跳，伸手想拉人，反倒被狠狠一把揮開。

老楊跑的時候也沒忘記扛著攝影機，和他一塊搭檔的言丰之則早被拋在腦後，連想都沒想起。

這突來的動作讓另一邊的男女嚇一跳，他們反射性看過來，不曉得看到了什麼，臉色霍然大變，緊接著竟轉身就跑。

言丰之從眼角餘光瞥見他們的動作，對方的背影簡直像落荒而逃。

「喂，你們！」警衛喊了一聲，反而加速那兩人逃竄的速度，一轉眼便消失在林中。

老楊沒跑多遠，樹林裡就衝出一道人影，迎面與他撞個正著。

兩邊都發出了痛呼，老楊勉強穩住身子，和他撞一塊的那人就沒那麼好運，一屁股摔倒在地。

言丰之幾人立刻跑過去，跌坐在地的是一名長髮女性，髮絲黏在臉上，整個人看上去狼狽不堪。

當女人撥開貼在頰邊的頭髮，抬起一張驚惶蒼白的臉，言丰之不禁一愣，脫口喊道：

「于小姐？」

于小魚反射性抬頭，見到其他人出現讓她熱淚盈眶，緊接著她的視線停在出聲的言丰之臉上。

那雙盛著淚霧的眼睛驀然睜大。

「之之!?你怎麼也在這裡！」

老楊一時忘記相撞的疼痛，愣然地看著一站一坐的兩人，「你們認識？」

「于小姐是我以前打工地方的常客。」言丰之簡單地說，朝于小魚伸出手，拉她一把，「『之之』是我那時用的花名。」

「花……花名？」老楊眼睛都瞪圓了。

于小魚說，「之之以前是調酒師，他調的酒特別好喝。」

「不只是調酒師，還兼職那店的保鏢、服務生、駐唱樂團的鼓手，還有……」言丰之扳著手指回想，最後語帶惋惜地說，「就只有老闆沒兼職到。」

「噗！」于小魚被言丰之逗笑，不再那麼緊繃。

「妳怎麼會從那邊跑過來？妳也跟這幾個傢伙一樣蠢得去敲門，收到邀請函了？」警衛單刀直入地問。

于小魚剛出現的一絲笑容瞬間隱沒，懼意重新躍入眼中，她害怕地往跑來的方向望了一眼。

那處如今被夜色和樹影覆蓋，只能看到一團深深的黑暗。

在于小魚眼中，那團黑暗宛如可怕的怪物，冷不丁就會張口吞人。

「那裡……那裡……」她打了個哆嗦，下意識往認識的言丰之身邊靠去，「那裡被牆擋住了，看不見的牆……怎樣都過不去。還有鞋子、手機跟手錶，還有金牙，上面還染血……」

「妳到底在說什麼？說清楚一點！」老楊焦躁地追問，「牆怎麼可能看不見？金、金牙又是怎麼回事？」

言丰之堅信糖分能安撫人心，他拿出水果糖給于小魚，「于小姐，吃顆糖會好一點。妳慢慢說，現在這裡不是只有妳一個人了。」

甜甜的桃子味安撫了于小魚，她感激地看了言丰之一眼。半晌過去，于小魚重新組織話語，告訴幾人自己碰到的事。

于小魚原本在電影院看電影，手裡突然多出一樣東西，還不待她看清楚，便眼前一黑，等視線恢復清明，就震驚地發現自己身處在一座陌生的樹林裡，手上還拿著一張寫有花體字的小卡片。

上面的邀請內容以及署名讓她冒出冷汗——她竟然收到露娜小姐的邀請函！

「我……」于小魚緊張地抿抿發乾的嘴唇，「我的確有去敲過楓香鬼屋的門，但那都上個禮拜前的事了，我沒想過會眞的……」

言丰之覺得露娜小姐有點厚此薄彼，別人敲門可以延遲那麼久才收到邀請函，憑什麼他一敲門就得被打包帶走。

還不給錢，強迫他付出額外的勞動力！

「我來到這裡時只有一個人，然後我看到那邊有燈……」于小魚指著她跑來的方向，「我以爲那邊有人或是馬路就在那裡，可是等我跑過去……」

于小魚的臉色更白了，「有路燈，一排路燈立在一處空曠的地方，我卻怎樣也越不過路燈。」

「什麼意思？什麼叫越不過路燈？」老楊心急如焚地問。

「就是越不過去！」于小魚霍然拔高聲音，情緒又激動起來，「我不知道怎麼回事，那邊有堵看不見的牆，而且附近還散落著一些東西！」

「就是妳剛說的……手錶、鞋子、手機？」黑襯衫男人問道。

「其實不只，我還看到破碎的衣服……」于小魚抱著自己，克制不住地又打了個寒顫，「上面還沾著血，那些東西看起來簡直就是剩下來的。」

「什麼剩下來？衣服是有什麼辦法剩下來？」老楊對于小魚含糊不清的說法大爲不滿，

一個箭步就想扯住對方衣領。

言丰之立即擋在于小魚面前，眼角餘光瞥見另外兩人也做出了攔阻動作。

警衛看不慣拿女人出氣的人，冷笑一聲，「還能怎麼剩下來？不就被吃剩的。把能吃的都吃了，不能吞的就乾脆留下。」

于小魚不敢置信地轉看向警衛，「你怎麼……」

「不可能！哪可能有這種事！」老楊猛搖著頭，無法接受對方的說法，「人怎麼會被吃掉，這裡總不會有獅子或老虎吧！」

「獅子和老虎還可愛多了。」警衛嘲弄地彎彎嘴角，「拿了邀請函來到這裡，就別想輕易離開。」

言丰之往口袋內一摸，果然找到他說的物品。

一張印著花紋的卡片。

「還真的特地送邀請函了。」言丰之看著老楊，「你那也有吧。」

「我怎麼可能會有！」老楊崩潰地嚷，但手還是往褲子口袋摸索。他摸了個空，頓時大大鬆口氣，「沒有，我沒有收到！所以是找錯人了吧，我可以離開這鬼地方了吧！這裡要怎麼離開！」

「你想得可眞美，我剛怎麼說的？來了就別想走了。」警衛從老楊外套的帽子裡抽出一張卡片，不客氣地拍上他的臉，「喏，邀請函，這不就是嗎？不想死的話，別人給的邀請函最好別亂丟。」

老楊傻了，任憑邀請函從臉上滑落，掉至地面，「不可能，我剛明明沒敲門，我剛才明明沒有……」

言丰之把自己收到的邀請函翻來覆去看了一輪。

正面以花體字寫了一些邀請的字句，背面排列了六個小點。打開卡片一看，一片空白。

言丰之撿起老楊的卡片，還沒看完就被回過神的老楊搶回去。

老楊顫顫地捏著邀請函，想要扔了，又顧忌警衛提及的安全問題，最後飛也似地把它塞進口袋裡，來個眼不見爲淨。

「警衛先生，你知道這是怎麼回事嗎？」言丰之虛心請教，「在這地方錄影，有辦法帶回外面世界嗎？」

「我不叫警衛，我叫祈洋。受不了你們這種只想賺熱度的網紅，比起想著拍攝，腦子裡不如多想想活下去的辦法吧。」祈洋長得帥，嘴巴更是毒，「雖然我不期待你們腦袋裡能裝什麼，有半瓶水就差不多了。想在這活下去，就別擅自行動。」

「祈先生，我不是網紅。」言丰之決定好好說清楚，「其實我人在加班中，但老闆挺摳的，要有證據證明我還在工作，不然申請不到加班費。」

「啊？啥？」祈洋懷疑自己聽錯了。

這種一看就不對勁的場合，竟還有人想著怎麼跟老闆討要加班費？這人是有多缺錢？見言丰之還在等待答案，眼底閃著光芒，彷彿對他滿懷期待，祈洋不禁乾巴巴地擠出回應。

「普通手機在這裡拍下的東西都帶不出去，你放棄吧。」

「喔。」言丰之早有預料，也沒太失望。

倒是祈洋提到了普通手機，意思是有特殊版本的？

「比起急著弄清楚是怎麼回事，我建議大家趕緊先到前面的屋子。」黑襯衫男人倏地提醒，抬手指著某個方向。

從樹影間隙望去，本該被闃黑盤踞的遠處不知何時亮起燈，還能窺見燈下建築的輪廓。

老楊忍不住往後退一步，「那裡什麼時候有屋子……如果我們拿到的真是露娜小姐的邀請函，去了不就可能碰到露娜小姐？瘋了才去吧！」

「那你是想瘋還是想死？」祈洋不耐煩地說，「蠢蛋，人話聽不懂嗎？」

「走吧。」言丰之拉了老楊一把，跟上前方大部隊。

行走間，幾個人交換了名字。

言丰之默記一輪。

警衛叫祈洋，黑襯衫是姜星河。這兩人的態度異常冷靜，彷彿不是第一次經歷這種……忽然從A地平空跑到B地的離奇事，連對于小魚說的話也沒有流露太多驚訝。

兩個都是專業人士的可能性大幅提升了。

「小言，你就這麼信他們？」老楊不敢落單，只能緊跟上隊伍，臉上難掩不安。

就算內心對被露娜小姐帶至另一世界之事信了七、八分，但仍懷抱著搖搖欲墜的一線希望。

也許……也許沒那麼衰，一切不過是有人惡整我們！

「你不覺得那警衛很可疑嗎？他怎麼知道待在原地會死？還有另一個男人，他也一副很了解的樣子……這是整人吧！是故意整人的吧！」

老楊越說越覺得有這個可能。比起相信怪談成爲現實，他們眞的來到露娜小姐的世界，他更寧願相信這只是整人節目。

走在前面的祈洋頭也不回地冷嗤，「你是什麼身分？值得大費周章爲你搞這齣？」

「普通攝影師，普通小職員，價值極低，換我也不幹。」言丰之認同地點點頭。

老楊一時沒壓低音量，「你哪裡普通？你不是中了樂透？」

應該是中了吧？

「你中樂透？太羨慕了吧！我到現在連一百塊都沒中過！」于小魚緊黏在言丰之身邊，這是在場她唯一認識的人了，「啊！該不會你就是中樂透才辭職的？」

「主要是我找到人生新目標了。」言丰之鄭重地說。

——當一個穩定的編輯。

「這樣啊……你離職了真的好可惜，要是哪天又當調酒師的話，一定要告訴我，我馬上帶我的姊妹們去捧場！」

似要緩解緊張，于小魚一開口就停不下，語速逐漸飆快，問題一個接一個不停往外蹦。

「之之，你們是隔多久才收到邀請函？你們有看到露娜小姐嗎？她真的就像怪談裡說的戴紅帽子、穿紅裙子嗎？她把我們帶到這裡到底要幹嘛？如果剛剛一直待在原來的地方沒動，真的會有危險嗎？」

「自信點，把『嗎』拿掉。」祈洋輕飄飄傳來一句。

于小魚反射性縮起肩膀，就怕祈洋接下來再噴毒汁，這人看誰都像在看白痴，說起話來絲毫不留情。

好在對方沒再出聲，反倒是言丰之接著說話。

「我不知道待在那會有什麼危險，但離開那裡應該是比較好的選擇。」

「爲什麼？」

「這個。」言丰之拿出製作精美的卡片，「人家邀請我們，帶邀請函上門才符合禮儀。同理，在宴會開始前抵達也是一種禮貌。」

于小魚和老楊往自己的邀請函一看，還真的看到出席時間，晚間十點十分。

于小魚連忙再瞧一眼手機，九點五十一分，剩不到二十分鐘。

再拖拖拉拉，宴會就會遲到。

從祈洋和姜星河的態度來看，要是遲到恐怕會發生涉及人身安全的事。

姜星河步伐忽然一頓，不待人問起，他低喝一聲，「快跑！別回頭看，只管往房子那邊跑！」

下一秒，祈洋的神色也變了，「跑！」

見姜星河和祈洋驟然加快前進速度，幾個人摸不著頭緒，下意識跟著跑。

老楊扛著他的攝影機，比其他人慢個幾步。

言丰之喊，「把攝機影丟了！」

「不行！這吃飯傢伙貴得要死，能抵我好幾個月薪水！」老楊額頭冒出汗，仍不肯扔下攝影機。

過不了多久，言丰之三人就知道姜星河要他們跑的原因了。

低沉的獸吼聲從樹林暗處傳來，在夜間格外教人毛骨悚然。

吼聲越漸逼近，風裡挾帶腥臊的氣味。

言丰之鼻子嗅了嗅，覺得還有股像水腥味的味道，還透著一點鹹味……

但這裡明明是樹林吧。

吼聲在下一瞬猝然變大，震動耳膜，讓人深切感受到後面有東西追過來了。

所有人加快速度，在林中狂奔。

老楊扛著攝影機跑得上氣不接下氣，汗水如旋開的水龍頭嘩啦啦流出，浸濕他的後背。

「等一下……等我一下！」老楊喘著氣喊，抓著攝影機的手也變得汗涔涔的，機器外又套著防水袋，好幾次手指差點自上面滑開，「我跑不快……」

「別管攝影機了！」言丰之匆匆回頭瞄一眼。

後方樹影搖曳，看不清野獸藏匿在哪，但那股腥臊味始終如影隨行，證明野獸沒有太遠。

「不行！」老楊固執地不願捨棄吃飯工具，代價就是速度被拖慢。眼看其他人和自己的距離漸漸拉大，他忍不住越發著急，急著想趕上前方人馬，一時大意，絆到突起的石塊。

「哇啊啊啊！」老楊身體失去平衡，整個人重重摔倒在地，先前一直不肯放下的攝影機脫手飛出，掉落到草叢中。

發現老楊跌倒的言丰之轉頭跑回去，一把拉起人，順便把從草葉間露出一角的攝影機踢得更遠。

老楊剛驚魂未定地站起，身體又僵住，眼珠子驚恐往旁邊轉。

「咕嚕嚕、咕嚕嚕……咕嚕嚕、咕嚕嚕……」

一隻渾身披散黑色長毛的怪物就站在離他們幾步遠的地方，喉頭滾出危險的低吼聲。它的頭部看起來像狼，但吻部特別長，無數手指一起擠在臉上，像一串生長得亂七八糟的花，眼睛被擠到最上方。

身體像被擀平再使勁拉長的麵條，身下有六隻青黑色的腳，呈現詭異的畸形感。

言丰之多望了那些腳一眼，意識到那是什麼時，顫慄瞬間直沖腦門。

那不是獸足，赫然是六隻發青腐爛的人手！

似乎察覺到言丰之的視線，那張腦袋轉了過去。

言丰之一個激靈，老楊更是發出恐懼的吸氣聲，眼睛瞪得都要凸出來。

這一刻毋須更多言語，兩人都知道自己該做什麼。他們二話不說全速狂奔，身後是怪物邁開六隻「腳」追了上來。

甩開攝影機這個負擔，老楊的步伐瞬間加快了，可他的呼吸聲越來越大，手腳每一次的擺動也越來越費勁。

老楊後悔極了，他這幾天就不該熬夜追劇，否則也不會體力不足。換作平常，扛著攝影機上山下海都沒問題。

當他發覺自己將再度落後，心慌混雜著恐懼襲來，幾乎凍結他的思緒。在他反應過來之前，他已一把抓住言丰之的一隻手。

面對言丰之愣然的眼神，老楊說：「小言，你知道野獸會最先吃哪種人嗎？」

言丰之瞳孔收縮。

——跑得最慢的那一個。

言丰之被重重推倒在地，老楊頭也不回地向前跑。

他不敢回頭看，怕看到言丰之不敢置信的眼神，更怕看到怪物扯爛言丰之的身體，啃食血肉的畫面。

他也不是故意害人，他只是沒辦法……他也不想死啊！換成小言落後肯定也會這麼對自己……對，沒錯，他不過是搶先一步而已！

老楊心臟狂跳，罪惡感令他頭暈目眩，可劫後餘生的狂喜同時難以抑制地生起。害怕和喜悅剛在他臉上形成扭曲的表情，旁邊的樹林猝不及防竄出一道黑影，將他整個人撲至草叢裡。

老楊倒地的時候都還沒反應過來發生什麼事，直到有黏答答的液體滴落至他的額頭，強烈的臭味跟著噴吐至他的臉上。

一隻體型更小的長毛怪物壓在他身上，兩隻青黑的手扣住他的肩膀。

草叢外傳來祈洋的大喊，像在叫人不要動。

老楊大腦一片空白，根本無法辨別祈洋在說什麼。就算聽清楚，也只會大罵這擺明要他主動送死。

他拚命晃動腦袋，試圖找到任何能當武器的東西，接著他瞧見草叢裡有一張男人的臉。

有個男人正趴在草叢中窺視著他。
老楊眼中迸出一線希望，「救我！」
「早安，今天天氣很好。」男人露出和善的微笑。
什麼……老楊的思考停擺數秒，臉上的驚慌被茫然短暫取代。
黑夜下，男人開始向這裡匍匐前進。他速度奇快，一下子就爬到老楊身邊。
絕望在這一刻覆上老楊的臉。
因爲他終於看清了，男人的臉下沒有身體，那張臉被一根觸鬚吊在半空中。
像個魚餌。
觸鬚的源頭，是一隻更加龐大的長毛怪物，比另外兩隻都結實壯碩。
體型較小的怪物一見到大怪物瑟縮了下，乖乖從老楊身上退開。
「早安，今天天氣很好。」垂掛在空中的男人臉孔依舊洋溢著微笑。
同時大怪物俯下身，一張嘴巴從身體正面撕裂開，宛如往下拉開拉鍊，露出一圈圈似吸盤附在周圍的牙齒。
老楊的慘叫來不及逸出，就被一陣吞吃咀嚼的聲音掩蓋。

從言丰之被推倒，到老楊被怪物撲至草叢裡，不過瞬息之間。

于小魚的尖叫還哽在喉中，祈洋和姜星河已一前一後奔向被怪物襲擊的兩人。

姜星河做出搭弓的姿勢，流光建構的弓箭即刻成形，銀藍色的箭頭對準老楊被拖走的方向。

「不要動！」祈洋則是大喊一聲，「一二三，木頭人！」

言丰之馬上不動，驚奇地發現怪物也變得像根靜止的木頭，唯獨一對小眼睛拚命轉動，向祈洋的方向怒視。

這種奇異的力量，還有面對怪物處變不驚的態度……言丰之心想「可能」可以拿掉了，祈洋和姜星河就是處理怪談的專業人士沒錯。

再思及祈洋喊的「一二三木頭人」，言丰之心裡有個想法，他偷偷踢了怪物一腳。

怪物的眼珠迅速轉向言丰之，什麼也沒逮到。

言丰之沒動，怪物也不會動。

怪物視線一挪開，言丰之馬上又補了一腳。

怪物氣勢洶洶地瞪過來，可倒映在眼珠裡的人類動都沒動。

眼看怪物仍沒有撲向自己，言丰之感覺摸到一些規律，眼睛亮起。

祈洋可沒錯看言丰之的小動作，他氣得青筋突突跳動。

「說了別動！」

祈洋的大吼再次引走怪物的注意。

言丰之立刻一個挺腰，兩條腿伸得又長又直，由下往上重重踢向怪物下巴。

怪物的腦袋被踢得仰高，眼珠亂飛卻沒辦法第一時間看向言丰之。

偷襲完的言丰之連滾帶爬地跑離，就聽到祈洋忍無可忍地喊了一聲。

「你這白痴給我躺平！馬上！」

言丰之聽見後方傳來憤怒的獸吼，危機感似寒冰爬上後頸，寒毛排排豎起。

他不假思索地遵從祈洋的命令，當下臥倒，能躺多平躺多平。

祈洋手裡凝聚出一團金光，越過躺平的言丰之後加速躍起，將金光猛力拍在怪物臉上。

掌心大小的金光蘊含凶猛力量，當場打得怪物倒飛出去。

說時遲、那時快，一束銀藍箭鏃在空中拖曳出耀眼軌跡，在怪物落地前貫穿它的身軀。

是姜星河補了一箭。

見怪物沒動靜，祈洋大步走回言丰之身前，粗魯地將人一把拽起。

「我不是說了不要回頭！不要動！你哪個字聽不懂？你腦子眞的裝水嗎！還是你是猴子，才聽不懂人話！」祈洋劈頭就是一頓斥罵，在看清言丰之的表情時倏地一頓，怒氣轉爲狐疑，「……你笑什麼？」

「咦？我有在笑嗎？」言丰之摸摸自己的唇角，摸到上揚弧度，登時不受控地翹更高，「剛剛太刺……我是說太可怕了，我很久沒這麼害怕過。」

說著這話的同時，言丰之的雙眼卻閃閃發亮。

「什麼毛病……」祈洋看言丰之彷彿在看一個神經病，他鬆開手，走向姜星河。

姜星河的目光落在一邊的草叢裡。

旁邊的于小魚捂著嘴，臉慘白得不像話。

祈洋掃過去一眼。

草叢裡，是老楊殘破的屍體。

半顆腦袋被咬得稀巴爛，紅紅白白的液體糊在草葉和地上。

不見怪物的蹤影。

于小魚再也受不了，跑到一棵樹木前，扶著樹幹彎身吐了。

「跑了？」祈洋注意到被踩扁的草叢裡有一道墨綠血痕向深處延伸。

「射中一隻，但草叢還躲著一隻大的。它把小的撈走了，短時間應該不會回來。」姜星河收回目光，望向前方，「我們該走了。」

遠處的屋子燈火明亮，和怪物出沒的陰暗樹林像是兩個截然不同的世界。閃耀在林木間的燈光宛如無聲呼喚旅人接近。

「等等。」祈洋還有問題要問，「姜星河，木鬼堂的那個姜星河？」

姜星河點頭，「我也聽過你，槐花院的祈洋。」

「你難道沒收到消息？」確認了身分，祈洋緊擰眉頭，「這片夜土由我們……」

「他們過來了。」姜星河沒正面回答。

祈洋見于小魚慘白著臉走回來，腳步虛浮。姜星河把自己帶的迷你礦泉水遞給對方，讓她漱個口，得到她感激涕零的一眼。

于小魚幾乎要哭出來了，經歷過那種恐怖之事，姜星河這隨手之舉簡直如天使貼心。

祈洋遲遲沒等到言丰之，轉頭一看，臉部肌肉不禁抽搐一下。

「那個姓言的，要走了！」

自報姓名時，言丰之建議大家可以喊他「小言」或是「之之」，祈洋才不想這麼叫，搞得他們好像多熟一樣。

正在將怪物翻面拍照的言丰之收起手機，快步走回來和大家集合。

「不好意思，發現那怪物長了張人臉，就忍不住拍了。」

「都說拍了沒用，帶不出去。你最好管住自己的手，免得怪物沒掛反咬你一口，變成那樣的下場。」祈洋扣住言丰之的腦袋，惡劣地扳向另一邊。

言丰之當場與少了半邊腦袋的老楊對上眼。

老楊剩下的那顆眼珠瞪得凸起，死死瞪視仍活著的言丰之。

姜星河已經準備好面紙和剩餘的半瓶水，預防言丰之加入嘔吐行列。

祈洋也以爲言丰之的反應會和于小魚差不多，就算沒吐，少說也會白了臉。

誰知道言丰之只是很鎭靜地轉回頭，「謝謝你的關心，我會多注意，你人眞好。」

被發好人卡的祈洋：「……」

嘖，莫名有點不爽。

接下來一路上沒再遇上怪物，一行人順利通過樹林，來到燈火通明的大宅前。

高聳的黑亮鐵欄杆環繞在屋外，先行離去的那對年輕男女已經待在庭園裡。他們手牽著手，看上去是一對情侶。

比起藏有怪物的樹林，亮著燈的屋子讓人下意識產生安全感。

但一看清屋宅模樣，于小魚忍不住結巴，「是、是我看錯了嗎？這是……楓香鬼屋!?」

還是豪華版的。言丰之在心裡接了一句。

灰綠色的洋樓外觀長得跟槐花市最近出名的楓香鬼屋一樣，但佔地更廣，彷彿有人將楓香鬼屋擴建再擴建，成爲面前氣派的建築物。

庭園的雕花鐵門敞開，好似在等著人自動入內。

幾個人走進去，那對情侶看過來。

不知道是不是言丰之的錯覺，兩人眼裡閃過一瞬緊張，隨後又轉回去盯著洋樓，腳還往與他們相反的方向挪動幾步。

年輕情侶服裝整潔，不見一絲狼狽，于小魚小聲問，「他們該不會都沒碰到怪物？」

「也許他們也是專業人士，像他們一樣。」言丰之比了比祈洋和姜星河。

就在此時，緊閉的洋樓大門打開，從屋內走出幾名身穿黑白衣裙的女傭。

于小魚得緊閉嘴巴才沒有尖叫出聲。

那些女傭的臉上布滿多顆轉動的眼珠……只有眼珠。

言丰之反射性拿出手機，對上祈洋警告的目光，這才想起拍照也沒用，帶不出去。

……可惜了專欄素材跟加班證明。

女傭整齊劃一地站在兩側，空出中間的一條通道。

洋樓裡又走出一道人影。

膚色青白的少年穿著筆挺的黑西裝，繫著白領結。他走下階梯，來到眾人面前。

「歡迎來到楓香洋樓，我是這裡的管家。現在要請各位拿出邀請函，登記你們的姓名。」

管家打了個響指，馬上又有兩位女傭搬著桌子從屋裡出來。她們擺正桌子，鋪好桌巾，放上一本登記簿和一枝筆，退到兩側隊伍內。

「不登記會怎樣？」情侶中的男生開口，他有一頭醒目的藍色頭髮。

言丰之默默在心裡喊他「藍毛」。

至於藍毛的女朋友，穿了一襲輕飄飄的白色洋裝，言丰之爲她取名「白洋裝」。

「沒登記就不是楓香洋樓的尊貴客人，非客人不准入內。」管家笑容不變，他站在登記簿前，屈指敲敲桌面，「務必按照順序排隊，尊貴的客人不會做出插隊此種無禮行爲。」

「他什麼意思？」于小魚慌張地問，「怎樣算插隊？我怎麼知道我是第幾個？」

言丰之拿出自己的邀請函，背面是六個小點，這應該是順序。

于小魚見狀趕緊將邀請函翻過來，隨後鬆口氣，上面是五個小點，「你是六，我的是五，那其他人……」

藍毛和白洋裝一前一後走上前，從他們充滿底氣、不與他人確認的舉動來看，他們就是一號跟二號。

等他們交出邀請函、寫完名字，管家高聲唱名，「徐大毛先生、李小花小姐，歡迎你們成爲楓香洋樓尊貴的客人。」

站在兩側的女傭一起舉手鼓掌。

布滿眼珠的臉孔，啪啪啪的掌聲，場面說有多詭異就有多詭異。

祈洋接著走上前，他是三號。

管家繼續唱名，「大海先生，歡迎你成爲楓香洋樓尊貴的客人。」

李小花忽地使勁扯住男友的衣襬，「換他了換他了！」

徐大毛一看是姜星河，下意識緊張起來，連呼吸都忍不住屏住。

令他們大吃一驚的是，姜星河塡的是「小隊長」，跟上一位一樣，連姓氏都沒沾上邊。

明明徐大毛二人登記名字時被一股力道強行控制，讓他們不得不寫出眞實姓氏……結果那兩人卻完全不受影響。

他們倆怎麼做到的？

看了幾人的一番操作，于小魚猜測出一個規則，「是不是要寫假名，不能寫眞名？」

「只要妳寫得出來的話。」祈洋從旁潑冷水，「呵，不會以爲眞寫得出來吧。」

「但你們不是都寫了……」于小魚遲疑地問。

「這裡有種會擾亂人的力量，很可能會讓你們寫不出假名。」姜星河看著話少、高冷，但說話比祈洋中聽多了，「寫出眞名了也沒關係，想辦法做點改變就好。」

輪到于小魚了，她緊張得手心直冒汗。她深吸一口氣，以赴刑場的心情毅然走去簽名。

「于小魚啊水中游小姐，歡迎妳成爲楓香洋樓尊貴的客人。」

于小魚快步回到大夥身邊，虛脫般地鬆口氣，「天啊，嚇死我了……回過神來名字都寫好了，幸好姜先生有提醒。」

不然她也不會想到把自己的名字多加上一串後綴。

最後一人是言丰之。

「大毛你看，也是清秀小帥哥耶。」李小花拉著徐大毛低聲說，不住瞄往對面三名男性，「都集滿三名帥哥了，再加上方才那位漂亮小姊姊，露娜小姐拉人不會是看臉……」

李小花的視線移到自家男友臉上，果斷改說詞，「不對，是我想多了。」

徐大毛怒視女友，「靠！妳禮貌嗎？」

言丰之不知小倆口因他們這方險些起了內鬥，他冷靜地走到桌前。面對管家那張虛假又詭異的笑臉，他握著筆，在登記簿上寫下字。

果然如姜星河和于小魚的提醒，即使心裡想胡亂編造假名，仍無意識地先寫下「言」。

言丰之想改成小言，但腦海忽然一陣恍惚。

小言不禮貌，得寫全名才行。

不不不，不能全名，既然前面不能加字，那言先生……

不行，該寫全名，尊貴的客人該被人喊出全名。

腦中有聲音蠱惑著。

回過神時，紙上已經出現「言丰之」三字。

言丰之吸口氣，在筆尖即將離開紙張的瞬間，果斷往下寫。

他繼續寫。

他一路寫。

他還沒寫完。

「他也寫太久了吧。」徐大毛吃驚地對李小花說。

「難道這個小帥哥……寫字特別慢？」李小花試圖合理化他的行爲。

連姜星河和祈洋也感到一絲不對勁。

祈洋大皺眉頭。那傢伙在搞什麼？

其他人看不見言丰之在寫什麼，管家可是看得一清二楚。

隨著言丰之寫下的文字越來越多，他原本揚起的嘴角漸漸下垂。意識到自己表情有變，趕緊又堆起笑容，弧度與先前一模一樣。

管家告訴自己再等一會，優秀的管家不會因爲這點小事輕易動搖，頂多是等等唱名唱久一點而已。

言丰之還在寫。

現場陷入奇異的靜默，所有人迷茫地注視著言丰之伏低寫字的背影，不明白他究竟寫什麼能寫那麼久。

管家又等了一會，想說這人總該寫完了吧，不料一低頭，字都要超出紙外寫到桌巾上了。

「不能寫到外面去！」管家急忙奪過言丰之的筆，不讓對方繼續寫下去。他清清喉嚨，強行進入唱名環節。

然而等管家看清言丰之寫的名字，他瞪大雙眼，瞳孔震動，臉上那抹像複製貼上、連角度都沒變動的笑容，這一刻徹底扭曲。

「唸吧。」言丰之在旁催促，「我還想當你們尊貴的客人。」

管家的兩瓣嘴唇閉得死緊，似乎打死不願開口，偏偏他必須按規定走。

客人寫下名字，他負責唱名。

在此處，流程一定要走完。

所有人都瞧見管家的臉頰肌肉大力抽搐，表情扭曲猙獰，意圖仿效蚌殼緊閉的嘴唇最後仍是被迫打開。

「言……言丰之你是電你是光你是唯一的神話我無法阻止一顆火熱愛你的心你可感受到我的心意我願意爲你戀愛腦爲你茶不思飯不想就算你要我挖眼挖心挖腎挖子宮虐我身虐我心滅我滿門我也還是待你如初戀不曾改變畢竟我對你的愛情就是如此崇高無瑕求求你跟我一生一世一雙人吧先生！」

管家唸得口乾舌燥，成功唸完「先生」兩字後，不得不停下來換口氣。當他再唸出後面句子，他惡狠狠地瞪著言丰之，一字一字重重地說，語氣宛若要將言丰之剝皮抽筋、千刀萬剮。

「歡迎你成爲楓香洋樓尊、貴、的、客、人！」

徐大毛和李小花震驚不已地看向言丰之，眼中全是欽佩，只差沒忍住與女傭一塊激動鼓掌了。

太猛了啊兄弟！人家要你寫名字，你直接寫出一篇小作文！

「我剛是不是聽了一篇虐戀故事？」于小魚恍惚地說。

走回隊伍的言丰之謙虛表示，「要是沒有字數限制，再給我多點時間的話，我可以發揮得更好。」

雜誌社編輯通常一人要負責好幾個專欄，寫作能力只是基本要求而已。

姜星河若有所思，「原來還能這樣，這是個不錯的示範。」

祈洋對此目瞪口呆，但瞥見管家扭曲到變形的臉，再回想自己先前被言丰之氣得血壓飆高，心裡莫名爽了。

如管家所說，登記完名字，就能進入楓香洋樓裡。

原本管家該是要面帶微笑地帶領他們一行人入內，但經過言丰之方才那番操作，管家連個笑容都不給，直接換成一張青白色的晚娘面孔。

「請各位隨我進來。如果可以，麻煩那位丸子頭的先生不要走在我正後方，我會產生應激反應。」

「你可以直接喊我名字就好。」言丰之眨眨眼，「而且不是說喊全名才禮貌嗎？」

「拜託你滾到隊伍最後面。」管家面無表情地說，連「先生」兩字都不給了。

言丰之還想再堅持一下，但他的衣領猝然被人提住。

「你夠了沒？你是專業找死嗎？」祈洋臭著臉，就像在拎欠管教的貓咪，緊揪著貓咪後頸，把言丰之強行帶到最後方。

管家影子裡已經冒出幾顆眼珠，眼球表面布滿血絲，正陰森森地瞪著人。

限定對象，某個姓言名丰之的傢伙。

言丰之一消失在他身周方圓一公尺內，管家的嘴角頓時恢復至平時四分之一的弧度，甚至覺得空氣變清新許多。

在管家帶領下，他們通過一條掛了多幅畫作的走廊，來到一處極爲寬敞的大廳。

裡頭裝飾金壁輝煌，垂掛在空中的大型水晶燈如星光璀璨。廳中央是通向二樓的階梯，華貴的金絲紅地毯一路向上延伸，直到消失在轉角處。

就在這時，一道窈窕的紅色身影自二樓走下。

放在扶手上的小臂雪白，如同上好的玉雕，指甲上染著和衣裙同樣的紅。

戴著圓帽的露娜小姐站在離大廳還有幾階的位置，她的臉依舊被暗影覆蓋，只能看見紅艷艷的嘴唇。

「很高興幾位來到楓香洋樓作客，聽聞你們都是擅長尋物的偵探，世界上就沒有你們找不到的東西。」

「偵探？誰？我們嗎？」于小魚驚惶地用氣音問。

她一點也不擅長找東西，她最擅長的是丟三落四才對！

爲什麼來到這裡，就突然被加上莫名其妙的身分？

「就當作妳在一款遊戲裡，然後這是妳的人設這樣。」李小花不知何時湊過來低聲說，「想離開通常得達成怪談的任務要求。」

人設……言丰之思索著。人設應該不是平白無故套在他們身上，聽露娜小姐的意思，她是要他們幫忙找東西。

言丰之的猜想在下一刻被證實。

管家站在露娜小姐下方，挺直背說道：「主人的燈在洋樓裡遺失了，你們要將它找出來，讓燈重回主人的懷抱。」

「找出來，交給我。」露娜小姐紅唇翕動，「只能交給我。」

言丰之提問，「有燈的照片嗎？」

「你們是偵探，你們該知道的。」露娜小姐微微一笑，「我不喜歡被人打擾，有任何需求可以跟管家和女傭提出。這裡十點半必須準時回房，其他須要注意的，管家會告訴你們。祝你們有個愉快的夜晚，希望能盡早聽到你們找回燈的好消息。」

說完，露娜小姐朝幾個人優雅頷首，轉身上樓，一晃眼便消失在視野中。

「聽起來就是不能打擾露娜小姐，不能花太多天找燈……」徐大毛唸唸有詞。

「還有要準時回房間。」李小花補充。

「房間往哪走？」祈洋直截了當地問向管家。

管家站在樓梯前，露出意有所指的微笑，「尊貴的客人可不能缺少耐心，你們一定能了解，耐心是種值得讚賞的美德，當然優雅也是。爲了歡迎客人入住楓香洋樓，慶祝活動自然不能少。」

管家拍拍手，幾位女傭走入大廳。

言丰之迅速看一圈，不多不少，人數剛好應對他們六個人。

「等等多加小心。」姜星河沉聲說，「耐心、優雅是關鍵。」

「來吧，請各位一起跳舞吧。」管家朝眾人彎腰行禮，抬起臉時，嘴角彎成詭異的笑容，影子裡伸出多條細絲，掛著一顆顆圓潤的黃銅色眼球，「一起享受這段美好時光。」

多顆眼珠全洋溢著滿滿的幸災樂禍，尤其在轉向其中某個特定人物時，更是強烈數倍。

「你們的舞伴都是害羞但熱愛音樂與舞蹈的女性，她們喜歡直擊心靈的藝術，請跟她們一起跳滿十五分鐘的舞。倘若她們不小心過度沉迷，原諒她們，畢竟她們好不容易才被賜予參加舞會的資格，請溫柔善意地提醒她們該休息了。」管家拍拍手，無臉的女傭紛紛向前，在每個人面前站定。

言丰之再一次體會到身體不受控的感覺，就像他接下邀請函，在登記簿上寫名字。如今他的手不受指揮地抬起，一手握住女傭的手，一手放在女傭腰上。

其他人也是同樣狀況。

當所有人被強行擺出跳舞的預備動作，悠揚的音樂驀然響起，女傭齊齊踏出舞步。

言丰之差點沒跟上節拍、踩到女傭的腳，好在他旋即反應過來，雙手不能移動，但雙腳能由自己掌控。

換句話說，他得想辦法跟上女傭的舞步，還不能踩到女傭的腳。

耐心是要跳完舞。

優雅是要保持舞步的整齊。

女傭裙襬飛舞，像綻放的黑白花朵，舞姿輕巧動人。假如忽略她們的臉全是眼珠，以及她們的跳舞對象不是面露驚惶、焦慮、不爽或是面無表情，可說是賞心悅目的畫面。

音樂起初和緩，在眾人隨著女傭轉圈的下一刹那，無預警加快。

原本舞步還算簡單，前進、後退、側面移動或雙腳併攏，就算是不擅跳舞的人也能應付得過來。

然而音樂一加快，本來就沒什麼舞蹈基礎的于小魚當即慌了，連默記的步伐順序也跟著被打亂。

前進、前進……再來是後退嗎？

于小魚的腦袋成了一團漿糊，腳抬起卻不知該往前還是向後。她心裡焦急，反射性想低頭看女傭的舞步。

「低頭就不優雅了。」言丰之望見這一幕，拋來提醒。

于小魚一個激靈，忙不迭抬起頭，改成緊縮下巴，用眼角餘光去追女傭的雙腳，驚險地度過一次難關。

管家的嘴角下垂又揚起，甚至浮現毫不掩飾的惡意。

言丰之沒漏看管家的表情變化。他以爲管家的惡意是針對自己，畢竟他剛提醒于小魚，還有更早之前讓對方讀了一篇充滿降智內容的小作文。

不過很快地，他就意識到管家不是針對自己。

——那份惡意是對所有人。

只見管家隨著音樂搖擺身體，嘴裡還愉快地唸著什麼。言丰之拉著女傭往管家方向跳，聽到對方在唸著「噠噠噠」。

發現言丰之看向自己，管家的笑容咧得更大，誇張地做了一個口形。

你們要完蛋啦！

爲什麼說他們會完蛋？是篤定他們接下來會在舞會中失誤？

不對，想讓他們犯錯，只要讓音樂速度加快，但節奏似乎沒有變動。

既然如此，只要能跟上女傭的舞步，就不用擔心犯……

不是舞步問題，是時間！

言丰之猛然反應過來，管家嘴裡的「噠噠噠」是在模仿指針前進的聲音。

楓香洋樓規定了回房時間。

再被女傭繼續扣著跳舞，就別想準時回房。

言丰之剛想到這裡，就見祈洋、姜星河還有情侶檔已各自順利擺脫女傭的控制。剩下自己和于小魚了。

言丰之看到祈洋他們在說什麼，卻聽不見聲音，顯然旁人的提示不被允許。管家曾說如果舞伴太沉迷跳舞，要溫柔善意地提醒。

言丰之和于小魚離得近，聽見她抖著聲音對舞伴說：

「很晚了……是不是該睡了？」

女傭充耳不聞，舞步不停。

于小魚欲哭無淚，她覺得自己的語氣分明柔軟似水了，這樣難道還不夠溫柔嗎？

言丰之靈光一閃，對于小魚低聲說：「試試唱歌？」

她們喜歡音樂與舞蹈。

說的不行，唱的或許行得通。

于小魚理解了言丰之的意思，再度顫顫開口：

「讓我們互道一聲晚安，送走這匆匆的一天……願你走進甜甜的夢鄉，祝你有個寧靜的夜晚……晚安、晚安，再說一聲，明天見。」

歌一唱完，于小魚成功重獲自由。

照理說言丰之只要依樣畫葫蘆就好，但他對自己的五音不全很有自知之明。

歌一唱下去，他的舞伴可能不覺得是催眠，而是催命。

要不是聲音被隔絕，祈洋眞想對還沒脫身的言丰之大罵：你是豬腦袋嗎？都有現成的示範了，照抄功課是不會啊！

祈洋想到自己不能張嘴罵，但能打字在手機上罵。

他手機剛拿出來，言丰之人已經順利走過來了。

先前還緊拉著他跳舞的女傭則以一騎絕塵的速度衝出大廳，消失得比她同伴們都快。

「你對她做了什麼？」管家惡狠狠地瞪向言丰之，「我不是說要溫柔善意地提醒？看看你做的好事，你把一個可憐的女傭嚇跑了！」

管家這話純粹是找碴，他也知道如果言丰之眞的違規，不可能安然無事地擺脫舞伴。

言丰之一本正經地說，「喔，我告訴她，熬夜是美容的天敵。」

就算不是用唱的，效果也是拔群，還直擊心靈。

管家差點捏碎樓梯扶手。

都怪物了還愛什麼美！

所有人都達成跳舞十五分鐘的要求，管家不能再攔著他們，只得硬邦邦地說，「二樓右邊的客房可以隨意挑選，請尋找適合自己的房間……」

言丰之打岔，「我們進去房間後不會又被強行拖出來，故意讓我們超時吧？」

「自然不會。還請客人放心，沒有你們的允許，我們無法擅入你們的房間。」管家皮笑肉不笑地說，「在這裡只有主人能打開所有的門。」

「那你們主人會不會……」

「就算所有門與鎖都阻礙不了主人，主人也絕不會做出違背高貴品格的事！」管家大聲說，不讓言丰之再有發言機會，「各位晚安，早上八點半是早餐時間，祝你們有個愉快美好的夜晚。」

眼見所剩時間真的不多，言丰之惋惜地投給管家一眼，跟著眾人一同往樓上跑，急促的步伐踩在紅地毯上，製造出沉悶的聲響。

二樓右邊走廊上林立多扇緊閉的房門，門板統一是灰綠色，看不出差異在哪。

夾在兩扇房門間的平整壁面忽地出現起伏，似有異物從底下掙出，一張張白畫板似的臉浮現在牆壁上，中央長出一隻眼睛。

佔據大半張臉的眼珠子轉動，將走廊上的動靜盡收眼底，等同牆上裝了另類監控，監視著他們行動，確認他們在十點半前進入房間。

祈洋重複著開門關門的動作，接連跳過多個房間。他再打開一扇門，進去快速繞一圈出來，這次他扭頭，長臂一伸，在言丰之要竄進別間房時，不客氣地將人拽過來。

「姓言的，你睡這間！」

不給言丰之表達意見的機會，祈洋把他一把推入，大力關上門。

祈洋的目光接著掃向于小魚。

「我跟誰同房都可以的！」于小魚怕自己也得獨自一人，積極地保證，「我睡相好，不打呼，不說夢話也不夢遊，對你們更不會有非分之想。」

在安全面前，再帥的男人她都能毫無欲望地當成好姊妹。

姜星河朝于小魚招招手。

于小魚高興地跑過去，以爲姜星河願意收留她，下一秒就被推入房，關上門，隔絕了于小魚呆滯的臉。

兩名身高腿長的男人則在十秒內找到自己要睡的房間。

走廊上只剩下情侶檔。

徐大毛張嘴又閉上，沒料到他們的動作那麼快。他趕緊從口袋裡掏出一個東西，握著拳頭伸向房間門，當機立斷對李小花說道：「就這間！」

李小花二話不說跟他一起跑進房裡，進房關門，一氣呵成。

一張張獨眼的人臉只能心不甘、情不願地退回牆裡。

第4盞

門外很快就沒了動靜，所有人應該都及時進到客房裡。

耳朵貼著門板的言丰之站直身體，開始觀察起強制分配給他的房間。

客房的裝潢乾淨典雅，家具一應俱全，床頭設立在唯一的大窗戶底下。

言丰之打開窗戶，外頭一片幽黑，冷風不停地灌進來。他被吹到打噴嚏，揉揉鼻子，重新關上窗戶，順便把窗簾拉上。

床尾對著一張化妝桌，桌上擺著一個杯子和一張紙卡，上面繪有楓香洋樓的平面圖，顯然是給客人認識環境用的。

化妝桌的鏡面有半人高，能把床鋪全映照進去，牆邊立著大衣櫃，大得像能塞進好幾個人。

言丰之拉開櫃門一看，裡面空蕩蕩，桿子上掛著幾個衣架，底下擺著室內拖鞋。

客房裡附有一間浴室，沒有對外窗，但也沒有異味，顯示通風功能完善。

言丰之走了一圈，沒發現什麼奇怪的地方。

而從祈洋硬把人塞進來這點來看，這間房顯然是安全的，可以好好睡上一覺。

言丰之很好奇，祈洋怎麼看出安不安全。

可惜他先前沒多看幾眼被判定不安全的房間，無法比較。

沒在房裡看出個所以然，言丰之坐到床鋪上，本來想刷一下手機裡的小說打發時間，瞄見上頭顯示的電量，他默默放棄這個念頭。

他沒帶行動電源，房裡也沒看到能充電的地方，但只要保存一定電量，就算手機無法連網也不能對外聯絡，內建的不少功能在關鍵時刻還是派得上用場。

秉持著能省則省的心態，言丰之下床，再次在房裡悠轉。他拉開桌子抽屜，裡面同樣空無一物。

旅館的房間好歹會放本聖經呢。

言丰之不是什麼虔誠的教徒，他不信教，只是想看點文字轉移注意力。

正打算關上抽屜，言丰之的動作忽然一頓，想起電影裡常有的橋段——主角、配角，或是反派，都喜歡把東西藏在抽屜頂部。

不過也不可能真的會有什麼吧……言丰之把手伸進抽屜裡，往上隨便一摸。

啊，還真的有什麼。

一個扁扁硬硬的東西被黏在抽屜頂部。

摸起來像一本巴掌大小的精裝書。

言丰之的手指在物品上摩挲移動。這個觸感……是絲絨膜吧，摸起來特別絲滑。還有局部打凸，面積很大，上面的質感感覺是做了燙色。

言丰之有絲羨慕，這書的封面真奢侈，一口氣運用了多種工藝。

要知道每道工都是錢，換作他們老闆，只會堅持用最簡單的上膜，最大幅度節省印刷成本。

言丰之被藏在抽屜裡的書搞得心癢難耐，使勁抽了抽，書黏得很牢，硬扯可能會傷到。

他把整個抽屜拉出來，蹲下一看，黏在上方的是本硬殼紅皮書，局部反射著金色光澤。

果然是燙金！

費了點工夫，總算順利拿出書，封面除了言丰之摸出的幾項工藝，沒有書名，看上去更像一本筆記本。

言丰之快速翻了翻，都是空白頁。他習慣性摘下書衣，想看內封長怎樣。

內封是素色牛皮紙，上面畫著一叢玫瑰花，旁邊是一個歪歪斜斜的箭頭指著花叢下。

這什麼？猜謎嗎？

言丰之盯了玫瑰花許久，起身在房裡尋找，看是否有類似圖案。找了一圈，什麼也沒發現。

言丰之一屁股坐回床上，手按在床緣位置，摸到不明顯的突起。他的指尖無意識地摸了摸，接著一愣，連忙起身掀起床單。

一幅玫瑰花叢的圖案就藏在床墊側面。

言丰之拿著筆記本對照，找到箭頭指向處，他從口袋摸出鑰匙串，用尖端戳進床墊裡。戳出一個洞後，言丰之把手指擠進去，使力往內摸索，還真的摸到東西。

洞口太小，那東西不好拿出來，言丰之又摳又扯地把洞變大，成功從床墊裡掏出一本巴掌大的筆記本。

*又是筆記本？*言丰之納悶地檢查一遍，與方才那本精緻的做工不一樣，是很普通的筆記本。封皮是糖果跟星星的圖案，書局三十元就能買到，小女生喜歡的那種。

準備站起身前，言丰之的視線和自己製造出的破洞對個正著，他若無其事地把床單重新鋪好，假裝什麼也沒發生。

言丰之坐回床邊，翻看起筆記本，裡面全都是空白頁。

言丰之只思考一秒就決定先放棄，他把筆記本擱至床頭，打算明天再拿給其他人看。

工作一整天，晚上又到楓香鬼屋蹲點加班，不久前還經歷了樹林逃亡及被迫與無臉女傭跳舞，言丰之有好一陣子沒有體會過這種高強度勞動。

將設好鬧鐘的手機放到枕頭邊，他在浴室的櫃子裡找到提供給客人的盥洗備品。看著單人份備品，言丰之眨眨眼，飛快從浴室探出頭，環視客房一圈。目光先是落在擺著兩顆枕頭的雙人床上，再移至桌上的杯子，最後轉向被他忽略的衣櫃。

裡頭孤伶伶地只擺著一雙拖鞋。

將房門鎖緊，反覆確認真的上鎖、連門鍊也拉上後，徐大毛與李小花終於鬆口氣。

「真是累死人了……」李小花伸伸懶腰，脫下鞋襪，赤腳踩在地毯上，「這下可以好好休息了吧。」

「應該沒問題了。」徐大毛跟著走進來，與李小花的大剌剌不同，他把脫下的運動鞋整齊擺好才坐到床上。

屁股剛一沾床，徐大毛又飛快跳起，連帶一併把女朋友拉離床鋪。

「怎麼了？怎麼了？」李小花慌張地拉著徐大毛退得更遠，看床鋪的眼神像在看毒蛇猛獸，「床上有什麼危險嗎？」

「欸，不是啦……」徐大毛撓撓臉頰，「我們還沒洗澡，也沒換衣服，這樣坐到床上很髒耶。」

徐大毛有點潔癖，受不了渾身髒兮兮就上要睡覺的床。

李小花知道他有這個臭毛病，平時去他房間也會盡量配合，問題是……

「現在都什麼時候了？」李小花不敢置信地瞪大眼，「你還在意這種事喔！而且哪來的衣服能換！」

「起碼我們可以洗……」徐大毛辯駁。

「閉嘴，我不聽！」李小花獨斷獨行地捂住徐大毛的嘴，後者只好委屈地眨眨眼。

想到自己無端被嚇一跳，李小花還是有氣。今晚已經夠嗆了，這人是嫌她被嚇不夠嗎？她踢了徐大毛脛骨一記，哼了聲，重回床鋪的懷抱。就像故意似地，還在床上滾好幾圈，確保整張床被自己滾了個遍。

先不管楓香洋樓有多詭異，客房床鋪的品質絕對達標準以上，有如來到五星級飯店。

李小花朝男友投去挑釁的目光，「嫌髒就別上來啊，地板讓你睡。」

徐大毛只好認命地接受床鋪被弄髒的事實。

「明天還得想想該怎麼找燈的線索……總之要先知道燈長怎樣。」

「從露娜小姐那邊問不到，可能須從別人那打聽。」

「你說這裡的傭人嗎？唔，管家、女傭都可以試著問問看。」

「妳確定女傭行嗎？她們沒嘴巴耶。」

「那不是還可以寫嗎？做人要會變通，看看那個小帥哥變通得多滑順。」

「不，那個與其說變通……總覺得，有點變態啊。」

回想起管家被迫朗誦小作文的畫面，徐大毛就覺得這人即使是普通人，也是個不走尋常路的普通人。

誰會在自己名字後面亂接小作文，讓怪物向自己告白！

討論完明天該做的事，李小花打了個呵欠，感覺眼皮像要掉下來，她把徐大毛踹去關燈。

房裡被黑暗籠罩，反倒顯得門縫外的光線格外醒目。

「外面是不關燈的嗎？」李小花嘀咕，她喜歡在全暗的環境睡覺。她將被子拉起蓋住頭，沒過一會兒又猛地拉下。

她忘記刷牙了！

不洗澡無所謂，但刷牙不能少。

李小花靠著意志力頑強爬起，摸黑朝浴室方向前進。

「唉唉，希望這裡有提供牙刷，我可不想明天起床有口臭……」她打開燈，在浴室尋起盥洗備品。

「我不會嫌棄妳的！」徐大毛躺在床上喊。

「誰管你嫌不嫌棄，是我會嫌棄自己。」李小花頭也不回地說。

浴室能收納物品的地方只有嵌在鏡子旁的木頭櫃子，她打開一看，雙眼瞪大。

櫃內整整齊齊地擺放著……

三份備品。

李小花看著那數量，愣了愣。再看一次，她沒有眼花，的確是三人份。

布置成雙人房的房間，爲什麼會準備三人份的用品？

李小花瞳孔收縮，顧不得刷牙，一個箭步衝出浴室，打開燈檢查起房間各處。

「妳幹嘛？」突然大亮的燈光讓徐國春下意識閉起眼，「裡面沒牙刷嗎？」

李小花沒理他，跑去打開靠牆的那座大衣櫃，上層收納著四顆枕頭，加上床上的兩顆，總共有六顆。

雙人房會用到那麼多枕頭嗎？

李小花視線下移，對上擺在衣櫃下層深處的室內拖鞋。

一、二、三，三雙鞋子，和浴室備品份數相同。

李小花強按下不安，跑到桌子前拉開抽屜，在裡面發現提供給客人用的杯子。

她眼前一陣暈眩，按在桌面上的手背用力得鼓起青筋。

杯子也有三個。

「怎麼了？發生了什麼事？」徐大毛不明白李小花幹嘛忽然在房裡跑來跑去。

李小花吸口氣，轉身面對徐大毛，「你確定這房間是安全的？」

「對啊，怎麼了？」徐大毛從口袋裡拿出一個玩偶吊飾，玩偶做成曼德拉草的模樣，頭頂上的葉子閉攏，臉上是閉眼睡覺的表情，「妳看，它睡得正好，代表我們附近現在是安全的沒錯。」

他就是用這方式來尋找入住的房間，管家有提到要找適合自己的，顯然不能隨便找。

本來也想幫其他人，不料人家速度比他快。

徐大毛的話沒安慰到李小花，她後知後覺察覺到一件事——曼德拉草只能偵測當下的安危。

那麼那個當下過後呢？

李小花望著男友手上的吊飾，臉上血色漸褪，表情也越來越驚恐。

曼德拉草閉起的葉片不知何時炸開，原先閉起的眼睛張得大大的，從安詳的神態變成猙獰地張嘴尖叫。

「啊——」

曼德拉草的尖叫只有持有者能聽到，徐大毛無預警被人吼了那麼一嗓子，嚇得心臟差點停跳一拍。

顧不得耳朵仍在嗡嗡作響，他抓起吊飾，看見那張變形的臉，心臟沒停，但涼意一絲絲爬上。

房裡現在有危險！

徐大毛抓住李小花的手，另一手抄起掛在椅上的包包，想也不想就要往外衝。

「你幹嘛？」他反被李小花一把拉住，「現在都十一點多了！」

李小花這麼喊，當然不是因爲時間太晚，而是楓香洋樓有規定，十點半前就得進房。現在出去，誰知道會發生什麼事？

想起規定，徐大毛煞住腳步，差點被自己的魯莽驚出一身冷汗。

「對，不能隨便離開房間。」徐大毛吞吞口水，和女友緊靠在一起。

客房一側是大衣櫃，斜對著床的是浴室，床頭則正對著窗戶。看來看去，似乎只有床鋪右側比較安全，那裡只有光禿禿的牆壁。

大敞的衣櫃門忽然動了。好似有風吹動，它慢慢地恢復成關閉狀態。

下一瞬，緊閉的衣櫃內爆發出猛烈的拍打聲，像有人要從裡頭撞出來。

「靠啊！」徐大毛驚叫一聲。

他這一叫，衣櫃裡的動靜反而停了。

李小花沒有因此鬆口氣，她眼角餘光瞧見浴室門也自動關上了。

門一關，敲門聲頓時改從浴室門後響起。

簡直像有人在房裡不停改變躲藏位置，拍打聲接二連三地冒出。

咚咚咚！啪啪啪！砰砰砰！

「那到底是什麼！」徐大毛崩潰地嚷。

「冷靜、冷靜！穩住！」李小花像喊口號似地安慰男友，「說不定人家沒惡意！」

這話說得連她自己都不信。

她現在已經反應過來，這間客房所有備品都是三人份，代表這是一間三人房。

第三位室友恐怕就是正把房裡弄得乒乒乓乓，以為自己在開個人演奏會的那位。

對方弄出這麼大動靜，實在不像爬出來就是爲了跟他們相親相愛地一起睡覺。

李小花抓了顆枕頭擋在身前。

徐大毛雖然一副崩潰的模樣，但手上冒出石片，一下就包圍住拳頭。

震耳欲聾的動靜倏然停止，無論是衣櫃、浴室、抽屜都變得靜悄悄的，對方似乎放棄和徐大毛他們共用房間了。

徐大毛和李小花不敢大意，他們屏息以待，在針落可聞的死寂中，前方的大衣櫃緩緩地露出一條門縫。

幽暗的縫隙裡伸出一隻慘白的手，再一隻、又一隻……

將近十多雙手攀在櫃門上，它們把門往外推得更開，指尖不停抬起放下，彷彿一大群拍振翅膀的白色蝴蝶。

成片白蝴蝶中，縫隙最深處有血紅的微光閃滅，吸引著人去注視。

小情侶不由自主地朝著發光處看去，臉上神情漸漸變得迷茫，茫然中又染上一絲迷醉。

他們不知不覺往衣櫃方向靠了過去。

然後。

「咚！」

突如其來的撞擊聲宛若驚雷落下，徐大毛和李小花被嚇得啊啊啊叫出聲，驚覺他們與衣櫃的距離竟然拉近了。

他們急急後退，四下尋找聲音源頭。

這一看，他們的頭皮幾乎要炸了。

床頭前的窗戶外不知何時懸掛著一雙腳，搖搖晃晃地踢上玻璃，又是「咚」的一聲。

兩名年輕人的臉白得像紙。

下一刻，掛在窗外的那雙腳跳下，穩穩站在窗外的突起處。

腳的主人彎下身，露出臉，對房裡緊緊抱在一起的小情侶揮了揮手。

是言丰之。

李小花開窗讓言丰之進來後，房裡的怪異騷動通通消失了。

被完全打開的大衣櫃裡什麼人也沒有。

有了言丰之加入，這間房的房客人數達到要求，衣櫃裡的東西也自然離去。

這時候李小花根本不在意言丰之怎麼會跑到他們窗外，她殷勤地招呼他在床邊坐下。

「你……你怎麼會跑出來？還是從那個地方……」徐大毛詫異地問向言丰之。

「好奇新環境，就出來四處逛逛。」言丰之坦然。

徐大毛：「……」

你的四處逛逛，就是像蜘蛛人爬在外面？

「也用不著在那種地方逛吧。」徐大毛委婉地表示。

「你怎麼敢出來？」李小花問道：「不是說十點半前得回房？」

「但也沒說十點半後不能出來。」言丰之理所當然地說。

徐大毛與李小花對視一眼。對喔，管家確實沒說過，是他們自己認定進房就不能外出。

「不怕被走廊上的大眼睛逮住嗎？」李小花說。

這點言丰之也有考慮，萬一打開門那些眼珠子還在，他就得跟它們大眼瞪小眼了。所以他轉換思路，門可能不行，保險點先試試窗戶好了。

言丰之從窗戶溜出去，驚喜地發現窗跟屋頂的距離不會太遠，他用點技巧和力氣，輕巧地爬到屋頂上。

上了屋頂才知道，楓香洋樓比想像中更大。

他們從前面大門進入，只看到一面。實際上楓香洋樓是由三棟樓組成，二樓之間相連著空中走道，乍看下像個三角形，也有點像個「品」字。

他們的房間在正前方這棟，初來乍到，言丰之決定採取保守路線，先在他們這棟樓上轉一圈就好。

徐大毛覺得這人對「保守」的定義肯定有天大的誤解。

「聽到一點動靜就過來看，沒想到是你們房間。太久沒爬了，下來時有點生疏。」言丰之也沒想到那麼剛好，湊過來就目睹驚人的一幕。

不過比起在樹林見到的怪物，攀附在櫃門上如大片振翅白蝶的手指有種異樣的藝術感。

「……等等，你說樹林裡有怪物？」聽言丰之這麼說，徐大毛吃驚地與李小花面面相覷，懷疑他們是不是聽錯了，「我們沒碰到什麼怪物，很順地就一路跑到了楓香洋樓。」

「這可真的太奇怪了……」李小花愁眉苦臉地和男友對望，「開場就來個追殺，照理說芒級怪談不該一進來就這麼猛的……」

再加上他們不久前在客房碰到的場面，要不是言丰之出現，恐怕他們已經走到衣櫃前，和那個亮紅光的東西直接接觸。

沒人知道過去了會發生什麼事。

想到這裡，李小花打了個寒顫，轉而一把握住言丰之的手，大力地上下搖動，「啊啊啊，小帥哥！多虧有你，不然我們肯定慘了！對了，小帥哥怎麼稱呼？」

先前的小作文太震撼人心，她反而想不起對方一開始那幾字是什麼了。

「言丰之，也可以叫我小言。」

小情侶跟著自我介紹，李小花的本名是李月吟，徐大毛則是徐國春。

知道言丰之比他們大幾歲，兩人一致決定喊他小言哥。

「小言哥，假如是待在這種會要人塡眞名的夜土裡，彼此間還是盡量喊假名好，或是暱稱也行。」李月吟給出建議。

「『夜土』是什麼？」言丰之第一次聽到這名詞，「還有你們剛說的『芒級怪談』……」

知道言丰之是初次被捲進怪談，又幫了大忙，李月吟馬上拉著男友一塊爲他熱情說明。

芒是怪談的危險等級分類，從低至高是芒、星、月、日、輝、煌。

「小言哥，怪談不只是故事，你可以把它當一種可怕的怪物。楓香鬼屋是最低的芒，危險性也低。然後最近不是流傳『露娜小姐的邀請函』嗎？我們就想說楓香鬼屋既然是芒級，去敲門也不會碰上什麼危險吧，誰知道會突然被拉進來，露娜小姐的怪談居然是眞的！」

而根據記錄，怪物化的怪談是在一二九大地震發生後才陸續出現，然後這幾年出現得更加頻繁。

因此有人認爲怪談是藉著那場地震入侵人類社會，至於夜土……

李月吟跟男友要了紙筆，在紙上畫了個圈。

「夜土就是怪談張開的疆域、領土，或者要說它的快樂小世界也行。總之就是它的地盤，裡面大部分是它說了算。」

「大部分。」言丰之抓重點的速度很快，還能舉一反三，「也就是不能眞的隨心所欲？就例如……我們照要求，十點半準時進房，它們就不能做出危害我們的事？」

「還得找到合適的房間，這條件才能成立，不然就會像我倆方才那樣，差點送人頭給對方。」

「所以有一種說法是這樣的，出現在夜土裡的規則，就是我們這個世界的意志在跟怪談對抗，用某種機制來保護人類。」

「怪談會吃人，要是放著不管會引起大問題，應運而生的就是點燈人。他們是專門處理怪談、研究怪談的專家。和怪談一樣，也依照力量等級分爲芒、星、月，日、輝、煌。」

「爲什麼叫點燈人？」言丰之疑惑，這聽上去和怪談沒有任何關聯。

「嗯……因爲怪談會製造燈。」李月吟在紙上圓圈裡補上幾個小點，「不是眞的燈，可能是死者變成的怪物，也可能是活人被扭曲成怪物，力量比夜土裡誕生的其他怪物都強。」

「說到燈，就得再說一遍怪談是一種有故事性的怪物。它們會找符合自身故事元素的死者，增強故事性。這樣夜土就能越發堅固，怪談在夜土裡也會越強大。」

「像我們現在碰上的『露娜小姐的邀請函』，它的故事就是去敲楓香鬼屋的門，有可能會收到邀請函，收到的人會被帶走。元素有楓香鬼屋、邀請函、被帶走的人……最可能會成爲燈的就是被帶走的人。」

「當然要完全符合元素還是挺難的，畢竟假如怪談是小紅帽、糖果屋或是小美人魚，去哪找狼、糖果屋或是人魚、王子，喔，還有公主。所以基本上能沾得上邊的，都能被當成元素。像人魚，有『魚』字，那魚就可以被怪談選爲燈。王子的話，有人綽號叫王子，名字叫王子，這也都行。」

「聽起來怪談也不是很挑。」言丰之發表感想，「那點燈人，點的就是這些『燈』？」

李月吟和徐國春一致點頭。

「對，說是『點』，其實是燒掉它們。燈被燒掉，怪談的故事性也會被削弱，就能把它驅逐或是封印。等怪談再重新聚起、捲土重來，也要很長一段時間了。」

「不能直接殺死怪談？」言丰之好奇地追問。

「不行吧……對吧。」李月吟向自己男友確認。

「點燈人是這麼告訴我們的。」徐國春點點頭，「因爲故事不會徹底消失，所以怪談也無法眞正死去。」

「你們難道不是點燈人？」言丰之留意到徐國春的說法，不解地看著情侶檔。

「我們還沒正式入行……算半吊子吧。」徐國春摸摸鼻子，有些不好意思，「去年誤入怪談的夜土，幸好有點燈人救了我們。我們也因爲那次接觸，覺醒了特殊能力。」

「接觸過怪談的人，有一定機率會覺醒能力。」李月吟補充說，「稱爲『天賦』。」

「然後相關人員會聯繫你……唔，就你以爲當下都結束了，其實還是有人暗中追蹤的。他們會爲你科普，就像我們現在對你做的這樣。」

「然後他們還會發offer給你，邀請你來當點燈人。我們也收到了，但我們到現在……還沒正式入職。」徐國春對此顯得充滿哀怨。

「這也沒辦法。」李月吟垮下臉，惆悵地吐出一口氣，「誰教我們還在搞畢業專題。」

言丰之這才知道，原來情侶檔是一對大學生，最近在做的事是爲畢業專題忙得要死要活，每天都累得像條狗。

「不，狗可能都沒我們那麼慘。」徐國春悲傷地補充道。

「大概就只知道那麼多了，更深入的得問專業人士。」李月吟放下筆，「大海先生跟姜老師看起來都是。」

「姜老師？姜星河？他是你們的老師？」言丰之詫異地問。

「大學老師。」徐國春呻吟一聲，「我們沒想到他也是點燈人，我們本來還抱著一線希望，希望不是眞的姜老師……」

但長相一樣，高冷的氣質一樣，就連穿黑襯衫的習慣也一樣……這麼多共通點，不是同一人的機率實在太小。

就是他們系上的通識大刀，姜老師本尊沒錯了。

別人通識課是混水摸魚就能輕鬆過關。

姜老師的通識課每堂必點名，每週必有報告，請假還得交假單，不然直接記曠課。假單也不能隨便亂塡理由，一旦被發覺作假，大刀將毫不留情地砍下。

不用再來了，直接當。

很不巧地，今晚六點到九點就有姜老師的通識課。

徐國春和李月吟爲了慶祝交往週年紀念日，選擇蹺課，表面上則是託同學幫忙請病假。

誰曉得約會到一半，手裡冷不防多出一張花體字的邀請函。再一眨眼，人就被轉移到楓香洋樓外的樹林裡。

而比起約會約到一半人突然出現在怪談夜土裡更恐怖的是什麼？

答：在夜土裡碰到一言不合就當人的你老師。

一看清姜星河的臉，兩人頓時像老鼠撞到貓一樣慌忙躲得遠遠，結果最後還是不得不在洋樓外碰上。

但好消息是姜老師顯然認不出他一百多位學生中的某兩位。

「我們本來還擔心姜老師的安全……」徐國春摸了摸鼻子，「但他登記名字時都沒寫出姓，肯定是厲害的點燈人了。」

「不，也可能是玩家。」李月吟修正，「沒加入任何組織的點燈人會這麼稱呼自己。」

夜土無法靠一己之力處理，必須團體合作，因此才有組織的存在。

玩家也明白這點，所以他們進夜土爲的不是驅散或封印怪談，而是打怪升級。只有多跟怪談接觸，才有機會讓自身的異能升級。

他們把進夜土當成遊戲，而怪物被打倒會消失也像遊戲設定一樣，才會稱自己爲玩家。

「小言哥，你今晚就睡我們這對吧，拜託你一定要留下了！」

深怕言丰之跑了，李月吟朝徐國春使眼色，兩人用最快速度把衣櫃裡的枕頭棉被搬出來。

他們還想把床讓給救命恩人，反正他們大學生耐操，睡地板也沒什麼。

小言哥就不一樣了，社畜聽說很慘的，還體虛，需要好好愛護。

這麼想的李月吟和徐國春全然忘記那個體虛又需要愛護的社畜，不久前還在楓香洋樓窗外面當蜘蛛人。

言丰之拒絕了他們讓床的好意，選擇打地鋪。他以前打過各種工，席地而睡的經驗不是沒有，有時甚至隨便找個角落就窩著睡。

何況地板鋪著一層地毯，直接睡在上面不會太冷，還有枕頭跟被子，條件相比以往算不錯了。

「第一次進夜土是不是會不太舒服？」言丰之擺好枕頭，隨口問道：「我剛進來時感覺有點頭暈，好像還有耳鳴。」

李月吟回顧他們至今進過的幾個夜土，「沒聽說有這回事，我跟大毛都沒有這狀況。」

「這時候就不用硬叫我大毛了吧……小春也行啊。」徐國春嘀咕完也對著言丰之說，「我們進夜土時是眼前突然一花，然後人就到裡面了，沒啥不舒服的。點燈人當初跟我們科普時也沒說過這類的事。」

「那可能是體質問題，或是我體虛吧。」言丰之若無其事地替自己安了個虛弱的標籤。

如果進夜土時不會有異狀，那他當初聽見的聲音又是……

言丰之沒主動說出發生在自己身上的怪事，從情侶檔的反應來看，這似乎不太尋常。

可能他們知道的不夠多，也許更資深的點燈人會知道。

言丰之腦中浮出姜星河和祈洋的身影。這兩個應該算資深吧，明天就來打聽看看。

至於那道機械音說的「將甜蜜的滋味送給眼睛的主人」……甜蜜，糖果算甜蜜吧。直接請眼睛的主人吃糖算嗎？眼睛的主人又是指誰？這裡的眼睛可多著呢。

除了牆上會出現，言丰之沒忘記管家的影子有時也會冒出多顆眼睛。要不然……先請管家吃糖？

但管家一看到自己就擺出一張晚娘臉，別說吃糖了，更可能把糖砸回來。眞不曉得對方哪來這麼強的敵意，他明明也沒做什麼事嘛。

言丰之從口袋摸出一顆水果糖，香蕉口味的。他嘴裡含著，手繼續往其他口袋摸，想找他的手機二號扔哪了。

一號是工作用的，二號是私人用。

摸了一輪，連邀請函都摸出來了，獨獨缺少手機二號。

言丰之皺眉，回憶半晌，發現最可能是在被老楊推倒時落下的。

明天得再去樹林一趟才行，手機裡有太多私人資訊。屬於就算死了，爲了湮滅證據都會再掀開棺材板爬起來的嚴重程度。

「小言哥，關燈了喔？」徐國春在床上問著。

言丰之本來要說「你關吧」，可視線觸及被他扔一邊的邀請函時驟然凝住。

半掀開的卡片裡不再空白一片，不知何時浮出一排排工整的印刷字體。

歡迎成爲楓香洋樓尊貴的客人，有些事需要尊貴的客人留意。

◆十點半過後請勿在房外遊蕩，管家會不高興的，如果他不高興，就會給予懲戒。

◆除了客人房間，其他地方都該亮著燈。要是發現燈熄了，請馬上開燈。

◆黑暗裡有危險和祕密，危險會刺激身心，帶來不好的影響。祕密很珍貴，只有一次機會。

◆光亮很安全，光很好，光會照亮我們，沒有光的話請找燈。

◆燈是%$#@^&，請把燈交給露娜小姐。

最後，祝尊貴的客人四肢健全，生命仍存。

第5盞

言丰之發誓，他本來真的要睡了，但新增的注意事項……上面寫著「刺激」耶！字裡行間散發出的危險意味全被言丰之忽略，他眼中就只看到那兩個字。刺、激。

他的醫生可是叮囑過了，像他這種情緒變得遲鈍麻木的毛病，須要多找刺激。他是聽話的好病患，自然要聽從醫囑。

不在此處的醫生要是知道言丰之的想法，絕對會大聲喊冤。完全沒有這回事！才沒做出這種醫囑！拒絕造謠！

「小言哥？」見言丰之還沒有躺下的意思，徐國春有絲遲疑，不知道這燈能不能關。

決定了！言丰之一骨碌站起，突來的舉動讓情侶檔看得一愣。是要廁所嗎？李月吟用眼神問著男友。我哪知……徐國春的眼神才使到一半，雙眼登時驚愕地瞪大。

「小小小小言哥!?」不能怪徐國春跳針，而是言丰之竟是走到他們床前。

「等等等等一下！要一起躺嗎？」李月吟結結巴巴，臉上還浮現一抹羞澀，「也不是不行……」

「借個位子，我想從這裡出去。」言丰之指著對著床的那扇大窗戶，也是他先前進來的地方，「我忽然想起有東西忘記拿。」

李月吟和徐國春反射性照做，等他們下了床，看著言丰之打開窗戶，半個身子都探出去，才驚覺他要做什麼。

「等一下啊小言哥！」

「求求別拋下我們倆！」

這下兩人再也按捺不住，齊齊撲向言丰之，一人抓住一隻手臂，說什麼都不讓他離開。房間的人數要求是三人，言丰之一走，他們兩個豈不是又要再面對那位……鬼室友。

言丰之被兩人撲倒在床，他仰望天花板，嘆了口氣，這種三人行的刺激他是沒興趣的。眼看李月吟和徐國春擺出一副「絕對不會讓你逃走」的堅決樣子，手還牢牢地緊巴著他不放，言丰之再嘆出一口氣，提了個建議。

「你們有想過……把第三個人的東西全扔掉嗎？」

李月吟和徐國春面面相覷，隨後大叫一聲。

靠喔！他們還眞的沒想過！

當然爲了保險起見，在李月吟他們火速翻找出所有第三人份的物品、一股腦拋出窗外後，言丰之還是暫時在窗外掛了一會，觀察著房內動靜。

要是又平空冒出新一人的備品，他就馬上開窗再回去。

尋找刺激很重要，但要言丰之眼睜睜看著別人出意外，基本的良心也是過不去。

好在三人擔心的事情沒有發生，直到情侶檔關燈躺床，房裡一切平靜。

李月吟仰起頭，朝掛在窗外的言丰之比了個ＯＫ手勢。

言丰之安心爬走。

李月吟和徐國春躺在床上，床邊還擺著用來預警的曼德拉草。

「你說小言哥是要回去拿什麼東西？」李月吟問。

「妳眞的覺得他是回去拿東西嗎？」徐國春嚴重懷疑這話的可信度。

李月吟沉默一陣，想到言丰之的「四處逛逛」是在屋外當蜘蛛人到處遊蕩。套上這個標準來看，他所謂的回去拿東西……

「不會是回到樹林裡吧？」

「我比較怕是去找露娜小姐。」

這可怕的可能性讓兩人忍不住驚恐地對視一眼，接著用力搖搖頭，揮去這荒謬的猜測。

不不不，不至於那麼猛吧！

老實說有那麼一瞬間，言丰之生起過要不要去露娜小姐房間打探的念頭。

不過這念頭剛像隻土撥鼠冒出來，就被他不留情敲回去。

言丰之很有自知之明，他是要找刺激，不是要找死。

深夜中的楓香洋樓依然燈火通明，很好地爲言丰之指引了方向。

按平面圖標示，主人房在左樓，言丰之決定不過去那，免得不小心和露娜小姐打照面。

他回到他們幾人房間所在的走廊外觀看，牆壁上已不見獨眼人臉，走道間一片空蕩，唯獨燈光明亮。

洋樓裡的人似乎沒考慮過關燈節電……唔，他們大概也不用擔心電費問題。

言丰之打開走廊上的窗戶，靈巧地跳進去，經過李月吟他們和于小魚的房間時，還湊近聽了一下，沒聽到什麼異常動靜，看樣子房內人都是安全的。

言丰之找了一圈，沒看到走廊電燈的開關，難道是設在其他地方？

邀請函上寫的其中一條注意事項——黑暗會帶來危險，危險會刺激身心。

言丰之很想體驗看看黑暗帶來的危險是什麼，可惜他繞遍二樓依舊沒找到電燈開關。該不會設在一樓？

言丰之打算邁至一樓的腳步在經過某個房間時驀地停住。

照平面圖標示，門後是書房。

而書房……哪個編輯能抗拒書房的吸引力？

起碼言丰之不行。

一轉動門把就感受到一股阻力，門是鎖著的。言丰之從口袋裡找出一根鐵絲，凹折幾下，再戳進鑰匙孔內。

還是打不開。

照理說這時候就該放棄了，但是言丰之覺得來都來了，不看個幾眼說不過去吧。

這可是書房耶。

而且來都來了耶！

簡單來說，言丰之沒達成目的就無法回去睡覺。

既然門打不開，他果斷放棄，改用稍微迂迴一點的方式，來到書房的窗戶外面。

透過玻璃窗向內看，書房漆黑中又透著詭異的藍光，一條條細長的鬚絲從上方垂下，末端散發幽藍的光澤，彷彿柔軟的水草從天花板裡長出來。

它們照亮書櫃的輪廓，也照出正被它們纏勒住的男人。

那張比明星還好看的臉，是祈洋。

祈洋正在試圖掙脫束縛，他的雙手抓住脖子前的鬚絲，手上亮起金光，緊接著目光與掛在窗外的言丰之對個正著。

與藍鬚絲對抗而顯得凶狠的臉瞬間凝固，雙眼也震驚地瞪大，好似無法理解自己此刻看到什麼。

言丰之倒是迅速理解了。

祈洋有危險！

書房的門打不開，但好在窗戶能開。言丰之飛快開窗，像條靈活的魚滑進去，雙腳一落地，祈洋的金光已不客氣拍上鬚絲，後者像被烈火燙到，飛也似鬆開他，縮回天花板。

祈洋摸了摸脖子，投給言丰之凌厲的一眼，再一大步跨至牆邊，伸手往牆面一拍。

書房裡霎時燈光大亮。

言丰之恍然，原來祈洋是打開電燈開關。

「媽的，你爲什麼會出現在這！乖乖待在房裡是有多難？」祈洋逼至言丰之面前，抓住他的衣領，壓低音量如野獸般不爽地低吼。

「睡不著，想說四處逛逛。」言丰之搬出同一套說詞。

祈洋一個字也不信，誰四處逛逛會逛到窗戶外面？

「黑暗裡藏有祕密和危險，剛那個就是危險？那祕密是什麼？」言丰之仰頭看著天花板，上面什麼也沒有，絲毫想像不出前一刻從那還鑽出奇異的發光觸絲。

「還沒找到就被迫中斷了。」祈洋沒好氣地說。

「那不然……」言丰之體貼地說，「我再出去一次？」

「你就是沒要滾的意思吧。」祈洋聽出他的言下之意。

「有句話是這麼說的，來都來了……」言丰之含蓄地表示著。

「……我要走的時候，你也必須跟著走，別想獨自留在這。」祈洋撫平凌亂的衣領，隨後意會過來，「你看到邀請函上的字了？」

否則不會說出「黑暗藏有危險和祕密」這句話。

「嗯。」言丰之來到書櫃前，大略掃視過去。

書的種類五花八門，沒有特定類別，排列照著顏色和書背高矮，看過去格外整齊，可說是強迫症的福音。

「關燈就會跑出那個嗎？」言丰之指指天花板，「我剛也想關看看走廊的燈，但找不到開關在哪，找了一圈都沒看到。」

祈洋無言，都不知道該說這人膽大還是莽撞，再回想言丰之在樹林對怪物做的事……不，這人腦子就是有毛病吧。

不知自己被貼上「有病」標籤，言丰之摸向電燈開關，被祈洋眼疾手快地重重拍開。

「你又要幹嘛？」祈洋不善地看著他。

言丰之感到冤枉，「我都還沒做什麼，怎麼就被說『又』了？」

「所以你肯定要做什麼。」

「我只是想關燈試試。想離開夜土就得完成任務，邀請函上給的應該是任務相關線索。」

沒料到會從言丰之口中聽見「夜土」，祈洋一愣，「你為什麼……」

從言丰之與他同事的表現來看，他們對此處確實一無所知，不可能是其他組織的人。

「姜星河跟你說的？不對。」祈洋否決這個猜想，他知道的姜星河不會主動透露太多資訊給普通人知道，「那對情侶？他們也跑出來，跟你碰上了？」

「不是，其實是我跑進他們的房間。」言丰之老實說，「正好路過，碰上他們房間似乎有新房客想跟他們住一起。」

後面祈洋聽懂了，那對情侶選錯房，才會碰上危險。可前面那句是什麼意思？什麼叫他跑進他們的房間？

祈洋按著眉心，放棄追問，總覺得答案會讓人莫名火大，「他們還跟你說了什麼？」

「說了挺多。」言丰之扳著手指數，「夜土、怪談、點燈人、天賦……我覺得詳細我們可以明早再談，省得要說兩次。」

一次是現在說，一次是明早再說給于小魚聽。

「既然你知道這些，那也該明白這地方可不是開玩笑的。」祈洋沉聲說，「那些怪物都是真的，你碰到的危險可能讓你丟掉小命，我不會浪費時間去保護一個不斷找死的人。」

「明白。」言丰之誠懇地說，「所以我會全力配合幫忙找任務的線索，沒有要找死的意思，畢竟我還有專欄要忙，要是開天窗我的薪水也要窗了。那我關燈囉。」

言丰之用的是詢問語氣，可他的手在同一瞬間已經按下開關。

明亮的書房霎時像被黑布蓋上。

「言丰之！你他媽——」祈洋沒把話說完，從天花板處浮現的藍光讓他立即將言丰之往旁一推。

水草般的觸絲再度落下，迅雷不及掩耳地席捲而來。

「去找線索！」祈洋手中再冒金光，光團拉長成尖銳的刀器形狀，割向伸來的觸絲。

言丰之從地上爬起，衝向書櫃。

他找到的筆記本線索就是從書裡獲得，這裡的書或許也會藏著什麼。

天花板伸出更多搖曳的發光觸絲，黑暗成了深海，觸絲是發光水草，水草上張開一顆又一顆眼珠。

小眼珠們骨碌轉動，在它們的盯視下，祈洋感到一陣暈眩，眼前景象好似也出現殘影，耳邊聽到喃喃囈語。

祈洋用力搧自己一巴掌，強制從迷亂狀態清醒過來，此時觸絲已繞上他的脖子和雙腳。

言丰之沒看身後狀況，這時他必須抓緊時間，找到藏在黑暗裡的祕密。

要是真照字面所說，祕密只會出現一次！

藉著藍光照明，言丰之快速抽出架上的書，不斷重複著打開、翻閱、扔下地的動作。

雖然對書很不好意思，但非常時刻，只能採取非常應對了。

翻到不知第幾本的時候，言丰之動作一頓，睜大的眼裡倒映出銀色光芒。

——在書的版權頁上，發光的銀色字跡寫下了一個「我」字。

就在這時，藍光落在言丰之臉邊，他眸光一轉，對上一排眼珠。

觸絲不知何時朝他伸來，澄黃色的眼珠全部眨也不眨地凝視著他，他心頭湧上一陣恍惚，朝另一方向走過去……

啪！開燈聲響起，書房恢復光明，藍光觸絲消失無蹤。

言丰之猛然回神，這才發現自己手裡握著一枝打開筆蓋的鋼筆，尖利的筆頭正對著頸側。

言丰之心頭一跳，趕緊扔開筆。

「你到底有沒有聽人說話，就說可能隨時丟了小命。」祈洋倚著牆，頭髮凌亂，垂下的劉海依然修飾不了那雙張揚到凌厲的眉眼，「明白的話，下次敢再……」

「下次我會帶鏡子在身上試試。」

「啥？」

「假如我用鏡子反射，那些眼珠子會自己催眠自己嗎？或者手機也行，相機打開自拍鏡頭對著它們。」

祈洋：「……」

好問題。沒想過，沒試過，也許下次真的該來試試。

發現言丰之打開新思路，祈洋輕咳一聲，語氣也沒那麼硬邦邦了，「沒事吧？」

「沒有，你開燈很及時，謝謝你。」言丰之撿起地上的一本書，「我找到一個線索，或者說一個字，書的版權頁寫著『我』。」

言丰之翻開書再看，銀色字跡已消失不見。

祈洋接過書，翻看一遍，書背是不摻雜其他顏色的純白，書名上看不出什麼特殊性。

「先找白色書背的書看看。」祈洋說。

書櫃上白色書背的書不多，大約十來本，他們把書都翻到版權頁，攤平放地上。

祈洋快速地關燈開燈，書上什麼字也沒出現。

「跟書背顏色無關。」祈洋皺起眉，「那本書還有什麼特別的地方？」

「看不出來，就是普通的書。」言丰之重新翻到版權頁，在曾經出現字的地方描繪著，目光順勢往下落，緊接著一凝，「等等，它沒有出版時間。」

祈洋掃視他們攤在地上的那些書，每一本都有列出版時間。他抬起頭，視線和言丰之撞個正著。

兩人眼神一觸及，瞬間反應過來該做什麼。他們一一查找書櫃裡的書，最後找到四本。

書房的燈再次熄滅。

書頁上銀光閃爍，有如深夜中發光的星星，加上最開始的「我」，就成了——

我

哥哥找來

翌日早上，大夥準時在八點半前抵達餐廳，女傭推著小推車，將一道道菜餚端上長桌。

于小魚因睡眠不足正猛打呵欠，昨夜那種狀況，她又是獨自一人在房間，怎麼可能放寬心地睡，整晚戰戰兢兢，就怕房裡突然發生意外。

幸好一夜無事，但也換來了精神不濟。

于小魚的視線撞上擺盤的女傭，打到一半的呵欠險些變成驚叫。

女傭的臉！

昨晚布滿整張臉的眼珠通通消失不見，女傭的臉成爲一張平板的白畫布。

爲客人準備的早餐相當豐盛，只是想到還得早日找到燈才能成功離開這裡，李月吟他們的胃口都不是太好。

祈洋和姜星河食量正常，沒受到影響，至於言丰之……

他胃口簡直太好了，以秋風掃落葉之姿，將自己那份清得一乾二淨。

既然被迫拉進夜土無薪工作，那免費的食宿能蹭就要蹭到底，就當作是一點補償了。

況且祈洋和姜星河都說了，這裡的食物沒有毒，楓香洋樓的主人還在等他們找回燈。把人都毒死也不用玩了。

眾人用餐時，管家和女傭沒有隨侍在旁。

從管家一見到言丰之就抽搐不止的嘴角、眼角來看，他們不想留下的最大原因，恐怕要歸功於言丰之。

祈洋三兩下解決早餐，拿出紙筆。言丰之離他近，看見他畫了幾個奇怪的符文。

「這樣外面就暫時聽不到我們說什麼。你們兩個，有組織嗎？」祈洋視線掃向對面的李月吟和徐國春，那眼神太銳利，像刀戳來，讓兩人瞬時一抖，反射性回話。

「還沒……」

察覺祈洋的視線溫度涼了幾分，兩人趕忙把話說完。

「還沒正式加入！要等畢業專題搞完才能入職，這算半個點燈人了吧，我們不是玩家。」

于小魚一臉懵，不曉得那些飛過來飄過去的名詞是什麼。

「玩家」她懂，可她懂的跟他們幾個現在講的……好像不是同一個意思。

確認完李月吟和徐國春的身分，祈洋單刀直入地對言丰之和于小魚說，「經過昨天的事，你們該知道這地方有問題了吧。」

言丰之吃著麵包，點點頭。

于小魚本來就沒什麼食欲，聽祈洋一說，想起昨晚老楊被怪物啃掉半個腦袋的事，頓時更吃不下了。

「那個……」于小魚扯出一抹虛弱的笑，「這裡到底是什麼地方？看起來是楓香鬼屋，但又比現實的那棟洋樓再大上許多……」

「這裡叫夜土，怪談的領域。可以想成大型鬼屋，不過裡面的鬼怪都是眞的。」姜星河為自己倒了杯咖啡。

「爲什麼會叫夜土？這裡明明也有白天……」于小魚疑惑地看了窗外一眼。

「根據記錄，原本是取名爲業土。」姜星河以指在桌上寫字，「業土也有地獄的意思，用來形容這裡相當貼切。只是在稱呼業土的主人上，碰到了一點問題。」

「叫業主能聽嗎？還以爲是房地產的持有人，最後就乾脆取同音，叫夜土和夜主了。至於我們……」祈洋點了幾個人，包括情侶檔在內，「就是負責處理這類事務的人。」

「我知道！捉鬼天師！」于小魚從腦中搜羅出這個似乎符合現況的職稱。

祈洋面無表情，「叫我們點燈人就行，我們的職責是保護誤入夜土的普通人，並帶你們平安出去，前提是你們不要自己找死。點燈人再有本事也護不住一群非要找死的白痴。」

于小魚鬆口氣，言丰之還在吃麵包。

祈洋沒說出來的是，本不該有普通人進來這裡，就連姜星河也在預料外。

他們槐花院事先跟其他組織打過招呼，楓香鬼屋的異事由他們負責調查。除了他以外，原先還有其他同事會一同入內。

沒想到計畫趕不上變化，跟同事約好的會合時間未到，言丰之和老楊就偷溜過來敲門，結果露娜小姐眞的出現，把他們三個一碗端，全拉進夜土裡。

夜土內的時間流逝與外界不同，祈洋不確定援者何時會進來，最糟的是露娜小姐的夜土不再開放讓人進來。

這些都是無法確定的因素，必須靠自己摸索。

祈洋彈下舌頭，瞥向右手邊的言丰之和斜對面的于小魚。

計畫得大改了，如今有普通人誤入，得確保他們的安全，以送他們離開爲優先事項。

換句話說，得先想辦法找到出口。

而想得到關於出口的線索，就必須完成夜土主人提出的任務。

「我們得找到那盞下落不明的燈。」姜星河和祈洋想到同一處。

于小魚的眼睛眨得更迷茫了。

姜星河說的「燈」，跟點燈人的「燈」之間有什麼關聯？還是說就是她知道的那個最普通的意思？

想來想去，于小魚把自己都繞暈了，具體表現就是她一臉呆滯地看著眾人。

而言丰之……言丰之還在吃他的麵包。

祈洋揉按著自己的太陽穴，「姓言的，你還沒吃完嗎？」

也不是說言丰之是個大胃王，不停地塞東西進嘴巴。他只是前面吃得快，後面以一種慢條斯理的速度在吃麵包，乍看下像小動物捧著食物小口小口地啃。

言丰之頓了一下，把最後一口塞進去，腮幫子都鼓起來，「窩跨粗完惹。」

祈洋無言，「你不如吃完再講話。」

言丰之咕嚕咕嚕地灌完紅茶，用力吞下嘴裡的食物，終於能順暢說話，「我吃完了。我有個問題，遺失的燈跟夜土主人的燈會是同個東西嗎？」

「不可能，燈是怪談製造出來的，怪談能隨時感應到燈的存在。」祈洋想也不想地說。

「那個，不好意思……」于小魚哭喪著臉，又不得不出聲打岔，「你們究竟在說什麼？我完全跟不上進度啊。」

「不如我們重播一次吧！」言丰之亮出錄音筆，「昨天的說明我錄下來了。」

除了李月吟他們，其他三人不免有些驚訝地看著那枝錄音筆。

祈洋訝異，「你隨身帶這個？」

「訪談時常用到，就隨身帶著了。」言丰之說，「我是編輯，八卦雜誌類的吧。」

言丰之留意到在自己說出「編輯」兩字時，祈洋的身子微綳，當他說完後面那句後，對方又放鬆下來。

對編輯有反應……同行嗎？也不對，李月吟他們說點燈人很操，大部分時間都被任務佔去，這麼忙的情況下不可能兼任編輯。

接案的外校編輯倒是有可能，但也不至於會是那樣的反應。該不會是……作者？

言丰之被勾起一絲好奇心，假如他背後有尾巴，眼下一定正饒富興致地搖擺。

祈洋無來由地頸後發毛，他警覺地環視四周，沒看到女傭或管家過來，餐廳也沒有其他怪物出沒。

錯覺嗎？確定沒有危險，祈洋朝言丰之抬抬下巴，要他播放。

三人組昨夜的談話重新在長桌上響起。

李月吟總覺得自己漏了什麼，但絞盡腦汁遲遲都想不起來。

「欸，我們是不是忘了什麼？」她問著男友。

徐國春迷茫反問，「有嗎？」

直到錄音筆裡出現「姜老師」三字。

啊啊啊啊！兩名大學生剎那間像被踩到尾巴的貓，驚恐地從位子上跳起。

「等等等等等！」李月吟想撈過錄音筆阻止播放，但先被另一隻修長的手掌攔截了。

看見攔截的人正是姜星河，兩人面如死灰，搖搖晃晃地坐回椅子上。

死定了，蹺課被老師抓個正著了！

談話播放完畢，言丰之收起錄音筆。

桌邊幾人神情各異，于小魚一副被打開新世界的震驚表情，李月吟與徐國春有如燃燒後的灰燼。

祈洋則是打開新思路，準備之後向言丰之複製一份檔案，剪掉不必要的閒聊。以後夜土裡再碰上普通人，就直接把這放給他們聽，省得他浪費唇舌。

「李同學、徐同學。」姜星河剛開口，對面的情侶檔就觸電似地挺直身體，「如果你們能一起幫忙找到夜土的出口，蹺課的事就一筆勾銷了。」

姜星河笑得格外溫柔，看在李月吟他們眼裡有若閃閃發光的菩薩。

「啊啊，謝謝姜老師！我們一定會努力的！」兩人喜出望外，強力保證。

「再來說說昨晚的事。」祈洋敲敲桌面，「我跟言丰之……不要問為什麼我們會在一塊，我們在書房發現了一些東西。」

「所以你們為什麼會在一塊？」姜星河疑惑地問。

「就說那不是重點，想知道也該去問那個晚上不睡覺到處亂跑的傢伙。」祈洋面無表情。

「你也晚上不睡覺，還到處亂跑。」言丰之拒絕獨自揹負這個罪名。

祈洋磨磨牙。這能一樣嗎？他們一個有特殊能力得以自保，一個只是普通人，也幸好昨晚言丰之幸運沒出事，安然進到書房。

「你們在書房發現什麼？」姜星河體貼地拉回話題。

「我們從書裡得到一句話——我來找哥哥。」祈洋說。

言丰之正好坐在姜星河對面，注意到對方在聽見「哥哥」兩字時，神情微震，旋即又恢復如常。

「找哥哥？所以是誰家的弟弟妹妹在找人嗎？」于小魚納悶。

「不知道。」在祈洋看來，這條線索目前並沒有用處。

「看起來像小孩子的字。」言丰之補充，「本來想拍照，可惜字消失得太快，然後還有這個。」

言丰之從口袋拿出巴掌大的本子放到桌上。

「我昨天在我房間找到的，一本空白的筆記本，裡面什麼都沒寫。」

「我也有找到東西。」姜星河拿出來的是一枝自動鉛筆，筆桿上包著一層層粉紅色糖果紙，很像小女生會做的事，「裡面有筆芯。」

不論是筆記本或自動筆，看起來都是小女生喜歡的風格，與屋主露娜小姐差異很大。

「露娜小姐有小孩？」于小魚提出大膽的猜測，「書上的字也是小孩寫的？」

「怪談不會生孩子，只會製造怪物。」祈洋冷淡地說，他握筆在本子上試圖寫點東西，但失敗。他隨手抽過紙巾，一樣寫不上去。

自動筆的筆芯彷彿只是裝飾用，並未發揮任何作用。

「你們先帶著吧。」祈洋把東西還給兩人，「還有人有什麼發現嗎？」

「選擇房間要先確認房內備品是幾人份……不過這個你們肯定都知道了。」李月吟說，「我們這邊沒有了。」

「我也沒有。」于小魚搖搖頭，昨夜她忙著心驚膽跳，睡都沒睡好。

「我這還有發現一件事。昨晚我出來後，看到管家仍待在主樓裡，便跟在他後面。」姜星河分享情報，「管家夜裡會巡邏，從主樓開始，一樓、二樓，再從空中走廊前往右樓，然後是左樓，都巡完才回到他的房間。」

言丰之立刻朝祈洋投了個眼神。看吧，昨晚不睡覺，到處亂跑的人又多一個。

祈洋竟然奇異地看懂了，當即瞪了回去。姜星河是能力者，你是嗎？

等到祈洋解除防止竊聽的符文，言丰之對外揚聲喊道：「管家！管家！」

膚色青白的管家很快出現，臉上掛著彬彬有禮的微笑，「請問需要什麼服務嗎？」

「能打包帶走嗎？」言丰之指指麵包籃裡的麵包。

管家笑意盈盈的臉一對上言丰之，登時毫不掩飾地拉成晚娘臉，但還是回答他的問題。

「可以。」

「那可以多續幾籃嗎？」言丰之彷彿不懂什麼叫見好就收，「我怕找燈的過程肚子餓。」

管家：「……」

還續幾籃，您是餓死鬼投胎嗎？

「啊，等等。麵包太單調也容易吃膩，一部分換成油炸好了。炸麵包也很棒，麻煩幫我將三分之一的麵包拿去炸，記得四分之一刻成玫瑰花的形狀，四分之一要捏成小狗，再四分之一就章魚吧。最後的四分之一就不用改動了，樸實無華總是最好。」言丰之流暢地說著一連串要求。

管家那張青白的臉直接被氣成黑色了，影子裡浮起眼珠，末端連著絲線，在半空中對著眾人張牙舞爪。

管家看上去像是想把言丰之撕了，但還是皮笑肉不笑地說：

「尊貴的客人，既然用完餐了，請趕緊找燈吧，我的主人還在等待你們爲她找回燈。這裡唯有主人臥室不能進入，其他地方都可以進去調查。但夜晚的樹林充滿危險，假如你們堅持進去，安危自負。」

「萬一燈就在你們主人房間呢？」言丰之不依不饒地追問，「我們進不去，不就永遠找不到。」

管家的臉上揚起奇異的弧度，「燈不在那裡，燈很大，燈很好，我們都喜歡燈。」

言丰之又問，「燈究竟長怎樣？什麼顏色？什麼形狀？最後看到燈的人是誰？」

「燈很大，燈很好，我們都喜歡燈。」管家微笑著重複。

既然問不出個所以然，言丰之話鋒一轉，「那我的麵包……」

管家不笑了，以要整理餐廳爲由，把一票人轟了出去。

「說好的有需要就跟管家提出呢？」言丰之有點不開心，他眞心覺得那些麵包很好吃。

「小言哥啊……」徐國春欲言又止。

講道理，難道不是你的要求太爲難人……喔，不是，是太爲難怪物嗎？

「明天早餐還有麵包的話，我的份給你吧。」姜星河語氣平和地說，「我有在控制澱粉的攝取量，不能吃太多。你要是願意幫忙解決，反而幫了我大忙。」

言丰之在心裡快樂宣布，姜老師是溫柔大好人，不接受反駁！

昨夜書房的冒險證實黑暗中確實藏有危險，也藏有祕密。

想要讓全天都開燈的楓香洋樓一口氣陷入黑暗，最好的辦法就是找到電源總開關，等入夜後把它關掉。

楓香洋樓佔地大，房間又多，分頭尋找才有效率。

邀請函上的注意事項寫著有光的地方安全，白天再加上燈光全亮，危險系數較低，言丰之和于小魚也一起幫忙尋找。

保險起見，祈洋和姜星河畫了幾個保護用的符文讓眾人帶上，又替言丰之和于小魚的房間再施加一層保護。

若碰上護身符無法解決的危險，就直接躲回房內，畫滿符文的房間會成爲堅固的安全屋。

按照祈洋的說法，只要不破壞這些符文，就能維持房間的安全性，除非這片夜土的大BOSS或主燈突然發瘋攻擊。

言丰之拿出手機，將牆壁和門板上的符文都拍一輪。雖然不懂意思，但要是以後碰上危險，說不定能依樣畫葫蘆一番。

「言丰之和于小魚你們盡量別落單，也別到樹林裡去。」祈洋交代，「你們在屋子裡找燈的線索跟總開關就好，有什麼不對就馬上躲回房間內。」

于小魚連連點頭，只差沒舉手發誓。

祈洋銳利的視線掃向言丰之，等待他的回應。

「唔。」言丰之說。

「回答呢？」祈洋不買單，非要言丰之親口應允。

「知道了。」言丰之做出保證。他身上還有股大學生的青澀味，當他正經回答時，那樣子說有多乖就有多乖。

然而等到只剩下他和于小魚兩人時，他轉頭就對她說：「要是有人找我，妳再幫我跟他說一聲，我去樹林找手機，應該是昨天掉在那邊了。」

「好……咦？」于小魚這時才反應過來對方說了什麼，「你要去樹林？但你剛剛……」

不是才答應祈洋？

「祈洋會理解的。」言丰之說得毫不心虛。

男人的嘴，騙人的鬼，信了就是傻子。

同為男人，祈洋一定可以理解。

于小魚被言丰之堅定的態度說服了，再想到他昨夜還和祈洋一起行動，頓時深信這兩人一定是在那時培養出默契。

目送言丰之離去，于小魚拍拍臉頰，意圖讓自己也振作起來。只是目光一對上從旁邊走出來的女傭，剛冒出的膽子便縮了回去。

于小魚吞吞口水，覺得自己還是先回房間比較安心。不過回房前，也許她能跟女傭要點東西，要不然在房裡也是枯坐。

「不好意思……」于小魚鼓氣勇氣，「能不能幫我找一點東西送到我房間？我想要小蘇打粉，麵粉，固態氮肥還有……」

從楓香洋樓跑至樹林裡，花了言丰之一些工夫。

言丰之檢討自己，果然不該一時管不住手——肯定是被發現他偷摘庭院的果子，而不是因爲他在外牆試著畫下照片裡的符文。

當時沒有筆，言丰之就隨手摘了沉甸甸垂掛的果實，將之捏破，往牆上塗畫。

可惜才畫了一會兒，庭園裡冷不丁響起一陣尖銳的蟲鳴聲。

「唧！」

從花叢後跑出三名女傭，她們手裡拿著樹剪，草耙及鋤頭。共通點是金屬在陽光下閃閃發光，看得出來保養得很好。

還有，很鋒利。

「等等，我只是在這散步。」言丰之連忙抬手，本來欲上前的女傭們頓了一下。

言丰之的另一隻手馬上往牆壁補了幾筆。

女傭立即向前逼進，喉頭的唧唧聲聽起來像恫嚇。

「再等等。」言丰之再度喊停，「我是尊貴的客人對吧，承認我是的話妳們就停下。」

女傭互相轉頭對視，唧唧地像在溝通著，最後達成共識，再次停下進逼的腳步。

眼前的年輕男人登記過名字，是楓香洋樓承認的尊貴客人沒錯。

這點她們不能否認，所以停止是正確的。

「既然我是尊貴的客人，那做點無傷大雅的事也沒關係吧。」言丰之嘴上問著，手已經火速地往牆上繼續塗鴉。

一枚符文眼看就要完成，這次女傭們不再唧唧叫，而是怒氣沖沖地朝言丰之發動攻擊。

白晝布般的臉長出一顆顆眼珠，喉嚨以驚人的速度震動並蔓延至全身。就見三人身體拉高拉長，握著園藝工具的雙手跟著變形，像是還帶有幾分人形的節肢昆蟲。

手臂一拉長，等於攻擊範圍變廣，速度最快的女傭揮舞草耙，劈頭就砍向言丰之。

要不是言丰之躲得快，他大概就會被扒下多條血肉。

但躲過草耙，還有樹剪與鋤頭虎視眈眈。銳利的鐵器閃動著森冷危險的光芒，一左一右地夾擊中間的言丰之。

言丰之驚險矮身，頭頂傳來響亮的金屬撞擊聲，鋤頭和樹剪撞到一塊，給了他逃跑的時間。

言丰之手無寸鐵，他邊跑邊摸索口袋。穿一件口袋多的褲子有個好處，就是能摸出許多意想不到的東西。

壞處就是言丰之也記不得哪些口袋塞了什麼。

他摸出了半塊麵包、面紙包、鏡子、髮圈……全都一股腦地往女傭扔過去。

麵包很美味，也許女傭會看在食物的份上……樹剪不留情地把麵包剪成兩半。

好的，言丰之知道女傭不喜歡麵包了。

早知道就不扔了，可惡，那明明很好吃！

其餘東西在女傭看來都像小垃圾，一律被無情打落。她們來勢洶洶，有如三隻巨型昆蟲邁近言丰之。

言丰之換往其他口袋摸，一摸出東西就準備再扔出，脫手前及時瞥見糖果圖案的封面，趕緊收手。

這個可不能扔。

言丰之剛要把筆記本塞回去，就見到三名女傭齊齊煞住腳步，眼珠轉動的速度減慢，很快連眨動也停下。

她們臉上的眼睛呈現呆滯狀態，直愣愣地看著言丰之。

言丰之試著往左邊走幾步，眼珠子跟著往左邊飄；他再往右邊，眼珠子亦換個方向飄。

奇異的是女傭雙腳依舊釘在原地，不再如同先前想追殺言丰之，好似有無形力量遏阻了她們的動作。

言丰之自然不會認爲是自己的緣故，他轉頭看向手裡的筆記本。他沒動，而是改把手臂往右邊探出去。

女傭們的眼珠果然隨著筆記本移動。

言丰之果斷高舉著筆記本往外狂奔，直到奔出庭園外，都不見女傭們跟過來。即使重新收起筆記本，女傭也還是站在庭園內。她們體型縮水、眼珠消失，恢復人形姿態。她們茫然地東張西望，像是忘記先前在做什麼，很快散開去做自己的工作。

危機解除，言丰之按照昨晚的記憶走回樹林。

沐浴在明朗日光下的樹林與昨夜相比，彷彿是截然不同的存在。陰森和毛骨悚然盡褪，看上去處處綠意蔥籠，高壯的楓香樹朝四面八方綿延出去。

樹上掛滿手掌狀的葉子，不同深淺的綠色層層疊疊。地上則堆疊著黃色或紅色，好似一口氣把四季都濃縮在這裡。

越往深處走，楓香樹林間開始出現其他種類的樹木。

它們長得獨樹一幟，樹幹上長滿樹瘤，樹枝彎彎曲曲。葉子全長在頂端，葉緣是利齒狀，樹上還懸掛著幾顆橘紅色果實，乍看如同長在樹上的鳳梨。

有的果實砸落在地，落在草叢間，冷不防看過去還以爲是人的腦袋埋在那。

言丰之吸吸鼻子，感覺自己又聞到一股淡淡的海腥味。

但這裡明明是樹林，哪來的海？

沿路上都沒發現手機的蹤影，言丰之一路走到老楊遇難的地方。這裡草叢漫漫，半人高的草束在風中搖晃，帶出沙沙響動，好似無數人在竊竊私語。

能確定此處是老楊喪命之處，是因爲地面和草葉都還沾染著大片血污。

言丰之走過去，那裡的草葉被壓得東倒西歪，隱約能看出人形輪廓，除此之外什麼都沒有。

老楊的屍體不見了。

草叢附近沒有拖曳的跡象，也不見殘留的屍骸，更沒有血液往其他方向灑落的痕跡。

老楊整個人簡直像平空蒸發。

言丰之習慣性地先拍照留存，正當要站直身體，眼角餘光忽地捕捉到一抹細微的銀色閃光。

那是……

言丰之大步走向光線來源處，他彎身撥開草叢，在那裡找到老楊的攝影機。他還看到了自己的二號手機，就在離攝影機不遠處，大概是昨天拉老楊一把時不小心弄掉的。

言丰之撿回手機，再回頭檢查攝影機。還有電，能正常使用，他找到昨晚的影片，選擇播放。

畫面是從言丰之奔向楓香鬼屋的背影開始，接著是祈洋出面驅趕他們，再來是露娜小姐現身。

這裡出現短暫的雜訊，影片再度恢復清晰，是他們進來夜土後的事。

鏡頭出現猛烈的晃動時，是姜星河感應到危險叫他們跑。

老楊邊跑邊拍下眾人的背影，直到自己跌了一跤，攝影機從手中脫落，畫面頓時天旋地轉。

等鏡頭再定格，拍到的是夜氣裡大片搖曳的草叢。

言丰之看了眼影片剩餘時間，還有將近十分鐘。正當他準備拉動進度條跳轉到最後面時，畫面裡傳來一陣沉重聲響，聽起來像有重物落地，隨後是粗重的喘息和不成調的呻吟。

言丰之愣了幾秒才反應過來，那是老楊的聲音。

老楊被另一隻更大的怪物撲到草叢裡，沒想到剛好摔在攝影機附近，死前的動靜都被捕捉下來了。

言丰之當時並不知道老楊身上發生什麼事，等他成功獲救時老楊已經沒了氣息，腦袋被咬掉大半。

他將影片的音量調到最大，老楊驚恐的喘氣聲變得更清楚，然後他看到草叢裡出現一張臉。

一張平凡男人的臉孔，右邊眉毛有顆明顯突出的黑色肉痣，掛著溫和的笑容，就像住家附近能遇上的親切鄰居，會朝你友善地打招呼。

「早安，今天天氣很好。」

言丰之按下暫停鍵，盯著男人臉上的肉痣，再重播一次。

「早安，今天天氣很好。」

男人的問候聲持續出現，可螢幕裡那張笑臉上的嘴巴動都沒動。

言丰之繼續播放，影片裡的男人始終掛著溫和的微笑，接著快速向前逼近。

看清畫面的那一瞬，言丰之雞皮疙瘩全浮上來，攝影機拍到的男人根本不是匍匐前進。男人的頭被一根細絲釣住，有若餌食不停在半空中晃動。

可以聽見老楊發出恐懼的悲鳴，還能聽到那一聲親切有禮的問候。

「早安，今天天氣很好。」

影片裡隨即傳出類似野獸進食的聲音，言丰之的目光卻不再停留在攝影機上，他慢慢抬起頭。

前方的草叢裡探出一張臉。

長相平凡，右邊眉毛有顆明顯突出的黑色肉痣的男人對他露出了友善的微笑。

半人高的草葉蓋住男人脖子以下，望過去像他半蹲在草叢後面與人打招呼。

言丰之維持蹲姿，背部和手臂肌肉繃得死緊，呼吸甚至反射性屏住。

日光照下，落在後頸卻沒有帶來暖意。相反地，他甚至清晰地感受到寒毛一根根豎起。

同時剔透的日光也照亮男人頭上的細絲，絲線像釣魚線彎曲延長，源頭方向延伸自……言丰之的身後。

若不是先看了攝影機的影片，言丰之恐怕不會去注意對方的頭頂，更不會第一時間就發現自己身下的影子有異，有一團更龐大的影子蓋在上頭。

那隻咬掉老楊半顆腦袋的怪物就在他身後。

知道自己完全暴露在對方的視線中，言丰之不敢妄動，從影片能看出怪物的速度相當快，以他們之間現在的距離，他很大機率跑不過人家。

但言丰之也不想成爲第二個老楊，他想起管家說的。

晚上的樹林很危險。

只提了夜晚。

那麼白天應該有一定的安全性。

言丰之緊盯著地上影子，小心翼翼直起身體。影子的主人沒做出任何動作，那顆男人的頭也還垂釣在前方。

直到這時他才感受到胸腔憋得難受，他趕緊大吸一口氣，結果吸到一半猛然哽住。

地上的影子動了！

耳邊剛聽到氣流拂動的聲音，下一秒言丰之的心跳漏跳一拍，怪物的臉由上而下地貼在他面前。

怪物比影片中的更加巨大，簡直像吹氣球般脹大一圈，似狼的臉上擠著密密麻麻的手指，它們像海葵不停蠕動，有些幾乎摸上言丰之的臉。

極近距離下面對一隻會吃人的怪物，這肯定刺激過頭了。

言丰之心臟跳得飛快，冷汗直冒，可又莫名地想笑。他腦袋飛速運轉，想著是什麼讓怪物動了。

他從蹲改成站的時候怪物沒反應，那就不是他動的問題。

……是呼吸。

言丰之恍然，憋住的氣這回不敢隨意呼出，他試探地往旁邊挪動一步。

怪物沒動。

他再挪動一步。

怪物還是沒動。

言丰之抓緊機會往前跑，拉開一段距離才回過頭。

體型嚇人的黑毛怪物以奇怪的姿勢立在原地，兩隻青黑的手站著，四隻青黑的手垂在兩側，懸吊在空中的男人腦袋回到它身上。

言丰之憋不住了，大口地吸著氣。原本像木樁不動的怪物突地扭頭，瞬間從站變成跑，六隻手在地上飛快擺動，喉頭逸出一聲長嘯，像在呼喚同伴。

等到言丰之憶起還有一隻小怪物時，一道黑影已迅雷不及掩耳地從草叢裡撲出。

銀藍色的光點比黑影還要快。

言丰之還沒來得及理解發生什麼事，那隻撲向他的小怪物已經倒地。

原本欲衝向言丰之的大怪物煞住腳步，似乎忌憚著什麼。即便言丰之倉促下忘了憋氣，它也只是發出幾聲惱怒的低吼，隨後扭身消失在草叢間。

「你是知道會發生這種事，才約我這時候過來的嗎？」

刻意加重的腳步聲響起，戴著金邊眼鏡的姜星河走出來，指尖是未褪的銀藍光芒。

言丰之……

嗯，還眞不是。

倒地的小怪物同樣渾身黑毛，頭部像狼，吻部異常地長，面上長滿密集的白色手指。

確定怪物沒了氣息，言丰之走過去將怪物翻面，果然在腹部位置也看到一張臉。

與昨天想把他當大餐的怪物相比，這張臉年紀更小，更像個……

「國中生？」言丰之拿出手機，調出昨天拍的照片。

看著手機裡外的兩張臉，言丰之皺起眉頭。

姜星河也看出問題了，「它們長得有點像。」

言丰之對著小怪物也拍張照。

姜星河提出另一個更重要的問題，「不是昨天我打中的那隻。」

言丰之立即扭過頭，「臉長得不一樣？」

「我沒看到臉，是體型不對。」姜星河說，「昨天那隻體型比這隻更小，而且……」

姜星河話聲驟斷，以為斷氣的怪物竟又有了動靜，那具覆滿長毛的軀體出現起伏，似乎隨時會重新爬起。

姜星河馬上把言丰之往後拉，在掌心上劃出一道傷口，大步上前。只見他用力一捏，鮮血迅速灑落在怪物身上。

當姜星河的血觸及怪物，彷彿火種碰上油，一下子燒起一片赤紅色的火焰。

火焰飛快蔓延，轉眼包圍住怪物。

火光照亮姜星河的臉，將他的五官勾勒得異常冷峻。

這就是點燈人嗎？言丰之忍不住也看下自己的掌心。

似乎感知到言丰之所想，姜星河說，「要覺醒天賦才能讓自己的血變成火。點燈就是利用自身的血液燒掉怪物，前提是怪物得先受到重創。你現在割開自己的手只會流血，我不建議你那麼做。雖然我身上有帶藥，可受傷的滋味並不好受。」

「我聽說接觸怪談就可能覺醒，覺醒是什麼感覺？」言丰之眞誠地問。用血點火感覺很酷炫，他也很想試試。

「假如你覺醒了，你就會知道。」

言丰之遺憾，他現在什麼都不知道。

他看著在火焰下逐漸化爲粉末的怪物，「姜老師，這隻怪物得用燒的才能解決，代表它是你們說的……燈？」

「對，但從力量上來看不是主燈，逃走的那隻恐怕才是。只是它的體型……」姜星河的眉頭皺起，「比昨夜大上不少。」

「因爲露娜小姐分給它更多力量了？」言丰之猜測。

「除非燈死了，不然夜主不會再多分力量出去，分太多它也吃不消、最可能的是……」

回想昨夜樹林內的動靜，姜星河覺得另一個答案更符合。

被祈洋擊倒、如今已不在原地的怪物。

被大怪物帶走的小怪物。

「它吃了另外兩隻怪物。」

怪物互相吞噬可以增強力量。

昨晚那隻撲倒老楊的小怪物挨了姜星河一箭，之後被大怪物帶走；被祈洋打倒的怪物亦不見蹤影。

一晚過去，大怪物突然發生顯著變化，恐怕是將負傷和死去的同伴都當養分吃下肚了。

言丰之提出疑惑，「老楊也是被它吃了嗎？但連點東西都沒留下……例如鞋子、衣服碎片之類的。」

「進來夜土的人如果不是被怪物吃掉，就是直接成爲夜土的養分，自然什麼也不會留下。麻煩已經解決，你找我應該沒事了吧。下次可以直接說，不用那麼迂迴，也不用以身涉險。」姜星河拿出字條，「保護普通人是我們的職責，這樹林的危險超乎你的想像。」

字條上寫著——中午十一點，昨晚出現大怪物的地方見。

字條是言丰之寫的沒錯，準備上樓設置安全屋時，他趁隙塞給姜星河的。

但他還眞不是因爲知道怪物想將他當大餐，才把人叫來這裡。

解釋太麻煩，言丰之決定就讓對方這麼誤會吧。

「還有件事。」他說出了把人約來的眞正目的，同時徹底釘住姜星河本來要離去的腳步，「姜老師，你其實沒有收到露娜小姐的邀請函吧。」

「我不明白你在說什麼。」姜星河平靜開口。

「沒關係，我知道我在說什麼就行。」言丰之自顧自地說下去，「昨晚登記名字是按照號碼順序，你是第四個上去，而于小魚是五號。」

「我是四號，這有什麼問題嗎？」

「嗯，問題還滿大的。」言丰之慢慢地說，「因爲四號是老楊，就是我同事才對。」

昨天在樹林裡，老楊的邀請函掉到地上時，是言丰之把它撿起來的。

卡片背面有四個小圓點，代表著老楊拿到的號碼。

「你單獨約我出來，就算我對你動手也不會有人知道，你覺得我會放過這個機會？」姜星河摘下眼鏡，沒了鏡片修飾，他的眉眼格外鋒利，像把刀不留情地刺向敵人。

「我覺得你人挺不錯的。」言丰之像沒看見姜星河的指尖染上銀藍光芒，「會拉人一把，也會提醒人，還替于小姐找安全的房間。」

「聽起來我在你眼裡是個好人。」姜星河嘴角微彎，眸色卻是冷淡，「但那只是你自己認定的。」

「對，是我認定的。」言丰之點點頭，「我知道就算我覺得你是個好人，不代表你就眞的一定是個好人，所以我找了幫手。」

差不多言丰之話聲一落，一名衣服上掛著成串金屬飾品、脖子還繫著項圈的男人就進入姜星河的視野中。

是祈洋。

「姜老師。」言丰之眞摯地詢問，「你現在是願意主動說出眞相，還是被我們聯手圍毆再說出眞相呢？」

◆

「欸欸欸？所以姜老師進來這裡是爲了找失蹤的妹妹？」

李月吟拔高的驚呼在言丰之房裡響起。

用過晚餐後，一行人聚集在這交換情報。言丰之房間空間最大，而且現在也還沒十點半，不用擔心客房內的人數規則被觸發。

成爲注目中心的姜星河平靜說道：「我妹妹上禮拜失蹤了，最後出現的地點便是楓香鬼屋，所以我才會進來這裡。」

祈洋恍然，怪不得他們槐花院明明通知過其他組織，卻還是在這片夜土裡看到木鬼堂的人出現。

「既然沒邀請函，你怎麼進來的？」祈洋挑眉，「該不會你們組織有弄到什麼新道具？」

「我也不知道怎麼回事。」姜星河否認，「我敲完門後試著想打開門，沒想到門眞的開了。我走進去後就發現人在樹林裡，再來就是看到你們幾人出現。」

「也就是說……」于小魚伸手點了點在場人員，「邀請函只有六張，但因爲小言的同事……嗯，那個了，所以姜老師正好補上那個缺。」

姜星河點點頭，接著對祈洋說，「打亂你們的調查計畫很抱歉，但我無論如何都非進來不可。」

「調查？調查什麼？」徐國春茫然地問，「祈大哥你不是不小心被拉進來的嗎？」

「我沒閒到會不小心去敲楓香鬼屋的門。」祈洋瞥向言丰之，意有所指地說。

言丰之認眞說，「我那是工作須要，同爲打工人，你一定能體諒我的難處吧。」

祈洋冷漠，他覺得不能。

「如果不是不小心……」李月吟越聽越納悶，「那祈大哥你一個人進來是要……」

點燈人都是團體行動，但祈洋卻是隻身一人進入夜土，沒有其他同伴支援。

原本李月吟他們還以爲祈洋是跟姜星河搭檔，可現在看來分明不是那麼一回事。

「本來有其他人的，但目前看來這夜土有人數限制，我的同伴才會沒出現，反正調查的事暫且往後放。」祈洋淡淡地說道：「現在重點是平安出去，以及找到姜星河的妹妹。」

「是要調查什麼？說不定我們也能幫上忙的！」徐國春臉上是藏不住的躍躍欲試。這可是跟在點燈人身邊學習的機會，要是錯過就太可惜了。

「調查這裡的夜主怎麼換了人，怪談也換了一個的事嗎？」言丰之冷不防出聲問。

祈洋驚訝言丰之的敏銳，再看向一臉懵懂的李月吟和徐國春。他揉揉額角，這兩個準備當點燈人的傢伙居然比普通人遲鈍。

「呃，這片夜土的主人不就是露娜小姐？」李月吟小心翼翼地問，「怪談則是露娜小姐的邀……請……函……」

注意到連姜星河也看過來，李月吟不禁越說越小聲，最後聲音幾乎含在嘴裡。

「露娜小姐的邀請函內容是在說什麼？」姜星河以引導方式詢問。

李月吟不假思索地回答，「在紅月的晚上去楓香鬼屋敲門，露娜小姐就可能送上邀請函，收到的人會被拉進另一個世界。」

「你們不認為怪談內容哪裡不對勁嗎？」姜星河又問，換來兩道清澈中帶著愚蠢的注視。

姜星河嘆氣，開始為學生的腦子感到擔心。

「李月吟，你們之前告訴我，就是因為知道楓香鬼屋是芒級怪談，才敢跑過來敲門。」

見兩名大學生仍反應不過來，言丰之反問，「同一個地方會存在兩個怪談嗎？」
李月吟和徐國春先是一愣，隨後醍醐灌頂，兩人的嘴巴和眼睛都張得老大。
「只要進來前照一下屋子就知道出問題了吧，你們手機難道沒載不可視……」祈洋說到一半就彈下舌，「忘了，你們還沒入行，連菜鳥都不是。」
「爲了方便檢測怪談等級與來頭，點燈人都會下載一個叫作『不可視』的APP。」姜星河拿出手機，指著上面全黑的APP圖示給他們看，「只要將鏡頭對著怪談，就能看見它們的資訊。」
李月吟與徐國春聽得心頭澎湃，恨不得現在就立刻下載試試。
「可恨夜土沒有網路……」徐國春呻吟一聲。
祈洋不留情地潑了冷水，「有網路也沒用，你們以爲隨隨便便就能下載嗎？得正式成爲點燈人才行。」
專題還沒搞定，未來仍是未知數的兩名大學生垂頭喪氣。
「也就是說原本的主人是楓香鬼屋，但現在變成露娜小姐了？」言丰之向祈洋確認。
「就是那樣沒錯。」祈洋也沒賣關子，「豐州區靜安路四十四號廢屋，不只是人們口中流傳的鬼故事『楓香鬼屋』，也是貨眞價實的芒級怪談。」

楓香鬼屋多年來一直很安分，不會隨意把無辜民眾拉進去，要是有人誤入它的夜土，也會讓人安全走出。

在點燈人眼中簡直友善得不可思議，堪稱是怪談界的特例。

點燈人的共同願望就是——所有怪談都能像楓香鬼屋一樣就好了。

可惜特例就是極爲稀少，才會被稱爲特例。

至今與人類相安無事的怪談，似乎也只有楓香鬼屋一個。

「楓香鬼屋是在十幾年前出現的。」祈洋爲眾人說明，「本來要視情況驅逐或是封印，但對方主動釋出善意，表示它只想待在這裡，什麼也不會做。它願意接受我們定期派人過來檢查，我就是今年的檢查人。」

結果還沒進入夜土，就先出了個大問題。

怪談換了。

祈洋打開自己的不可視APP，將鏡頭對著一處角落，上面立即浮現一行字。

**芒級怪談·露娜小姐的#$%^*

原本應該是「芒級怪談．楓香鬼屋」。

「這些亂碼是怎麼回事？」言丰之疑惑地問。

「好問題，我們也很想知道。」祈洋關掉APP，「照其他怪談沒問題，就只有照楓香鬼屋會變這樣。我們推測是楓香鬼屋的夜土已經被新怪談取代，但還沒取代完畢，原本進來就是想要弄清楚狀況。」

但普通人誤入，姜星河的妹妹在此失蹤，打亂了原本的計畫。

等所有人都安然逃出夜土，他們槐花院就能重新派足夠的人手進來調查。

見氣氛陷入靜默，李月吟忽地想到有什麼好消息能激勵人心了。

「對了對了，剛忘記講了，我們找到總開關在哪裡了！就在地下室！地下室的門有點隱祕，但還是被我和大毛發現了。」

「就說別再叫我大毛。」徐國春咕噥一聲。

李月吟當沒聽到，「門就在主樓一樓的後方，沒有上鎖，可以直接進去。門後是一條走道，然後會出現階梯，走下去能看到一個電箱，開關就在裡面。」

這的確是個好消息。

只要關掉總電源，就能讓這幢建築物在夜晚陷入徹底的黑暗，他們也能從黑暗中找出隱藏的祕密。

言丰之也有事情要補充，他先掏出那本筆記本，「這個對女傭似乎能產生奇妙的嚇阻力。她們本來要攻擊我，但我拿出這個後，她們就不敢靠過來。」

祈洋抓到重點，「你做了什麼會讓她們想攻擊你？」

「我只是摘了庭院的果實，還有在牆上塗鴉。」言丰之無辜地聳聳肩，「她們可能不喜歡有人亂摘東西。」

祈洋敢說原因肯定不是這個。

「你畫了什麼？」

「畫了這個。」言丰之打開房間裡符文的照片，「想說就試一下。」

祈洋飛快和姜星河對視一眼，瞧見彼此眼中的吃驚。

怪物會產生激烈反應，最可能就是言丰之畫的符文真的產生效果，令它們感到不適。

普通人居然有辦法做到這種程度？

言丰之自是不知兩名點燈人的想法，他切換至其他照片。

「這是樹林裡拍到的，越往裡面走，這種奇怪的樹就越多，你們有看過這種樹嗎？」

「好像鳳梨。」于小魚湊近打量。

「也挺像籃球的。」徐國春發表感想，「這樹眞的長得挺奇怪……楓香鬼屋，我是說現實裡的那邊只種了楓香樹吧，沒見過這種。」

「我找看看好了，說不定能找到。」李月吟自告奮勇。

「夜土裡連不上網路。」言丰之提醒。

「連這個就行。」李月吟指指自己的大腦，「我的天賦叫『雲端硬碟』，偏輔助的能力，就是能把看過的東西都存在裡面。」

「過目不忘嗎？」于小魚驚歎。

「咳，不是，還得靠關鍵字去搜尋。就跟我們平時用雲端差不多的感覺，而且因爲等級低……」李月吟尷尬地笑了一聲，「所以只能存三天的量，時間一過就被清空，要休息一陣後才能再存新的。」

李月吟閉上眼，下達連串關鍵字，一會兒過後她沮喪地搖搖頭。

「嗯……嗯……」于小魚又盯著照片上的橘色果實，倏地觸動記憶，「我想起來了！是林投果！這是一種叫林投果的水果，果汁酸酸甜甜的，我去年去海島玩時才喝過。這樹叫林投樹，常種在風大的地方或是海邊。」

言丰之想起那股若有似無飄散在樹林的海腥味。

沒有海的地方有海腥味，沒有強風會颳起的地方種植著林投樹……

以周圍楓香樹命名的楓香鬼屋，爲什麼會冒出這些林投樹？

除了林投樹，言丰之想給眾人看的還有怪物照片，以及……老楊死前的影像。

看著影片裡的恐怖怪物，李月吟他們的臉色都有些發白。

在老楊被怪物吃掉前，言丰之及時按下暫停。

「這男人的臉。」言丰之指著像誘餌掛在半空的男人腦袋，「總覺得好像在哪看過。」

李月吟盯著男人的臉，尤其是臉上那顆黑色肉痣，一股似曾相識感撲面而來。

「我也覺得有看過，肯定是最近的事，等我一下。」李月吟閉上眼，再次使用自己的能力「雲端硬碟」。她給出關鍵字檢索，沒一會就成功找到她要的東西，頓時低呼一聲，「是楓香鬼屋分屍案！是分屍案的那個凶手！」

「已經抓到凶手了？」于小魚吃驚地問，「不是說被害人身分還在查？」

「小魚姊妳說的是上禮拜發生的那個吧，我說的不是同一件。」李月吟解釋著，「是兩年前發生在楓香鬼屋的凶殺案件。」

「兩年前」這個關鍵字一出現，在場人紛紛被勾起記憶。

言丰之總算明白自己爲什麼會感到眼熟了。

爲了寫「露娜小姐的邀請函」的專欄，言丰之自然調查過怪談裡提及的楓香鬼屋。他的手機因而存了不少有關楓香鬼屋的資料，裡頭就包含讓楓香鬼屋聞名的分屍案。

當年住在楓香鬼屋裡的是一家四口，屋主叫周亞思，因揹負大筆債務，做出極端選擇。他殺了妻子和兩名分別就讀國小和國中的女兒，分屍丟棄部分屍塊，再回到家裡上吊自殺。

「因爲接觸過怪談，我開始喜歡逛一些靈異論壇。關於這件案子，我在網上看到過一些小道消息。」李月吟繼續說著她在雲端硬碟裡的資料，「聽說殺完人的隔天，周亞思要去棄屍的時候，出門碰上了鄰居，當時他說的第一句話就是……」

「早安，今天天氣很好。」

「然後……」李月吟舔舔嘴唇，向言丰之借了手機，點開其中的幾張照片，分別是言丰之昨夜與今日拍到的怪物身上的人臉，「雖然新聞將被害人照片打碼了，但網路上還是能看到清晰的。小言哥你拍到的一個是周亞思的老婆，另一個則是周亞思唸國中的女兒。」

「昨天最先攻擊你同事的，看樣子是他的小女兒。」祈洋對著言丰之說，「也就是說樹林裡的怪物有四隻，周亞思一家四口死後被拉進夜土，成爲這裡的怪物。」

言丰之想的是另一件事。

周亞思的大女兒被姜星河燒了才徹底死去，代表它是燈。

它是誰的燈？

露娜小姐還是楓香鬼屋的？可是從故事性來看都不像雙方會有的元素。

言丰之暗暗吐了一口氣，線索不夠多，目前推測不出個所以然，他決定先把目標放在眼前能處理的事情上面。

「姜老師，你妹妹的事……你下一步打算怎麼做？」

姜星河說出他的目的，「我想要找到訪客登記簿。」

進來楓香洋樓的人都得登記名字，只要拿到那本登記簿，就能知道他妹妹有沒有來過。

「萬一沒進到……」徐國春想起言丰之他們在樹林碰上的怪物，話說到一半就被李月吟狠狠捏住腰，痛得他直抽冷氣。

「不好意思，姜老師。」李月吟連連道歉，手捏著男友的腰間肉，更加粗魯地一轉，「你別聽他的，你當他放屁就好。」

徐國春疼得眼淚都快流出來，但聽見李月吟的話，頓時反應過來自己剛不經大腦說了什麼，不禁後悔萬分。

「姜老師，我這人說話一向都相反，超不準的。」徐國春趕緊補救，「你一定能找到你妹妹。你妹妹多大了？有照片嗎？我們一起幫忙找。」

姜星河打開手機相簿，看向照片的眼神變得柔和，「我妹妹叫姜星願，我都喊她星星。她長大了就不喜歡拍照，我這只有小時候的照片。」

手機螢幕裡是一張少年與小女孩的合照。

少年一看就知道是年輕時的姜星河，學生時期的他穿著白淨制服，五官猶帶青稚；小女孩綁著丸子頭，穿著藍色吊帶褲。她衝著鏡頭用兩根食指拉開嘴巴，擺成古怪的表情，但眼睛閃閃發亮，宛如閃耀的星星。

「你妹妹小時候好可愛！」于小魚稱讚，「現在還在唸書嗎？」

「謝謝，星星聽見妳這麼說一定會很得意。」談及妹妹時，姜星河的神情明顯溫柔許多，疏冷的氣質也散去不少，「她現在在唸大學。」

「訪客登記簿應該在管家手上吧，得設法從管家那邊下手才行。」言丰之提出看法。

「我也這麼想。」姜星河同意，「管家十點半後會在屋裡四處巡視，我可以趁那時到他房間找看看，總電源則麻煩你們了。」

「既然如此，我有個主意。」言丰之微笑地說，「要是信我的話，姜老師，晚上我們倆一起吧。」

一天多下來，祈洋已經了解言丰之這人七、八分了。當他說我有個主意的時候，十之八九不是什麼正經主意。

不，想想他昨夜說睡不著四處逛逛，卻逛到屋外與書房，以及挑釁管家樂此不疲的態度來看……祈洋決定修正自己的說法，什麼十之八九，他看是十成十。

不過這回是姜星河負責帶人，操碎心的人不是自己，祈洋就懶得提出意見。

「加油，保重。」祈洋拍拍姜星河的肩膀，「任重道遠啊。」

姜星河不理解，半是困惑地說，「謝謝？」

經過商討，眾人決定晚點分兩組行動。于小魚留守房間，言丰之和姜星河一起，祈洋則帶著情侶檔去關總電源開關。

「等我一下，我去拿個東西。」于小魚忽然起身離開房間，片刻回來後將一瓶水和幾個裝了白色粉末的夾鏈袋交給言丰之他們，「這些你們晚上行動時帶上，說不定能幫上忙。只要加水進去，再快速封起，搖一搖，就會產生爆炸般的效果，算是一種簡易炸彈包。」

聽到「爆炸」和「炸彈」，幾人忍不住不由得大吃一驚。

「小魚姊，妳怎麼懂得做這個？」李月吟對于小魚投予敬佩的注目。

「我沒說過嗎？」于小魚靦腆地笑了笑，「我是補習班老師，教高中化學的。」

當晚，十點半過後。

空曠的二樓走廊上有幾扇房門悄悄打開，五顆腦袋探出來，彼此對視一眼，確認沒問題後立刻行動。

依姜星河昨夜觀察出的動線，管家巡完主樓會去左樓，最後回到右樓自己的房間。

就算管家中途變更路線，房間也肯定是最後才會回去，他們只要把握時間就行。

楓香洋樓的三棟樓有空中走廊連接，言丰之幾人可以不用經過一樓，直接抵達右樓。

兩人快速前往走廊入口，兩側的門在晚間會關上，從主樓過去毫無困難，但在要進入右樓、轉動門把才發現上鎖了。

就在這時，言丰之瞥見對面走廊的門打開了，火速拉著姜星河趴下。

走廊圍牆採中間透明設計，只是蹲下還是容易被人發現。

言丰之微微抬起頭，瞧見一雙腳緩緩地從主樓方向走過來。來人穿著筆挺黑褲，而這裡也只有一個人會這麼穿。

走廊的門打開再關上，確定管家進入左樓後，言丰之二人這才重新站起。

姜星河見言丰之打不開門，不待對方再嘗試，率先掌心凝出光芒，往門把上一抹，金屬門把迅速腐蝕，鬆脫掉落。

「我的天賦是『藍石松』，一種植物，有毒性，反應在我的能力上就是能夠腐蝕一些東西。」姜星河進一步解釋，「把天賦當成能力的樹根，之後升級獲得的技能則是從根長出的樹枝，技能不管怎麼延伸發展，都和根脫不了關係。」

言丰之領悟很快，「像遊戲的技能樹？」

「對。」姜星河打開門走進，「以我的藍石松爲例，它有毒，能腐蝕小東西，必須升級才能強化它的腐蝕性。它性涼，能使人鎮靜，鎮靜效果同樣要看等級。再加上它枝葉柔韌，我將它發展爲弓箭來作爲我的武器。」

「聽起來每個技能都很厲害。」言丰之發表感想。

「只是聽起來。」姜星河否認道，「照你說的，天賦發展像遊戲技能樹一樣，技能樹數值是個人能力的分配調整，天賦也類似這樣。我的能力值多放在提升弓箭的攻擊力上，腐蝕最多就是融開一個門把。」

言丰之懂了，不是擁有天賦就能成爲全能型戰士，還得看個人怎麼選擇調整，他想到祈洋曾喊出的「一二三、木頭人」。

「祈洋的天賦該不會是童年遊戲之類的？」他猜測道。

「具體來說，他的天賦是『童年』，要是順利升級，可比我的藍石松厲害許多。」姜星河客觀地說。

藍石松僅是一種植物，童年卻是廣義的，能涵蓋許多元素。

天賦在點燈人之間不是什麼祕密，他們主打的就是團隊合作。哪怕組織不同，只要一同行動便能初步了解對方天賦，才可以打出合適的牌對付怪談。

閒聊間，兩人繞過走廊，拐進轉角。

夜間的右樓和主樓一樣，燈光全亮，每一盞燈都像在竭盡所能地散發光芒，光線落至每個角落。

二樓裡靜悄悄的，只有言丰之他們壓至最輕的些許腳步聲。

主人房間在左樓，除非露娜小姐閒來無事在夜裡跑來右樓散步，不然他們不會正面對上怪談的主人。

「女傭的房間都在右樓一樓。」姜星河輕聲說著昨夜觀察的結果，「昨晚舞會結束，她們就回房裡，晚上不會再出來。只要我們不弄出過大的動靜，就不會驚動她們。」

「或者是我們拿到登記簿後，再製造動靜，驚動她們，讓她們和管家陷入一團混亂？」言丰之提議，「讓她們忙起來，注意力就不會放在我們身上了。」

姜星河忍不住回頭看了言丰之一眼，後者仍是一副好青年的模樣，氣質溫馴清純，偏偏那雙熠熠發光的眼裡毫不掩飾地閃著「唯恐天下不亂」幾個字。

……好像有點理解祈洋說的那句「加油，保重」了。

再彎過幾個轉角，管家的房間在最末端的位置，那邊的走廊有一扇對外窗。

看到那裡有窗戶，言丰之滿意地瞇起眼。他就喜歡有對外窗的地方，出入方便，主打一個靈巧自由。

管家的房間不意外是鎖上的。

為了不讓管家馬上察覺有人入侵，言丰之沒讓姜星河出手，而是亮出隨身攜帶的鐵絲，先是戳戳鎖孔，再凹折形狀完全戳進去。

沒多久就聽到鎖片彈開的聲音。

姜星河還是第一次見言丰之露這手，眼裡浮現訝異。

「打工時學到的。」言丰之解釋，伸手轉動門把，緊接著「咦」了一聲，「打不開。」

門把確實能很順地轉到底，可門說不動就是不動。

「我看看。」待言丰之退開，姜星河上前，門卻出乎意料地打開了。

雖然疑惑，姜星河也沒在這點上糾結太久，與言丰之一塊走進房裡。

管家的房間相當整齊，牆邊擺著一座黑沙發，旁邊擺著幾個高低櫃；中央是鋪著黑色床單的床鋪，另一側是一張方桌，附著三個帶鎖的抽屜；地板一塵不染，亮得像打過蠟，彷彿鏡子一樣能反光。

「怪物的房間看起來還挺高級的。」言丰之給出評論，「眞像飯店房間，就是不知道有沒有附保險箱。」

要是管家把訪客登記簿放在保險箱裡，他們就能搬了保險箱直接跑路。

可惜掃視一圈，都沒發現。

姜星河走出房外，在更前方的轉角處貼了一小枚貼紙，貼的位置很隱密，刻意檢查牆面才會發現。

他再度走回房間內，對言丰之揚起手背，上面也有一枚圓形的白色貼紙，「要是有人往這走過來，我手上的貼紙就會變色，到時我們得趕緊撤退或藏起。」

時間寶貴，他們必須趁管家回來之前把他的房間各處搜查一遍。

言丰之和姜星河分工合作，開始翻箱倒櫃。

姜星河是搜查，言丰之則是搜刮。

言丰之看到似乎派得上用場的，便不客氣地收爲己用，放入口袋內。包括但不限於拆信刀、紙鎮、大小不一的乾癟眼珠、裝在瓶裡的新鮮眼珠……

看到眼珠他就想到進來夜土時聽見的怪異提示——請給眼睛的主人甜蜜的滋味。

雖然不知道眼睛的主人究竟是指誰，總之看到眼睛先拿走就對了吧。

完全不覺自己的想法與提示差了十萬八千里，言丰之搜刮得很起勁。他把能翻的地方都翻完了，也沒忘記將外觀盡量恢復整齊，不過沒找到訪客登記簿。

姜星河同樣沒找到，他有絲失望，難道不是放在……

「姜老師，貼紙！」言丰之急促提醒。

姜星河手背上的貼紙這一刻變了顏色，鮮紅的色彩有如不祥警告。

有人往這裡來了！

「撤退。」姜星河放棄搜索，二話不說拉著言丰之往外跑。

「等我一下。」言丰之忽然掙開手跑回去，把本來整齊的房間弄得一團亂，讓它看起來像遭到洗劫。然後又匆匆寫下一張字條，離開房間時帶上門，將字條貼上門板。

某人的腳步聲很快由遠而近，節奏規律地來到房間所在的走廊上，對方加快速度，幾乎是用衝的來到房門前。

管家不敢置信地看著自個兒房門，一張此前不存在的紙貼在上面，潦草寫著一行字。

訪客登記簿我拿走了。

訪客登記簿？

訪客登記簿！

管家像被人當面打了一拳，忙不迭打開門，房內宛如遭受龍捲風肆虐的景象讓他嚇得睜開所有藏起的眼珠。

真的有人進來他的房間！是誰？是誰！

管家又急又怒，知道小偷肯定藏在這次受邀的客人當中。女傭可沒這個膽子，她們平時連靠近這裡都不敢。

但小偷是如何找到他藏東西的地方？他明明收得如此隱密！

管家心急如焚地來到書櫃前，快速依序拿出幾本書，「咔」的一聲，書櫃往旁邊挪開，露出牆壁後的暗格。

暗格一打開，管家險些躍出喉頭的一顆心瞬間安穩落下，那些被嚇得打開的眼珠也安心閉上。

——訪客登記簿仍然好端端地躺在裡面。

管家緊繃的身體放鬆下來，甚至模仿人類的姿態，他大大吐出一口氣，絲毫沒發覺後方有人悄無聲息地逼近。

一個麻袋猝不及防地套至管家頭上，遮蔽他的視野，等他驚覺房裡還有人時已經來不及了。

言丰之套管家麻袋的動作熟練又俐落，讓人不禁懷疑他是不是做過無數次。

一遮斷管家的視覺，姜星河發動技能。

閃爍著銀藍光澤的長條植物竄起，轉眼綁住管家的手腳，隔著麻袋將他的嘴連帶勒住，讓他只能發出憤怒的嗚嗚聲。

怕一層麻袋不夠，言丰之又扯來棉被把管家整個人蓋住，只要一發現哪邊有眼珠疑似要從底下鑽出，就一個箭步踩過去，活像是把這當成另類打地鼠。

快去拿登記簿！言丰之朝看傻的姜星河使著眼色。

姜星河回神，拿了登記簿就和言丰之果斷撤退，將被五花大綁的管家孤伶伶地扔在房裡。

按原計畫，拿到東西他們就回主樓，但言丰之沒忘記自己先前的提議——要把水弄得更混一點。

簡單來說，讓場面更混亂一點吧！

「女傭們的房間是在一樓哪裡？往哪走最快？」言丰之沒帶平面圖，乾脆問姜星河。

「往那邊的樓梯。」姜星河抬手一指，話剛落下，便見言丰之已快如脫兔地竄過去。

「言丰之！」姜星河趕忙追上。

不管言丰之要做什麼，他都得確保對方的安全才行。

管家不知何時會掙脫束縛，言丰之一點也不敢耽擱，兩條腿跑得幾乎只剩殘影。他飛快下樓，聽著後面姜星河的指路，成功抵達女傭的房間。

走廊上的這一排房間全都是女傭的宿舍。此刻每一扇門都緊緊關著，門後沒傳出任何動靜，缺乏人氣的安靜盤旋在這塊區域。

「言丰之，你要做……」姜星河一見到言丰之接下來的勞動，忍不住啞然失聲。

言丰之從口袋掏出一把乾掉的眼球，姜星河甚至不知道他是什麼時候拿的。當他瞧見言丰之還掏出一瓶新鮮的眼球時，眼中震驚更甚。

所以這人究竟是什麼時候……

言丰之沒搭理姜星河，自顧自忙著手上工作。他從管家房間裡搜刮眼球時就發覺它們黏性挺好，能牢牢附著在物體上。

他將眼球一個個黏在門板，乾癟的眼球貼完了，就換新鮮的貼上去。那熟練又若無其事的動作，好像他掏的不是眼珠，而是市場買到的大白菜。

姜星河只能站在旁邊，欲言又止，實際上他也不知道該說些什麼。

當點燈人那麼多年，他就眞的……沒見過普通人在怪談夜土裡做出……這叫什麼？人類的迷惑行爲嗎？

言丰之黏完眼珠又拿出紙筆，快速寫了幾張紙條，一一塞進門縫內，不漏掉任何一間女傭寢室。

姜星河依然看不懂言丰之做這些到底想幹嘛，等到他目睹言丰之竟跑去敲女傭的門時，他更加不理解，只覺大爲震撼。

言丰之用最快速度把女傭房門都敲一輪，隨即拉著迷茫的姜星河往另一邊跑。

「快走、快走！等等就要亂起來了，沒意外的話。」

「你究竟做了什麼？」姜星河艱難地發問。

說時遲、那時快，後方一扇扇閉闔的門被打開，幾秒後彷彿水滴進滾燙油鍋裡，驚天動地的尖叫爆發。

「啊啊啊啊啊——」

「啊啊啊啊啊啊啊啊啊——」

彷若被女傭們高亢的尖叫聲撼動，黑暗驟然降臨屋內，所有燈光此刻盡數熄滅，但顯然無法澆熄女傭們高漲的怒火。

走廊裡能聽見吵雜的奔跑聲咚咚響起。

姜星河一個箭步越過言丰之，他拉著言丰之向前跑，以免對方瞎子摸象般撞上牆壁。

姜星河的手強而有力，彷彿鎖鏈緊緊纏住，絕不輕易鬆開。

彎進轉角前，言丰之飛也似地回過頭。

照理說他什麼也看不到，眼前應該一片黑，然而就在那團濃烈、深不可視的黑暗裡……他看見了手。

好幾雙蒼白的手腕靜靜地浮在上空，像大理石的皮膚微微發光，指間纏著細細的絲線。

絲線往下垂，湮沒在黑暗裡。

而不論是線或手腕，皆在下一刻消失於言丰之的視野中。

「可以告訴我你做了什麼嗎？」姜星河頭也不回地問。

言丰之也沒隱瞞，「我寫了小紙條告狀。」

「告……告狀？」姜星河不明白。

「對，我告訴她們管家在偷窺，門外的眼球就是證據。」對於自己一手促成的混亂，言丰之相當有成就感。

姜星河還是不明白，甚至有絲恍惚，「這樣眞的有辦法……」

姜星河驀然吞下最後一點懷疑，此時此刻後方遙遙傳來的腳步聲和尖叫聲就是成功的最佳證明。

兩人馬不停蹄，一頭栽進祈洋等人爲他們製造出的黑暗裡。

◆

半小時前，另一邊的祈洋他們。

和言丰之兩人分開後，祈洋帶著情侶檔去關總電源。

總電源被安置在主樓地下室，那裡在平面圖上標爲儲藏室，位置不是很明顯，不仔細留意容易忽略。

李月吟和徐國春白天來過一次，將通往地下室的路記得一清二楚，很快就找到那扇不起眼的門。

門沒上鎖，李月吟一轉門把就打開，燈光隨即從門後流洩出來。

李月吟刷白了臉，連退幾步，撞進徐國春懷裡。

看清通道景象，徐國春的臉色也跟著發白，但總算嚥回驚叫聲。

「早、早上的時候不是長這樣的……」徐國春結結巴巴地說，雙腿有些發軟，「早上我們看明明很正常……」

一盞燈泡懸掛在通道裡，朝外散發熾白的光芒，清晰地勾勒出周邊影像。

通道兩側是暗紅色牆壁，明亮的光線反倒襯得它越發猩紅，彷彿大量血液塗抹其上。

李月吟他們記得今早來時，這裡的牆壁只是普通的水泥牆壁。如果只是顏色變了個樣，他們也不至於面露驚惶。

暗紅的牆壁完全變了材質，並規律地起伏，宛如柔軟又帶有彈性的肉塊。

往內走進，簡直像主動踏入怪物的腔道內。

「怕就留外面。」祈洋扔下這句話，毫不猶豫地走了進去。

除了牆壁變得像是肉塊，其他地方倒不見異常，祈洋繼續往深處走，後方跟來兩道腳步聲。

通道不長，沒一會兒就看到通往地下室的階梯。往下走到底又是一扇門，門板上出現巨大爪痕，好似曾有龐然野獸在此肆虐。

祈洋面不改色地推門進入，看見裡面的光景頓時擰起眉。

被用來充當儲藏室的地下室化成怪物的腔道，暗紅牆壁變成鼓動的肉塊，腥味更是隨之傳來。正對著門的那面牆壁爬滿蒼白的手臂，手指重疊交錯，覆蓋住底下數量眾多的電箱。

逐一測試太花時間，祈洋問道：「你們昨天看到的電箱在什麼位置？」

剛說完，祈洋驚覺不對勁。後方響起的是異常粗重的喘息，同時還傳來野獸般的腥臊味！

幾乎是本能反應，祈洋霍然躲閃。當他回過頭，看見一同來到地下室的赫然是兩隻怪物。它們外形是不規則的肉團，上面插滿密密麻麻的手掌，慘白手指如同海葵不停蠕動。

那兩個人呢？是沒進來？還是已經遭到怪物攻擊？

祈洋確定自己途中沒聽到任何異響，也不曾聽見兩人的呼救。

一時難以釐清狀況，祈洋暫時壓下困惑，直接衝向電箱。

這舉動似乎觸怒了怪物，它們立即撲過來，地上拖曳出長長的污痕。

見狀，祈洋低聲說，「跳格子。」

簡單三字如水滴入空氣，怪物身前立時浮現多個格子圖案，每格內出現倒數讀秒。

怪物必須等倒數結束，格子裡出現編號才能踩上去，否則只能被困在原地。

一百二十秒，兩分鐘，這是祈洋為自己爭取的時間。

他不敢有絲毫耽擱，轉身清理電箱。

錯過今晚，已經發現他們有所行動的怪物勢必會嚴加防守地下室，只怕沒那麼容易再進來。

祈洋掌心浮現金光，不客氣揮向那些似蟲子攀附在牆面的手臂。隨著手臂如白雨墜落，埋在底下的電箱逐漸顯露全貌。

一個、兩個、三個、四個……祈洋接連關掉四個電箱內的開關，可地下室依舊明亮。

他只能儘可能加快清理的速度，整個人化身成一台高速運轉的收割機器，地面斷臂慢慢堆疊成一座小山。

那些手乍看下有如一隻隻蒼白、了無生氣的畸形昆蟲。

只是就算祈洋的速度再怎麼快，電箱數量還是多得超乎預期。

剩下一半電箱還被掩埋的時候，讀秒結束了。

怪物瞬間像解除定身術，依序踩過格子，脫離跳格子的束縛朝祈洋撞過去。

祈洋側身閃躲，金光拔長，像棍棒擋向朝自己揮下的手臂。

怪物的攻擊被攔下，祈洋卻在這時眼一瞇，注意到地上被燈光拉得斜長的影子擁有人形輪廓，一個念頭如電光閃過大腦。

他收起金光，加速朝肉團衝去，凶猛的氣勢似乎震懾住對方。它們僵立原地不動，隨後動作流露出惶恐，轉身想逃離地下室。

祈洋沒給它們這個機會，他一個滑鏟直逼怪物身側，對準其中一個肉團，揚手重重甩了一巴掌過去。

接著反手又送出一巴掌給另一隻怪物。

最後他甚至也給自己一巴掌。

清脆的連三聲巴掌迴盪在地下室內。

祈洋對自己毫不留情，白皙的臉頰迅速變紅，留下火辣辣的刺痛。

在他感到右臉疼痛的同時，前面也響起兩道吃痛聲。

四周景物驟然發生變化，肉團怪物消失。

李月吟和徐國春捂著臉站在祈洋面前。

地下室亦恢復原狀，牆壁是未上漆的水泥牆，電箱孤伶伶地設在牆上。

沒有斷手、沒有血污、沒有腥味，只是個普普通通的地下室。

祈洋吐出一口氣，果然沒猜錯。

「嘖，差點被耍了。」祈洋用舌尖抵抵上顎，他剛打得太用力，嘴裡還有一絲血腥味。都是幻覺。

「祈祈祈祈……祈大哥！」看清眼前的男人，李月吟震驚無比，「怎麼是你在這？剛剛的怪物呢？」

「怪物居然還會還打人巴掌……」徐國春含糊地說，他被那一掌打得不小心咬到舌頭。

「打人的是我，我們全陷入幻覺了。」祈洋言簡意賅地說。

他看到的肉團怪物是李月吟和徐國春，對方看到的怪物則是他。

要是沒即時清醒，只會落得自相殘殺的下場。

不，這兩個打一打大概就逃了。

這時祈洋不免慶幸跟自己行動的是這對情侶，要是換成姜星河，在察覺身分不對勁之前，他們恐怕已先兩敗俱傷。

至於換成言丰之的話……

祈洋果斷掐熄這想法，總覺得那人會用離譜到讓人目瞪口呆的方式應對。

李月吟他們這時也反應過來，先前在地下室看到的怪物就是祈洋，就連怪物平空製造更多電箱阻撓他們的行動也都是一場幻象。

假如祈洋沒及時發覺有異，他們恐怕要在這裡團滅了。也不對，滅的應該只有他們兩個菜鳥。

「嗚嗚，幸好有你在，祈大哥……不，祈大佬！」

「把廢話時間省下，燈一暗就馬上往外衝。」祈洋打開電箱，裡面是一排開關，他直接全數往下按。

啪啪啪啪！開關接二連三關閉，最後地下室也陷入伸手不見五指的狀態。

燈一暗，徐國春和李月吟打開手機的手電筒，毫不猶豫地跑出地下室，緊跟在身後的腳步聲讓他們無比安心。

祈洋也追上來了。

三人跑出通道回到一樓，四周被漆黑填滿，家具器物的輪廓都隱沒在黑暗裡。

「你們二樓，我一樓。」祈洋俐落交代，「注意時間。」要趁管家、女傭或露娜小姐過來主樓前完成搜索，一有不對勁就迅速躲回房裡。

李月吟他們點點頭，思及祈洋沒往他們這邊看，連忙改為大聲應好。

三人快速朝大廳方向而去，祈洋打算從大門附近開始找，情侶檔則是直接上樓。

當他們來到大廳，祈洋最先發現不尋常，立刻喊住李月吟兩人。

「你們過來！」

李月吟和徐國春反射性轉往大門方向，跑沒幾步就面露震愕，腳下速度更是立即加快。深深的幽暗中，牆上的一幅畫裡有一小簇燈火被襯得格外醒目。

「這……這是！」李月吟瞪大眼，震驚地看著那幅幽黑中靜靜發光的畫。

畫中是楓香洋樓，每個房間的窗戶都被清晰地勾勒出來。

在這之前，這幅畫以白天爲背景，窗戶也暗著；然而現在不但變成黑夜，一樓的一扇窗戶還亮起明黃色燈光。

「窗戶亮了？」徐國春不敢置信地湊近看，隨後他眼睛瞪得更大，「窗裡！窗裡有東西！」

「什麼？」李月吟大吃一驚，一把扯開男友，原本欲上前的步子驀地頓住，她側過身，將最佳位置讓給祈洋，「大佬你快看看。」

說也奇怪，離畫還有一段距離的時候，只覺得窗戶亮起。可幾乎貼觸到畫上，視線就能穿過窗戶，窺見屋內景象。

窗後是一間狹小的房間，布置簡單，家具稀少，看不出太多房間主人的喜好。

祈洋的目光忽地定在一面牆壁，那裡……有一扇門。

或者說一個門形的輪廓，邊緣歪七扭八，彷彿有誰在那畫了一扇門。

祈洋往後退一步，記下亮燈窗戶的位置。

就在這時，一樓後側冷不防傳來響動，有人打開門進來了。

祈洋幾人心頭一跳，以爲是管家或女傭，拔腿就往樓梯方向跑，意圖在最短時間內回到各自房間。

直到他們聽到低聲呼喚傳來。

「祈洋？李月吟？徐國春？有誰在這嗎？」

是言丰之的聲音。

三人在樓梯前緊急停住，其中李月吟把手機手電筒對著一樓後側照，很快就照到兩道往這來的身影。

「小言哥！姜老師！」

言丰之與姜星河飛快朝著光源處跑來。

祈洋瞇起雙眼，這兩人外表無傷，但死命狂奔過來的模樣活像幹了什麼壞事。

「你們做了……」祈洋盯著姜星河和言丰之的臉，最後目光犀利又精準地轉向言丰之，

「你做了什麼？」

「也沒什麼，總之拿到登記簿了。你們那有什麼發現嗎？」言丰之調整著呼吸。

這人沒否認。

祈洋立刻朝姜星河看去，無聲逼問。

姜星河眼神飄忽，不知想到什麼，又堅定了起來，「真的沒什麼。」

祈洋完全沒被說服，相反地，不妙的預感越發強烈。

這兩人，或者說言丰之絕對幹了大事。

然後姜星河還意圖替他隱瞞！

「小言哥，我們在那邊的畫裡找到燈，應該不是露娜小姐丟的那盞，不過肯定有什麼關聯。」渾然不覺言丰之他們像逃難似地回來，徐國春笑著說出這個好消息。

「對對對，有扇窗戶亮了燈。」李月吟接著說，「就在一樓的……一樓的……」

「亮燈的是一樓最左邊房間。」祈洋把話接下去。

「那就趕緊去看看，趁管家他們還在忙。」言丰之一溜煙竄向左邊走廊，跑得比誰都快。

「所以他到底做了什麼？」祈洋邊跑邊質問姜星河。

「算是……挑起管家和女傭內鬨。」姜星河給出委婉的答案，「細節就別問了，重要的是結果。」

祈洋沒反駁這句話，不管用什麼手段，能達到目的才是最重要的。

一行人在黑暗中匆匆奔跑，手電筒光束隨著奔跑晃動，在幽暗的一樓投下凌亂光束。彎過轉角，他們來到左側走廊，一排房間皆房門緊閉，但可以望見最底端有房間的門縫正流洩出光輝。

那片澄黃色燈光宛如深海中唯一的燈塔。

言丰之剛舉起手，耳邊倏地聽見一陣細微嗡鳴，彷彿某個龐然大物即將從深眠甦醒。

下一刹那，一樓走廊上燈光瞬間全亮，光線無孔不入地入侵每個角落。

楓香洋樓恢復光明。

與此同時，一股難以言喻的壓迫如山壓下，所有人都感到呼吸困難，耳邊嗡嗡聲再起，並且有加劇跡象。

祈洋和姜星河神色驟變，不約而同大喊，「回房間！快！」

即便是言丰之也果決收回要敲門的手，跟著眾人用盡全力狂奔向自己房間。

他們剛跑上樓，言丰之便感覺頸後寒毛根根豎起，鮮明的恐懼如尖刀貫穿腦海，令他眼前一陣發白。他踉蹌幾步，隨即就被旁邊伸來的大手扶住。

「別跌倒！」是祈洋。

言丰之咬了下舌尖，尖銳的疼痛迸出，讓他重新掌握清明。他急促地喘著氣，眼見自己的房門就在前方。

門剛打開，背後就傳來凶悍的力道，將他一舉推入房內。

隨著房門用力關上，壓迫感消失，言丰之又可以順暢呼吸了。

言丰之能聽見外頭飛速傳來數道關門聲，顯然大家都成功回到房裡。他拖著虛軟的雙腳經過桌子，本來要直接倒床，可又突然想到什麼，三步併作兩步地趕到窗前，打開窗戶朝外看。

言丰之的房間面向樹林，深沉的夜色將樹林染得闃黑，往外只能望見黑壓壓一片。

言丰之不是要看樹林，他探出身子，奮力仰高頭，意圖窺視那個帶來強大壓迫感的存在，是不是正降臨在主樓上面。

言丰之看到它垂墜在屋簷下的輪廓。

暗紅、柔軟、厚實。

嗡鳴聲在這一瞬又響起，好似有多人囈語，胸口再度像被重物壓著，言丰之差點往樓下栽。他猛然縮回身子，一退回房間裡，那些不適的症狀頓時緩解許多。

言丰之試探著伸出一條胳膊，想用手機拍下樓頂景象。但手剛伸出，差點就站不穩，只好扼腕地收回。

看樣子必須整個人都待在房裡才安全。

正當言丰之思索著是不是該找個棍狀物充當自拍棒，把手機綁上送出窗外，眼角餘光突然捕捉到異樣。

言丰之看到了一個龐然大物。

夜幕中有個暗紅物體在飛舞，它伸展身軀，幾乎遮蔽天空，起伏間可以瞥見蒼白一角。它彷彿一團柔軟的巨大肉塊，轉瞬消失在樹林方向。

言丰之眨眨眼，視野中只餘無盡黑夜。他忍不住再往窗外伸出手，沒什麼不舒服的感覺，他再試著探出半個身子……

垂墜在屋簷下的東西消失了，壓迫感和不適也都消失了。

確定什麼異狀都沒有，言丰之關上窗，回到床邊。

一沾上床，他就像斷電一般，直挺挺地倒至床鋪，連棉被也不拉，就這麼壓在身下。

言丰之把臉埋至枕頭裡，直至呼吸困難才側過臉，露出鼻子。他閉上眼，清楚地感受到一股奇異的顫慄仍徘徊在體內。

那是恐懼帶來的，可最後留下的不是恐懼，而是更深切的……刺激。

跟著刺激一起沖刷四肢百骸的還有興奮。

籠罩在楓香洋樓的龐大存在感，還有剛剛飛離的那個……那是露娜小姐吧。

眞可怕眞嚇人眞恐怖……

也眞愉快啊。

言丰之從喉頭處逸出低低的笑聲，他眞的很久沒體驗到如此眞實的情緒波動。

醫生說的沒錯，刺激果然是良藥。

言丰之絲毫沒有將醫囑扭曲得亂七八糟的自覺，還在內心深深感謝那位醫生。

言丰之翻了個身，把另一邊的臉頰埋進枕頭內，有些遺憾方才沒來得及拍下夜空中的龐大存在，可同時一絲道不明、說不清的疑惑也浮上心頭。

露娜小姐爲什麼要飛離楓香洋樓？

主人不是該回自己房內？

言丰之還想再思考，但疲累拉扯著神經，他閉上眼，意識很快墜入黑暗。

第8盞

亮著燈的房間裡，姜星願張開眼，從地上坐起。
她環視四周一圈，憂愁地嘆氣，玻璃天窗外依舊掛著紅月的黑夜。
今天也是被困在大迷宮的一天。
哥哥還沒找到她。
姜星願晃晃腦袋，她可是常被老師誇獎的聰明小四生，很快就得出一個結論。
哥哥不會丟下她不管，現在一定正想辦法來迷宮找她，或是已經進到迷宮裡，卻迷失了方向。
這個大迷宮——或者說這間大屋子有許多的門和走廊，每扇門後是不同房間。
有的空無一物，有的堆滿雜物，有的是臥室，有的是客廳，有的是廚房……還有一些姜星願說不上來，也不知道功能是什麼的房間。
但最多的是空房間。
在這裡很神奇地不會感到口渴和肚子餓。

姜星願很開心，她不喜歡餓肚子，像是肚子都要凹下去，扁扁的，會讓她整個人都蜷縮起來，想藉這動作抑制饑餓。

第一天出現在這裡時，她不敢亂跑。哥哥有說過，找不到他的話就在原地等，他一定會回來找到她。

每次她躲起來，哥哥總是輕易就能找到。

哥哥會把她舉到半空中，用額頭碰碰她的額頭，如果哥哥那時有吃飽飽，還會抱著她在空中轉半圈。

最後哥哥都會摸摸她的頭，安慰她不要怕，說哥哥就在這裡。

只是等啊等、等啊等，姜星願覺得自己等得有點久了，也許換哥哥迷路也說不定，那麼就該由勇敢的小隊員去救小隊長了。

每次離開有玻璃天窗的房間，姜星願主要做的事就是找哥哥、消滅手指花，還有……躲避怪物。

最初發現怪物，是在一間擺設像客廳的房間裡，姜星願第一次看到差點嚇得尖叫出聲。

還好她很有經驗，馬上捂住嘴巴，連呼吸聲都放得很輕，確保不會驚動到怪物。

怪物癱軟在黑色皮沙發，肉紅色的軀體像一小灘爛泥般流淌在沙發上，還有幾根觸肢從沙發邊緣垂下。

怪物的臉像套上一層肉粉色的橡膠頭套，只有一張嘴巴橫貫在上面。

此刻那張嘴巴正張得開開，發出類似打呼的呼呼聲。

怪物佔據的房間裡沒有令人想到奶油、蜂蜜、巧克力、熱呼呼鬆餅的甜蜜氣味。盤旋在此處的是一股奇異的臭味，像垃圾袋滴下的水，像淌散在地板的一灘嘔吐物。

姜星願第一次看到那麼恐怖的東西，她瞪大眼睛，手捂得更緊。

肉紅色的泥巴怪物似乎沒發現姜星願，它的身體規律地一起一伏，讓姜星願想起打呼時的肚子。

她小心翼翼地想退出客廳，但還是驚擾到怪物，怪物從此開始緊追她不放。

一旦碰上怪物，唯有躲進紅門後有玻璃天窗的房間才會安全，姜星願把那間房取名爲「安全城堡」。

今天的運氣很不好，離開安全城堡沒多久，姜星願就碰上遊蕩的怪物。

長滿觸鬚的龐大肉塊原本慢吞吞地走著，一發現姜星願的身影，附著在觸鬚上的手指瞬時劇烈擺動，肉塊轉過來，臉上的那張嘴巴張大，發出一聲吼叫。

姜星願煞白了臉，拔腿就逃。

得找紅色的門，得趕快找到紅色的門！可心裡越是焦急，就越找不到，姜星願跑得氣喘吁吁，始終沒看見紅色的門。

姜星願沒辦法，只好先隨便找個房間躲進去。

這個房間的牆角堆滿大小玩偶，剛好能夠讓一個小孩子藏在裡面。姜星願小心翼翼地放輕呼吸，手緊緊地捂著嘴巴，瞠大的眼珠緊張亂轉。

不要被發現、不要被發現。

喀。

門把轉動的聲音。

嘰呀——

門扇被推開的聲音。

接著是重重踩入的腳步聲，每一下都像踩在姜星願的心臟上。她慌張地縮縮身體，確保自己完全被大熊玩偶遮住。

「噠噠噠」的腳步聲在房間裡移動，從左到右，接著消失不見。

沒聲音了，怪物離開了吧。

姜星願剛鬆口氣，一道陰影猝不及防地從大熊玩偶上面蓋下。

小女孩轉動眼珠，視線顫顫朝上，一張像套了肉色橡膠皮套的臉撞入她的眼裡。

明明知道它臉上沒有眼睛，看不見自己，可是恐懼如一條繩子緊緊拽著她的心臟。

姜星願控制不住，呼吸變得急促，心跳加速，手腳直冒冷汗，眼珠害怕得快要瞪出來。

怪物的臉往姜星願的方向又湊近一點，佔據整張臉的嘴巴咧開，氣息噴出，一股像是嘔吐物的發酵惡臭衝進姜星願的鼻子裡。

她變得空白的腦子登時只剩下一個念頭——好可怕好可怕好可怕好可怕好可怕好可怕！

等姜星願回過神，大熊玩偶已被她一把推倒，站在玩偶後的身影連帶被推得趔趄幾下。

姜星願如同受驚的小鹿猛力跳起，竄向另一扇未關的門。

怪物無端被撞得不穩，卻也馬上知道獵物就在這裡，垂在身後的觸肢揚起，霎時捕捉到姜星願逃竄的方向。

怪物的咆哮聲越來越可怕，卻從最初如同野獸吼叫的聲音變成含含糊糊的人聲。

那聲音似乎在喊著：

「姜……星……願……姜星願！」

嘶啞的聲音像裹著令人不快的爛泥，彷彿隨時會附著在身上，怎樣也甩不掉。

姜星願的心臟怦怦跳，小臉煞白。

她害怕這種吼叫聲，一聽到就忍不住全身僵直，身體像被釘住。

「臭婊子……」

怪物無法連貫地說出一整句話，通常都是蹦出簡單的字詞，在走廊間隨著它笨重的腳步聲徘徊。

吼聲追過來了，如同陰魂不散的詛咒。

「……小婊子……」

姜星願不是很理解「婊子」的意思，可她知道那是在罵人，罵她是個壞小孩。

爲什麼？爲什麼？爲什麼？

我什麼地方做錯了？我明明非常努力地當個安靜的乖孩子！

體型比昨天更大一圈的怪物越來越近，原先飄散在空氣中的甜蜜氣味被惡臭蓋過。不管是怪物黏稠的吼叫，或是行走間發出的黏膩潮濕聲響，都讓姜星願無比驚懼。

就在這時，她的眼前忽地出現一抹紅。

紅色的門出現了。

姜星願彷彿溺水之人見到浮木，拚了命地伸出手。她打開門，跌撞地撲進去，再用最快速度爬起，用力關上門，將怪物阻擋在她的安全城堡外。

撞門聲砰砰響起，但姜星願知道再過不久就會消失，她摸著怦怦跳的心口走到窗邊。

今天窗外仍是一片黑暗，什麼也看不到。

姜星願失望極了，她還想知道之前出現在窗外的肉塊大姊姊和那個叫管家的眼珠怪物請了哪些客人過來。

客人會到楓香洋樓，那會來她這裡嗎？走廊地板上有好多寫著楓香洋樓的門牌。最重要的是，那些人當中會有哥哥嗎？

姜星願每天都在祈禱能看到客人出現，可是自從看見披著手指披肩的肉塊後，窗戶外就再也沒照出其他景象。

姜星願失落地離開窗邊，瞥見牆上的正字，她「啊」了一聲，趕緊跑過去畫一條線。

一條線代表一天，這裡沒有日夜交替，她都是以睡了飽覺當作一天過去。

全部線條加起來，這是姜星願待在這地方的第六天。

「哥哥快來，快來帶星星回家……」姜星願喃喃地說，眼中染上濕意，她用手背將淚珠擦掉。

只要眼淚沒落下，她就沒有哭，她可是勇敢的姜星願小隊員。

小女孩準備收起筆，下一秒卻像遭到無形力量的牽制，讓她緊握著筆開始在牆上大力塗寫，凌亂的字體一個個落下，暗紅的顏色宛如抹開的血液。

眼珠又在看了
我
看
我在看看看
不對是你在看看看看看
你看到 看到
我
看
到
你
了

姜星願霍地轉過頭，表情瞬間剝離稚氣的臉蛋，烏黑的眼睛張得又圓又大，盯住虛空中的一點。

她看到了夜晚，看到被樹林包圍的另一棟楓香洋樓，看到躺在床上、握著星星糖果筆記本的年輕男子。

她看到言丰之。

◆

一陣尖銳的痛楚無預警從眼底擴散，言丰之從夢裡驚醒，猛然坐直身子，抓在手裡的筆記本滑落至床下。

他緊閉左眼，掌心捂在上頭，疼得不住嘶氣，好半晌眼中的疼痛才漸漸散去。

言丰之眨眨眼，沒察覺到任何異物感，他撈過手機，切換前後鏡頭，讓自己的臉出現在螢幕裡。

他湊上去，仔細觀察方才痛到不行的左眼，除了血絲不知為何特別多，看不出任何異常。

可先前的疼痛一點也不像是作假，痛得讓言丰之懷疑真的有人把錐子狠戳他眼睛裡。

然而比起左眼古怪的疼痛，言丰之更在意夢中見到的小女孩。

——跟在姜星河照片上看到的一模一樣。

那是姜星河的妹妹。

她好像在一個房間裡……那是哪裡？

言丰之想不明白，他也不是會用問題折磨自己的個性，他更喜歡拿去折磨別人。把疑惑暫且拋一邊，他重新躺下，手往肚子上一擱，接著反應過來手上的東西不見了。

他翻身再坐起，在床下找到筆記本，長臂一撈，把本子撈上來，不自覺地再翻了翻。

言丰之的手停住，先前空白一片的筆記本出現了字。

哥哥不見了，還是其實是我不見了。

手指是壞蛋，踩扁踩扁。

有好多眼珠，快看快看快看啊。

燈好大，燈很溫暖。

找我，找我我我我我我我。

字跡歪斜笨拙，彷彿小孩子還不太會寫字，內容也不知所云，好似寫這些東西的人精神狀態並不穩定，旁邊還畫著幾顆星星圖案。

言丰之盯著其中一行字。

燈好大，燈很溫暖。

◆

隔天早上，管家安然無事地出現在主樓，女傭對他也恢復恭敬的態度，但有幾名女傭缺了胳膊，或是臉上多了幾個窟窿。

再仔細一看，就發現管家其實也掛了彩，頭髮凌亂，衣服更失去以往的筆挺。顯然昨晚兩方怪物還是如言丰之所願，達成了網內互打。

管家徹底失去笑容，看向言丰之幾人的眼神陰森森的，連問候都像凍了碎冰在裡面。

昨夜對管家而言簡直是一場災難。

好不容易才擺脫那個卑劣小偷對他的束縛，不該熄滅的燈卻暗了，管家第一時間想衝去查清楚問題。

沒想到那群智商不高的女傭不知發什麼瘋，忽然一窩蜂擁至他房間，逮著他就是瘋狂圍擊，還含糊地咒罵「變態」、「偷窺狂」這些意義不明的字詞。

混亂至極的狀態下，管家被激起怒火，先前遭到不明挨打的眼珠咧開嘴巴，毫不留情地撕咬下女傭的身體。

看著言丰之等人，管家確信小偷就藏在他們之中。偏偏昨晚他沒看到小偷的臉，在沒有證據的情況下，無法對受邀的客人出手。

即便管家的目光如刀子惡狠狠地刺向每個人，試圖從他們臉上捕捉到蛛絲馬跡，眾人還是面不改色。

于小魚是全然不知道昨夜發生什麼事，情侶檔對於發生在管家身上的慘劇毫不知情，而剩下的言丰之三人……

姜星河和祈洋心理層面強悍，言丰之則是完全不認爲自己幹了壞事。

他明明只是炒熱一下場面而已。

但誰也不想沐浴在管家滿是怨恨的視線下，眾人乾脆轉移陣地，到楓香洋樓外的樹林。

白日的樹林雖然也須預防怪物，但危險性比夜晚低，只要屏住呼吸，就能成功逃離。

徐國春拿出曼德拉草玩偶，萬一藏在林中的怪物來到附近，玩偶就會尖叫示警。

「來說說昨晚各自的情況吧。」祈洋開口，「我們關完燈發現大門附近的畫出現變化，本來塗成黑色的窗戶亮起燈，湊近看能看到一間單人房，感覺像男孩子的房間。裡頭還有一扇像畫上去的門，畫得歪七扭八。從畫裡看，亮燈的是一樓最左邊的房間。」

「男孩子？」徐國春納悶不已，「這裡哪來的男孩子？」

「也許露娜小姐想養個童養夫？」于小魚胡亂猜測，說完也覺得太離譜，她尷尬一笑，轉移話題，「昨天我待在房裡什麼事都沒發生，就睡到天亮醒來。」

幾人看向言丰之與姜星河，可這兩人不知怎麼回事，一副心不在焉的模樣。

足足等了好一會兒，都沒等到言丰之他們回神，祈洋眉頭擰起。

「小言哥？姜老師？」李月吟喊了一聲，見喊不回兩人的魂，伸手在他們面前揮一下。

「……抱歉，我剛有點分心。」姜星河回神道歉。

言丰之遊離的思緒跟著歸位，直白坦承，「我剛在想別的事，昨晚作了奇怪的夢。」

「應該不會比我們被拉到怪談夜土還奇怪吧。」于小魚打趣道。

「嗯，還眞的比那奇怪。」言丰之認眞地說。

于小魚一愣。在她看來，她人生二十幾年來所作的惡夢都沒誤入夜土恐怖，言丰之到底是夢到了什麼？

「你們那邊，昨晚是什麼狀況？」祈洋問。

露娜小姐突然的降臨讓他們只能逃難似地回到房裡，壓根沒機會多問。

而管家今天恨不得將人生吞活剝的模樣，讓祈洋更篤定言丰之這傢伙做了不得了的事。受害者百分百是管家。

雖然言丰之不按常理出牌的行爲老是讓祈洋血壓飆高，但既然能惹敵人不爽，就表示是他們這邊賺到了。

言丰之不是很明白，祈洋怎麼突然朝他丟來一記「幹得好」的眼神。

「登記簿拿到了。」姜星河從包裡拿出一本簿子，正是他們第一夜抵達楓香洋樓外，被迫在上面簽名的訪客登記簿。

「姜老師，有看到你妹妹的名字嗎？」李月吟迫不及待地發問。

姜星河的表情比平時更淡，「沒有。」

「啊，這……」李月吟啞然，不知道該如何接話。

「有其他人嗎？」言丰之嘴上問著，手已經拿過登記簿開始翻看。

簿子裡大多是空白頁，只有前兩頁有寫字，一頁是他們六人的簽名，而在更之前的第一頁……出現了第七個人的名字。

李昭娘。

「李昭娘？」言丰之若有所思，「姜老師，你妹妹她也是點燈人嗎？」

「她不是。」姜星河知道言丰之想問什麼。

假如姜星願是點燈人，就可能寫出跟本名無關的假名。

「那個，姜老師……你……」李月吟想說節哀，但說出來無疑是直白地向姜星河說人已經死了，話哽在喉頭好一會，最後變成另外兩字，「抱歉。」

祈洋沒說什麼，只是拍拍姜星河的肩膀，當作給同行的一些安慰。

姜星河拒絕了這些，「星星肯定還在這裡，她最擅長躲藏了，她一定是躲在誰都找不到的地方。」

「可是姜老師，登記簿上沒有……」于小魚欲言又止。

「就算沒有，她也一定在這。」姜星河堅持己見。

「姜星河，你清楚這只是自欺欺人。」祈洋殘酷地指出現實。

「我認爲姜老師說的是對的。」言丰之倏然語出驚人，瞬間所有目光落至他身上，其中又以姜星河的最爲專注。

「你沒事跟他一起發什麼瘋？」祈洋大皺眉頭。

要進入楓香洋樓，第一條規定便是必須登記姓名。

登記簿上沒姜星願的名字，她沒進來公館內，樹林裡又有怪物，一個普通人會有什麼下場可說是板上釘釘的事。

姜星河不肯面對現實也就算了，但言丰之……

祈洋不相信這種簡單的道理言丰之會想不透。

「我剛不是說昨晚作了一個奇怪的夢？」言丰之也沒賣關子，直截了當地說，「我夢到了姜老師的妹妹，跟那張照片上一模一樣，一個綁丸子頭、穿吊帶褲的小女生。」

「你那純粹是看了照片，才會夢到姜星願。」祈洋嗤之以鼻。

言丰之繼續說，「我夢到她在一個像是迷宮的地方，那裡有許多門、許多走廊，地上還有許多門牌，上面寫著『楓香洋樓』。她被一隻長得很像肉塊的怪物追著跑，最後躲回有玻璃天窗的房間裡。」

「小言哥，會不會是我們這幾天都待在夜土……」就連對言丰之一直懷抱謎之信心的李月吟也委婉地說。

言丰之的夢境聽起來更像受到環境影響。

言丰之打開筆記本，甩出更直接的證據，「我醒來後本子上面出現這些字。」

眾人的視線頓時移轉，待他們看清上面寫的內容，抽氣聲接二連三地響起。

姜星河更是失去冷靜，猛然奪過筆記本。他撫著上面的字跡，指尖顫顫。

「這是……」他的聲音跟著發顫，「星星的字！」

大夥愕然地看向姜星河。

「你確定？」祈洋沉著臉，「你知道自己在說什麼嗎？」

「我不會認錯的。」姜星河盡量讓話聲穩定，「星星寫字時，喜歡在旁邊畫星星，而且她畫星星的筆畫順序和多數人不一樣。」

姜星河胸膛急促起伏，雖然表面鎮定，但心緒顯然已經大亂。

氣氛一時陷入奇異的靜默。

訪客登記簿上沒有姜星願的名字，可與她有關的事物又出現在楓香洋樓內。難道就如姜星河所說……那名女孩躲藏在一個誰也找不著的地方？

「我說說我的猜測。」言丰之再開口，這一次沒人提出質疑，「姜老師的妹妹躲起來了，但恐怕是躲在連她自己也出不來的地方。祈洋，你還記得我們第一天在書房看到的那些字嗎？關燈後出現在書上的。」

「當然記得。」祈洋說道。

「最先找到的字是『我』。」言丰之說，「我們也理所當然把它當成線索的第一個字，組合起來就是『我來找哥哥』。」

「你想說什麼？」察覺到言丰之話中的含意，祈洋的神色變得嚴肅。

「或許我們一開始就錯了。」言丰之慢慢說，「字的排列順序會不會是另一種？」

——哥哥來找我。

這句話結合言丰之作的夢與筆記本裡浮現的字，祈洋愣住，姜星河眼中掀起劇烈波濤，李月吟幾人則是頭皮一陣發麻。

「好，那就假設姜星願是躲起來好了。」祈洋心裡對言丰之的推論已經信了七、八分，只是還有另一個問題。

「不是假設。」言丰之反駁，「我覺得她肯定在這裡。」

「我相信言丰之說的。」姜星河堅定應和。

「行行行，你們倆一隊。」祈洋忍下翻白眼的衝動，在兩道灼灼的目光下修改說法，「姜星願躲起來好了，那這個李昭娘又是哪號人物？」

管家和女傭不曾提起，他們待在楓香洋樓這幾天也不曾見過這客人。

「這裡真的有這個人嗎？」李月吟猶豫地說，「你們看，姜老師妹妹人在楓香洋樓裡，卻沒登記到名字，說不定這位李昭娘早就不在這裡了。」

「按照登記順序，她應該是一號，我才是七號客人。」言丰之若有所思。

「我好像……」于小魚驀地遲疑出聲，「在哪聽過李昭娘這個名字。」

「小魚老師妳聽過？」

「在哪？是誰？」

面對多雙眼睛的注視，于小魚有絲侷促地絞著手指，「我總覺得有印象，但就是一下子想不起來……」

感覺自己說了一番無用的話，于小魚面露沮喪，向眾人道歉。

「對不起啊，我這樣有說跟沒說一樣。」

「沒事，小魚老師妳想起來再跟我們說就行了。」李月吟安慰道。

雖然在意行蹤成謎的李昭娘，但如今空有人名，言丰之幾人無從著手，只能暫時放置。

況且，他們還有更須優先處理的事。

那扇門，以及發出求救訊息的姜星願。

祈洋從畫中窺探到的門，隱藏在主樓最左邊的房間裡。

除了主人臥室，身爲客人的他們可以在規定的回房時間前自由出入洋樓內的各個房間。

但就像白天無法得知畫中祕密，他們在一樓最左邊的房間也沒有任何發現。

那房間甚至與祈洋描述的完全不同，只是個空房間。

有了昨夜的遭遇，他們決定入夜後再來探查一次。

爲了避免打草驚蛇，最好是等管家巡邏完主樓離開的時候。

伴隨夜幕拉下，燈火通明的楓香洋樓有如黑暗中最明亮的燈塔。

十點半還沒到，眾人迅速回到各自房間，連言丰之也乖乖地待在房裡，沒有擅自行動。

他坐在床上，一邊等人前來敲門，一邊刷著手機裡存放的工作資料。

爲了籌備怪談專欄，言丰之除了聯繫適合的作者外，也到處收集古今中外的怪談資料，最先找的自然是那些廣爲人知的故事。

言丰之在螢幕上滑動的手指倏地停住，他看到「周亞思」的名字冷不防出現——不是在兩年前的分屍新聞，而是在他收集的其中一則故事裡。

言丰之垂著目光，一目十行地掃過去。

故事裡的周亞思是個負心渣男，他盯上一個剛死丈夫不久的寡婦，以各種緣由接近，靠著花言巧語騙財又騙色，目的一達成立刻無情地拋棄，自己跑到他處逍遙過日。受騙的寡婦承受不了打擊，選擇在林中上吊自殺，死後化爲厲鬼，找到周亞思進行復仇。

而這個周亞思最後的下場，和現實新聞裡的那個周亞思……居然奇異地疊上了。

不對，前後關係顛倒了，應該是後者對應上前者。

言丰之的手指正要滑過這篇故事的標題，忽地聽見門外傳來敲門聲，他下床開門，走廊上是祈洋等人。

于小魚依舊留守在房間裡。

眾人抓緊時間，趕至一樓最左側的房間。

走在最前面的姜星河伸手開門，這次門把相當順利地被轉動。門一打開，早上空無一物的空間平空出現一套單人家具，布置簡單，但從細節上仍可看出這是屬於男孩的房間。

和白日所見景象截然不同。

姜星河走進去，出神地看著周圍擺設，其他人也紛紛觀察房間環境。

只是放眼看過去，不管是哪面牆壁上都沒看到祈洋所說的門。

幾人不死心，仔細檢查所有牆壁，就連衣櫃都設法搬開，想看門是不是藏在後面，可還是一無所獲。

「沒看到門。」言丰之做結論，轉頭瞧見姜星河愣愣站在一邊，「姜老師，怎麼了嗎？」

從剛剛開始姜星河就顯得心神不寧，也沒加入搜查行列，就這麼傻愣愣地站著沒動。

姜星河也意識到自己的反常，他摘下眼鏡，抹了一把臉，「抱歉……我只是覺得好像在哪看過這房間。」

「很多男生的房間都長這樣，姜老師你覺得看過也很正常。」徐國春說。

「也許就像你說的。」姜星河頷首。

「最好是，明明一堆男生的房間都跟狗窩……不，跟豬窩差不多。」李月吟小小聲吐槽男友。

徐國春很冤枉，「我的就很乾淨，而且豬也很愛乾淨，妳不能抹黑豬啊。」

李月吟一時找不到話反駁，哼了一聲，不理徐國春，改湊到言丰之他們身邊。她本想問祈洋現在是怎麼回事，但後者氣勢太強，她正打算改問言丰之，房間的燈突然關了。

房裡瞬時變得伸手不見五指，唯一的光亮就是走廊透進門縫底下的那一抹光。

沒心理準備的情侶檔驚呼一聲。

燈很快又亮起，是祈洋再打開了燈。

「有看出什麼嗎？」祈洋問的是站在牆前的言丰之。

「沒有。」言丰之搖搖頭。

與書房及大廳畫像的狀況不同，這裡即便熄了燈也沒浮現任何異常。

祈洋窺見的畫中景色指引他們來到這裡，但關了燈卻不見有異。

「祈洋，你當時看見的房間是亮燈的吧。」言丰之問。

祈洋恍然，他看見的是亮燈的房間，那就沒必要關燈。

言丰之說，「你再說說那門長怎樣。」

「像畫上去的，線條歪歪斜斜。」祈洋肯定地說，「高度就跟一般房間的門差不多。」

畫上去……畫！

言丰之靈光一閃，「姜老師你有帶那枝筆嗎？第一晚你找到的那枝，你能不能用那枝筆在這牆上畫出一道門？」

姜星河一愣，接著理解了言丰之的意思。他拿出第一晚找到的自動筆，試著在牆上畫門。

奇異的是，先前祈洋試了幾次都寫不出東西的筆，在姜星河手中竟功能正常。

牆壁自然不比光滑的畫紙，就算姜星河控制力道，畫出來的線條仍有些歪歪扭扭。

「還有門把。」祈洋提醒道。

等姜星河畫完最後一筆，那扇邊緣歪曲的門瞬間成爲一扇眞正的門。

他握上門把，往下一轉，門朝內打開，裡頭赫然一片漆黑，看不見任何景物。

言丰之靠過來，伸手往門內摸了摸。空的，什麼都沒摸到。

秉持著研究的精神，言丰之伸完手就想伸腳，被人不客氣地一把拎住領子。

「言丰之你給我回來。」祈洋板著臉，感覺自從來到這片夜土，「言丰之」三字都快變他的口頭禪。

言丰之不准做這個、言丰之不准做那個。

祈洋差點生出自己是這人老媽的錯覺……啊呸，再怎麼說也是爸爸才對。

「是要從這裡進去嗎？」李月吟略帶不安地問，「會通到哪裡啊？」

「你們倆留在這把風。」祈洋點了李月吟和徐國春，「我跟姜星河……」

「還有我。」言丰之把手舉得又高又直，活像是怕老師看不見自己的小學生。

祈洋看著言丰之那張寫著「不讓我去我就偷偷跟去」的臉，認命吞下來到嘴邊的拒絕。

與其讓這傢伙像失速野狗亂衝，不如放身邊照看還實際一點。

祈洋和言丰之約法三章，「要去可以，但進門後不准亂跑，不准動手動腳，還有不准……算了，總之你乖乖跟著我們就是。」

「沒問題，我都記下了。」言丰之爽快答應，然後他猛地竄至門前的速度也格外地快。

不過一眨眼，人就消失在門後面。

祈洋傻眼，緊接著發出氣急敗壞的咆哮。

「該死的！言丰之——」

邁進門的瞬間先是感到一腳踩空，接著失重感襲來，眼前一陣天旋地轉。

言丰之感覺自己像被扔進滾筒洗衣機，好在只翻轉一、兩圈，雙腳就重新踩在堅硬的地面上，視野跟著恢復清明。

眼前有延伸至不知何處的多條走廊，還能看見不同色彩的門，地面凌亂散布著一面又一面黑鐵門牌。

門牌上無一不寫著「楓香洋樓」。

「跟我夢裡見到的……」言丰之話說到一半突然沒了聲音，他瞪圓眼睛，目瞪口呆地直盯著某個方向。

「怎麼，知道怕了？剛不是還衝很勇？」祈洋冷嘲熱諷完，順著對方視線望過去，震驚地爆出了一聲「靠」。

「姜老師？是姜老師沒錯吧。」言丰之略帶一絲遲疑地問。

黑襯衫男人不見了，與他們待在一起的變成眉目清俊的少年，和言丰之在那張兄妹合照上看到的一模一樣。

姜星河在視線高度有異時就察覺不對勁，言丰之他們的表情更證明他的猜測。

「我現在變怎樣了？」姜星河摸摸臉，又看看自己的手，還好仍是人的手。

「你縮水了。」言丰之把手機螢幕對準姜星河的臉，上面映出一張少年面孔。

三人當中，唯獨姜星河身上出現異狀。

言丰之回想自己作的夢，夢中的姜星願是小女孩模樣，加上姜星河如今的外表……一切彷若與過去的照片相互對應。

他心中有個模糊的猜想，需要更進一步的證據。

這地方比想像中大，要是不小心走散，很可能會迷失在無數的走廊與房門間。

在言丰之夢裡，姜星願最後推開了一扇紅色的門，躲進門後的房間。

他們決定先找紅門。

找之前，言丰之提議姜星河再畫一扇門試試。

門成功畫出，又一扇門凝聚成實體。

言丰之鬆口氣，如此一來就不用非得返回最初的位置，才能回去與李月吟他們會合。

空氣中處處飄散甜蜜的香氣，讓人如同置身在麵包剛出爐的烘焙坊裡。沿路能看見五顏六色的門，繽紛得讓人眼花繚亂，卻唯獨找不到那抹應該醒目的紅色。

繽紛的不只是門，在這個大得找不到邊界的室內空間裡，牆邊有時還能見到馬卡龍色的花朵，遠看就像簇擁在一塊的糖果。

言丰之想吃糖了，他摸著口袋，掏出一小把水果糖，問祈洋和姜星河，「吃糖嗎？」

姜星河婉拒了，祈洋東挑西揀，一副挑剔的模樣，最後選中粉色包裝的，但剛要拿起，言丰之忽然握住手指。

「這個不行，草莓的我喜歡留最後吃，你換一個。」言丰之再張開手。

「龜毛，那就別把草莓的放進來。」祈洋抱怨，改拿了檸檬口味。

「星星也喜歡草莓味的糖果。」姜星河唇邊含笑，注視言丰之的目光柔和幾分，彷彿藉著他看見自己的妹妹，「跟你一樣都喜歡留最後吃。」

言丰之自己拆了個芒果味的丟進嘴裡，「那要是碰到姜老師的妹妹，我這顆草莓的就送給她吧。」

長長的通道很安靜，一路走來只聽到三人的腳步聲及……

咔滋咔滋、咔滋咔滋。

「言丰之你吃東西不能小聲點嗎？」祈洋忍住翻白眼的衝動。

「不是我，我糖果早吃完了。」爲了證明清白，言丰之還伸出舌頭。

「那聲音還在。」姜星河側耳傾聽，很快判定來源方向，「在前面。」

三人馬上跑過去，在下個轉角目睹離奇的一幕。

花在吃花。

白色的花在吃馬卡龍色的花。

細長的花瓣長出牙齒，咔滋咔滋地將繽紛的花朵撕咬殆盡。

不，那壓根不是眞的植物，赫然是由一根根蒼白手指組成的手指花。

吃完花的手指花長出更多手指，朝牆邊蔓延出去，好似層層蠕動的白蟲。

言丰之雖然不怕蟲子，但這密集的畫面還是讓他起了雞皮疙瘩。

「你夢裡有看到這個？」祈洋問。

「沒，夢裡主要就是門、走廊、姜老師的妹妹，還有那個追著她不放的怪物。」幾乎言丰之最後兩字剛落，遠處猝然傳出一陣咆哮，像是野獸長嚎，又像是在詛咒著某人。

「姜……星……願……姜星願！」

三人變了臉色，顧不得多看這些手指花一眼，拔腿就朝吼叫聲源頭追去。

走廊持續分岔，數不清的門扇林立在周邊，方向感在這裡徹底模糊，東西南北更是失去了意義。

姜星河掩不住焦灼，就怕自己妹妹遭遇危險。

前方又出現一個大大轉角，姜星河一馬當先掠出，下一秒就與另一道如炮彈飛來的身影撞個正著。

雙方都沒有減速，重重相撞的聲音大得言丰之不禁嘶了一聲。

姜星河踉蹌一、兩步才穩住身子，與他相撞的那人則是狼狽地跌坐在地上，捂著臉不住呻吟。

「姜老師你沒事吧！」言丰之和祈洋跑過來，卻見姜星河像失了魂般沒反應。

言丰之再往前一看，瞬間明白姜星河呆住的原因。

跌坐地上的是一名綁著丸子頭、穿著吊帶褲的小女孩，就和照片裡、和言丰之夢中見到的一模一樣。

「姜星願？」祈洋瞳孔收縮。

「誰？你怎麼知道我的名字？」姜星願警戒地跳起，宛如虛張聲勢、試圖威嚇人的小動物。可當她看清面前三人，或說當中個子最矮的那名少年，她的舌頭登時像被咬掉，只能瞪圓眼睛，張大嘴巴。

姜星願覺得自己在作夢，哥哥竟然出現在她面前！

待在這裡的時候，姜星願一直想著當她再見到哥哥，一定要衝過去抱住他。可如今人就站在面前，她卻害怕戳破美夢，不敢上前一步。

「哥哥，眞的是哥哥嗎？」姜星願紅了雙眼，但頑強地不讓眼淚落下，「你好慢喔，你是不是迷路了？」

「嗯，哥哥不小心迷路了。」姜星河眼眶泛紅，見妹妹沒有上前更是心頭發酸，就怕妹妹對自己產生埋怨，「是哥哥太笨，對不起，現在才找到妳……」

「才不是哥哥笨！都是迷宮太大了，才會害哥哥迷路，不是哥哥的錯。」姜星願反安慰起兄長。

「星星，妳待在這裡多久了？」

「六……不對，今天還沒畫上去，所以是七天，我每天都會在牆上畫一條線記錄喔。」

「我應該更早過來的，妳一個人在這裡怕不怕？」

「一點點，眞的只有一點點喔。」姜星願用拇指和食指捏出一小段距離，「雖然不知道爲什麼會跑到這裡來，可是我相信哥哥一定能找到我。我很厲害喔，怪物都追不到我，我還會消滅那些討厭的手指花，我是不是最勇敢的小隊員？」

「我們星星最勇敢了，是我看過最勇敢的小孩子。」姜星河朝妹妹張開雙臂。

姜星願正要撲進兄長的懷抱裡，走廊間卻再次砸下怪物的咆哮。

「姜……星……願……」

距離變得更近了。

「姜……星……願！」

姜星願一個哆嗦，臉上血色盡褪，剛與哥哥重逢的喜悅更是被凍結，她驚恐地拉著哥哥的手就往前跑。

「哥哥快跑！怪物要來了，我們要快點回去安全城堡！」

「星星！」姜星河只能被拉著跑。

言丰之和祈洋自然尾隨在後。

怪物彷彿鎖定了姜星願的位置，聲音越來越近，空氣中也漸漸滲入難以形容的惡臭。

言丰之刻意放慢腳步，想親眼目睹怪物的模樣，只是速度剛慢下就被人用力往前扯。

祈洋眼神如刀，「你是不是眞的想要我把項圈套你脖子上，順便再加條繩子？」

「我覺得它在你脖子上最好看。」言丰之眞誠地說。

姜星願領著他們在廊道奔跑，有時會打開門，穿過房間再跑出來。

怪物製造的聲響如影隨形，始終甩不掉。

「紅色的門！哥哥和另外兩個叔叔快點一起找紅色的門！」姜星願喊著。

「叔……」祈洋沒料到自己被升了輩分，怎麼算也是哥哥才對吧。

「對姜老師的妹妹來說，我們的確是叔叔了。」言丰之說，「快三十的人跟小學生一比，沒叫你伯伯就很客氣了。」

「我離三十還有好幾……」

「天？」

「該死的，是年！年！」祈洋差點被言丰之的話噎到，火大地瞪他一眼，隨即又察覺到一抹違和感。他皺起眉，音量壓低，「姜星願連心智和記憶都退回小學生了？」

「是不是退回，有點難說。」言丰之低語。

祈洋一怔，「你在說什麼？姜星河總不可能搞錯妹妹年紀……」

幾個片段倏地閃過祈洋腦海，一個匪夷所思的猜想令他眼底掀起波瀾，難以置信地看向前方的兄妹。

可眼下情況不適合深入討論，祈洋把話嚥下，和言丰之交換一記眼色，先專心找紅門。

言丰之眸光一掃，在一片粉嫩色彩中找到格外鮮艷的紅門。

「星星，那邊有紅色的門！」

「往那邊，快快快！哥哥和叔叔都快點！」姜星願喜出望外，卯足力氣往紅門方向跑。她伸長了手，用力轉動門把，門一開，身體順勢撞入房內。

只有姜星願自己一個人進去。

姜星河被攔在門外。

「哥哥？你和叔叔都快進來啊！」見姜星河還在房外，姜星願心急地叫道：「怪物進不來這裡的，這裡最安全！」

不是姜星河不進去，而是……

他抬起手，往門口摸索，看不見的障壁阻擋了他。

明明門大敞著，也能清楚瞧見房中景象——地上散落著雜物，矗立在中間的圓筒燈蒼白熾亮，牆上還畫著正字符號加一橫。

「哥哥……」姜星願呆住，隨即驚慌失措地衝到門口，試圖將姜星河拉進房內，但怎樣都無法。

門口彷彿立著一堵無形的牆，姜星河始終無法跨越。

不只姜星河，言丰之和祈洋也試過了，結果一致，他們都沒辦法進入紅門的房間。

姜星願急得眼淚都快掉下來，「爲什麼會進不來？明明應該可以的……」

驟然間，走道上出現黏膩、令人不快的聲響，好似巨蛇貼地遊行，又像是爛泥巴啪嗟啪嗟地落下。

空氣中腐爛惡臭的氣味加重。

姜星願小臉煞白，恐懼佔據她的眉眼。

言丰之三人猛然回頭。

走道另一頭是一團高度快碰到天花板的龐大肉塊，臉部彷彿套著橡膠，只有一張嘴巴橫貫，許多觸鬚從它體內伸出，慘白的手指如同葉片長在觸鬚上。

怪物咧開嘴，拖著笨重的身體以和體型不相符的速度往前衝刺。

這裡只有一條走道，只有一扇門，再無其他退路。

姜星願大腦一片空白，她甚至不知道自己喊了什麼，小女生的尖叫如氣球在走廊爆開。

「怪物來了，哥哥你們快走！快走！去重要的房間找重要的東西！燈很好燈很溫暖燈是壞東西——」

三人只覺眼前一花，再睜眼時，耳邊是李月吟二人吃驚的叫嚷，他們回到一樓左邊的最後一間房間。

「小言哥，門那邊發生什麼事了？」

「你們怎麼突然就回到房裡？」

「不是該從門回來嗎？欸欸欸？門什麼時候不見了？」

忽略情侶檔的連連追問，言丰之和另外兩人對視一眼，心中有了答案。

楓香洋樓最重要的房間，應該就是……

主人房間！

比起潛入書房、地下室，或是一樓最左側的空房，主人房間無疑難度最高，也最危險。

「我一個人去就可以。」姜星河沉聲說道。

第二夜露娜小姐沒有露面，帶來的壓迫感就足以令他們喘不過氣。一旦直面她的存在，無疑足以致命。

姜星河很感謝言丰之他們幫忙找妹妹，因此更不願連累他們。

「姜老師，露娜小姐的邀請函是芒級怪談，我們大家一起上的話……」徐國春話沒說完就遭到打斷。

姜星河強硬地拒絕，「不用，我一個人就行。況且以昨夜的情況來看，你們眞的認爲這只是一個芒級怪談？你們忘了祈洋來這的目的？」

李月吟和徐國春一愣，猛地回想起祈洋為什麼會進來這片夜土。

爲了調查怪談「楓香鬼屋」爲何被「露娜小姐的邀請函」取代。

能夠悄無聲息地取代原怪談，縱使不可視ＡＰＰ照出的等級一樣是芒級，露娜小姐身上一定還藏有其他祕密。

「既然知道我是爲什麼進來，就別想妨礙我。」祈洋清楚表明自己的態度，「至於另一個傢伙，你有辦法攔住他算你厲……媽的！言丰之放下你的手！」

映入眼中的畫面差點讓祈洋氣死，他口中的「另一個傢伙」已竄到門前，手都搭上門把了。

要是他們沒人留意，言丰之很可能直接自己溜出去。

「不是說要去主人房間？」言丰之沒收回手，「可以走了吧。」

「那裡恐怕是楓香洋樓裡最危險的地方，言丰之你……」姜星河還想阻止。

「有危險再跑，不過我覺得……」言丰之想了想，提出自己的看法，「現在應該沒那麼危險。」

「你又知道什麼了？」祈洋敏銳地問道。

「昨晚露娜小姐不是有過來嗎？我們所有人都跑回房間躲著，然後我就探出窗戶外……啊。」言丰之想收回這段已經來不及。

「探出窗戶外又是什麼意思？」祈洋陰惻惻地盯著人。

「總之……」言丰之假裝沒看見祈洋殺人般的目光，若無其事地一筆帶過自己的行爲，「最後我看到有個很大的暗紅色東西飛往樹林的方向。那東西飛走後，就算再探出窗外也沒有難受的感覺了。」

祈洋暫且放棄用眼神凌遲言丰之了，轉看向姜星河，「你怎麼看？」

「露娜小姐的行爲有點異常……」姜星河思索，「楓香洋樓是她的地盤，照理說她該待在這裡，而不是昨夜對我們施加威壓後又離去。」

但如果事情就像言丰之所說，這時候的主人房間或許比他們想像的安全。

姜星河不想錯過這次機會。

同樣地，言丰之和祈洋也不想。

「你們倆先回房間。」姜星河交代李月吟他們，「聽到什麼動靜都別開門。」

「等等，我有個想法。」言丰之朝幾人招招手，嘰哩咕嚕地說了他的計畫。

李月吟和徐國春馬上連連點頭，保證絕對達成任務。

離開最左邊的房間，言丰之三人立刻前往左樓。

按照平面圖上的標示，主人臥房就在左樓最右邊的位置。

他們穿越空中走廊，由姜星河順利打開門，進入左樓的領域。明亮的燈光灑落在空無一人的空間裡，反倒顯得格外冷清。

四周靜悄悄，聽不見一點動靜，三人儘可能地放輕步伐，快步走至通往右側的走廊。

他們經過一扇扇房門，最終在底端站定。

主人房間的門就在他們面前。

祈洋將手貼上門板，感受周圍的氣息，假如夜土主人就在門後，此時他應當能感受到令人寒毛直豎的壓迫感。

「沒什麼感覺。」祈洋收回手，確認言丰之說的是真的。

現在並沒有那麼危險。

「姜老師，節省時間，一樣拜託你了。」言丰之誠懇地說，「你先看門有沒有鎖，不行再融掉。」

姜星河很順地將門把轉到底，門被他往內推開，隨著縫隙漸漸增大，房內景象也跟著映入他們眼內。

與露娜小姐表現出來的優雅不同，出現在言丰之三人眼前的赫然是個小女生的房間。

牆上貼著幾幅筆觸拙稚的塗鴉，隨處可見粉色系的布置，書桌前的椅子上還掛著粉紅色的小學生書包。

往內走幾步，姜星河的雙腳就像被釘住，再也邁不開步子。

「那女人可不像是童心未泯……」祈洋環視四周，喃喃地說，「這房間怎麼回事？」

「怎麼看都是小朋友的房間。」言丰之把話接下去，走至椅子前翻動書包，沒發現任何寫上姓名的物品。

想起自己第一晚是如何找到筆記本，言丰之的目光落至書桌抽屜。

和言丰之做出同樣動作的還有一人，姜星河不知何時靠了過來，他的手幾乎與言丰之同時伸到抽屜前。

「你們默契可眞好。」祈洋挑挑眉，當然不認爲這兩人有心電感應，才會同步動作。

言丰之曾說他能找到筆記本是從抽屜獲得線索，那麼姜星河……

「你的筆也是從抽屜裡找到線索的？」

「不。」姜星河手指蜷縮一下，「我會從這開始找是因爲……星星總把祕密藏在這。」

「星星？你妹妹？」祈洋詫異地說。

「我不知道爲什麼，但是這房間……布置得跟她小時候的房間一樣，還有方才的那個房間……」姜星河語帶恍惚，「那是我……以前的房間。」

祈洋錯愕，「你們倆的房間？你確定？你們兄妹的房間爲什麼會出現在這裡？」

「我比誰都更想知道答案。」姜星河最後還是把手收回來。這一刻，他竟對探知眞相生起了幾分害怕，「言丰之，可以拜託你摸看看抽屜上面嗎？」

言丰之在抽屜上方摸到一個硬物，被膠帶牢牢地貼在上方，用了點力氣才扯下來。拿出來一看，是個扁平的盒子，上面扣著一個金屬鎖。

外觀看就只是個普通的鐵盒，上面還畫著水果和糖果的圖案，顏色暗沉，邊緣還有生鏽的痕跡，顯然擺放的時間有點久了。

言丰之觀察姜星河的神情，沒忽略對方瞳孔震顫，「姜老師，你看過這盒子嗎？」

姜星河的喉頭像有燒紅的鐵塊哽著，費了點力氣才擠出一個音，「……嗯。」他頓了頓，慢慢地補齊後面的字句。

「星星以前很喜歡這家的水果糖，也喜歡它們家的鐵盒，都捨不得丟，會拿來裝她的寶物。」

姜星河摸上金屬鎖，正打算利用能力融開它，鎖頭卻自己鬆開了。

就在這一瞬，房內燈光閃滅幾下，雖然很快就恢復，可光線變得不穩，以肉眼可見之姿震晃。

言丰之聽到耳邊出現「嘰——」的一聲，又尖又細，像機器高頻鑽動。他反射性按著耳朵，以為自己突然耳鳴了。

可當他瞧見祈洋二人瞬變的臉色，就知道不是單純耳鳴。像證明他的想法，怪異的嗡嗡聲瞬間如潮水淹來，像無數翅膀拍振，又彷彿無數人飛快低語。

嗡嗡……嗡……嗡……

聲音還很輕，不像昨夜的嗡鳴幾乎能鑿穿腦子。

知道情況不對，三人一秒也不敢逗留，馬上往房外衝出去。

走廊上的燈光也在不穩地閃晃，過快的頻率落在言丰之他們眼裡，就像光在顫抖。

他們全速衝刺，回到主樓，嗡嗡聲在此刻變得更大，也逐漸出現壓迫感。

言丰之直覺是露娜小姐趕過來了。

不管鐵盒裡裝的是什麼，勢必非常重要，才會驚動露娜小姐。

三人跑回到二樓一間客房前，直接推門而入。

一直在房裡等候的李月吟、徐國春和于小魚見到房門冷不防被打開，還有人衝進來，差點嚇得尖叫。

一看清是言丰之三人，衝到嘴邊的尖叫當場嚥回。他們急忙圍上前，七嘴八舌地問起狀況。

「成功了嗎？」

「沒事吧？沒碰上什麼危險吧？」

「小言哥你們都還好嗎？」

「外面沒問題吧？」

門一關，不適感頓時消散。言丰之鬆口氣，一屁股坐在地上，「成功了，沒事，還好，沒問題，東西在姜老師那。」

所有人看向姜星河。

姜星河打開鐵盒，從裡面拿出了一份……讓渡契約書。

大部分的字都被黑漬覆蓋，但還是能從幾句話看出概要是要將楓香洋樓讓予某人。

讓予人的位置一片空白，只有受讓人的地方簽了名。

——李昭娘。

這份文件對於眾人來說，無疑像水裡扔下了炸彈，瞬間激起千層浪，受讓人的名字更讓他們震驚不已。

「李昭娘？登記簿上的那個李昭娘？」李月吟倒吸一口氣，「她她她……她不是一號客人嗎？爲什麼名字會出現在這裡？」

「等等等等……」徐國春震驚得結結巴巴，話都說不順了，好半晌才擠出完整句子，「露娜小姐這麼大手筆的嗎？隨隨便便就把楓香洋樓送人，這也算是她的核心吧！」

「有件事情我在意很久了。」言丰之指著該是主人簽名的地方，「楓香洋樓的主人，眞的是露娜小姐？」

「不是說舊怪談的『楓香鬼屋』已經被新怪談『露娜小姐的邀請函』取代了？」于小魚不解地問，「那個黑色的APP不也照出怪談的名字了。」

「但有一部分是亂碼，點燈人認爲是還沒完全取代，但是什麼部分還沒被取代？」言丰之的聲調不自覺高昂，眼中燃起了異樣光彩，「如果說就是主人呢？我們都以爲這裡的主人是露娜小姐……」

「難道不是？」李月吟聽迷糊了，「小言哥，這裡就是露娜小姐的夜……」

「讓他說完。」祈洋打斷李月吟，用眼神示意言丰之繼續說下去。

「爲什麼我們會覺得露娜小姐是主人，因爲『露娜小姐的邀請函』的怪談，因爲我們都是收到邀請函才會進來這裡，更因爲管家稱呼她爲主人。可是他喊的主人眞的是指露娜小姐嗎？從頭到尾，他說的都是主人的燈遺失了，主人擁有高尙的品格。從來沒有……」言丰之將積壓在胸口的氣呼出來，「對著露娜小姐喊主人。」

第一晚他們剛進入楓香洋樓。

管家說：「主人的燈在公館遺失了，你們要將它找出來，讓燈重回主人的懷抱。」

露娜小姐則說：「找出來，交給我，只能交給我。」

兩人當時站在一塊，這番話聽起來也很正常。可事後想想，就會發現有奇異的違和感。露娜小姐爲什麼要刻意強調只能把燈交給她？難道是怕他們把燈交給其他人？但任務都挑明了必須把燈還給主人，他們也只會把燈交給主人，不可能有弄錯人的問題。

除非——露娜小姐不是主人。

當然，只有這樣還不夠支撐這個論點。

萬一人家露娜小姐眞的是洋樓主人，只不過是熱愛強調東西所有權而已呢？

讓言丰之眞正心生懷疑的，是昨晚露娜小姐降臨。

他們關了洋樓的燈，讓此地陷入完全的黑暗。這個舉動明顯觸怒了露娜小姐，她降臨時帶來的威壓令他們差點喘不過氣，可一進入房內，所有不適感便全部消失。

假如露娜小姐是主人，一個盛怒、又能在洋樓內來去自如的主人，會因爲他們關上房門就大度地不計較？

要進來楓香洋樓的都得登記名字，那麼……

言丰之舉起那份讓渡書，「我們是不是可以這樣想，主人不曾改變，還是楓香鬼屋，只是不知道它如今在哪。而露娜小姐——其實就是一號客人。」

也就是訪客登記簿和讓渡書上面的——

李昭娘。

這個猜想令眾人心頭一跳，下一秒猝然響起的聲音更像重擊在他們心頭。

咚咚咚！

有人在敲門。

接著便是甜蜜悅耳的女聲從門板後傳出。

「隨隨便便拿走別人重要的東西，可不是有禮貌的客人該做的事。現在開門將東西歸還，我會原諒你們的。」

是露娜小姐來了！

賓果。言丰之用口形說。

主人能開所有的門，露娜小姐卻要他們主動開門，她果然不是眞正的主人。

冒牌貨的她無法進入主人房間，第二夜才會飛至樹林裡。

倏然察覺窗邊有異動，祈洋看向窗外，忍不住罵了聲髒話。

窗戶外邊不知何時爬上許多毫無血色的手指，它們像一隻隻細長的蟲子，緊緊貼在玻璃上，指尖抬起，指甲不停地敲打著窗子。

叩叩叩！

咚咚咚！

敲窗聲、敲門聲起此彼落，狠狠拉扯著眾人緊繃的神經。

言丰之視線在房裡轉了一圈，在床鋪和地板停留幾秒，開口道：「我有個主意。」

聽見言丰之嘴裡冒出「主意」兩字，祈洋反射性頭痛，直覺告訴他他不會喜歡的。

「你說，我們配合。」姜星河想也不想地應允。

祈洋無言地看向姜星河，自從言丰之幫他找出妹妹的線索，這人幾乎無條件地站在言丰之那邊。

言丰之提議他附和，言丰之衝鋒他助陣，言丰之要砍人他估計還會遞上刀。

祈洋扒亂頭髮，嘆口氣，「……說吧。」

這兩字代表他的同意，也代表他的屈服。至今爲止的經驗告訴他，只要對上言丰之，最後結果都會變這樣。

既然改變不了，那就加入吧。

保險起見，言丰之讓祈洋設下防竊聽的符文，再嘀嘀咕咕地說起計畫。

李月吟、徐國春、于小魚露出一臉「原來還能這樣」的震撼表情。

祈洋狂捏著眉心，連氣都不想嘆了，「你認眞的？我盡量試試……但一定得那樣嗎？也太丟臉了吧。」

「臉有比命重要嗎？」言丰之一針見血，「要臉還是要命？」

「命命命！」李月吟忙不迭喊。

徐國春大力點頭，于小魚已經開始起身行動，收集會用到的工具。

「我從旁協助。」姜星河向言丰之保證，「你儘管放手做就好。」

似乎對房內人毫無動靜感到不耐，敲門聲和敲窗聲同時加重力道，節奏變得急促。

咚咚咚！

叩叩叩！

咚咚咚！

叩叩叩！

尤其窗戶玻璃開始迸出細細的裂縫，過不了多久，那些手指只怕就會破窗而入。

面對雙重壓力，眾人按捺不動，雙眼緊緊盯著計時器上設定的時間，讀秒開始，即刻展開行動。

言丰之算過了，露娜小姐的敲門聲很有規律，即便速度加快，也還是三下一個循環。

咚、咚——

第三下敲打還沒落至門板上，言丰之猛地拉開門。

露娜小姐沒敲到門，敲到一團空氣，那隻欲落下的手還不及收回，就被言丰之眼明手快地抓住，用力將人往房裡扯。

與此同時，露娜小姐腳下浮出一個圓圈，使勁箍緊她的雙腳。

祈洋的技能之一，套圈圈。

只要被浮現的光圈套住，就能短暫束縛人的行動。

露娜小姐沒想到會被如此對待，眼裡翻起慍色，下身正要膨脹舒展，銀藍色的植物枝條飛也似地纏上她的手腳，將她綑成一個大繭，連腦袋都一併包覆在裡面。

銀藍色的大繭驟失平衡，只能朝著房內栽倒。

露娜小姐一倒下，所有人二話不說往房外衝。他們的頭上都罩著一個開了兩個洞的枕頭套，簡直像一群準備去幹壞事的搶匪。

言丰之也有一個，他邊跑邊套，跑出去之前不忘爲露娜小姐關燈關門。自然不是爲了不讓其他怪物見著她的窘態，而是……

十九八七六五四三二一，手機上的計時器歸零。

時間正式從十點二十九分跳轉爲十點三十分。

楓香洋樓的規定，十點半前必須準時回房睡覺，選擇的房間還必須合乎入住人數。

他們測試過了，若人數不合，只要關燈躺下，「室友」就會蠢蠢欲動。

言丰之之前交代李月吟他們收集多人份的備品，只要露娜小姐找上門，就能利用十點半規則來絆住她。

現在只有露娜小姐一人被留在房裡，房內出現的鬼怪肯定殺不了她，但爲她製造點小麻煩還是可以的。

至於壁面上開始突出的人臉和眼睛……

「啊啊啊啊啊啊啊啊！」

成串的慘叫迴盪在走廊間，在夜間顯得格外嚇人。

一張張人臉痛苦地閉起眼，有的眼角還滲出淚水，全是被戳出來的。

那些戴著枕頭套、沒露臉的法外狂徒居然用各種銳器往它們眼睛裡捅，這誰能撐得住？到底誰才不是人！

牆上的人臉看不見凶手的面目，眼睛又痛得直冒眼淚，只能憋屈地退回牆壁內。

「早就想戳看看了！」于小魚露出痛快的笑容，連日來累積的驚嚇似乎也藉此發洩大半。她拿的是衣架，三角狀的衣架好握也好用，直接往牆上的大眼睛使勁戳下去就對了。

只是笑容維持不了多久，再度轉成驚恐。

于小魚慌張地喊，「又出現了！臉又出現了！」

「小魚老師，再給它戳下去！」李月吟爲她加油打氣，不忘以身作則揮舞著修眉刀。

「別顧著戳，趕緊下樓！」祈洋緊緊抓著言丰之，就怕這人腦子一抽，轉身跑回去看露娜小姐的狀況，興許還會趁機試試補刀。

別說，這還眞像言丰之幹得出來的事。

從牆裡浮出的獨眼臉也是個個心不甘、情不願，憤怒讓它們長出了嘴，開始瘋狂詛咒逼迫它們再次露臉的管家。

「我們的眼睛不是眼睛嗎？啊？」

「管家王八蛋！沒人性！沒血沒淚大垃圾！」

「我說你垃圾你聽到嗎！」

「垃——圾——」

這些人全都遮著臉，它們對不上對方身分，沒辦法判定違規。而且被戳眼睛真的超痛，戳爆的眼睛又不是那麼好長。

眾人沒想到怪物還會內鬨，不由得嘖嘖稱奇，然後又看向提出枕頭套計畫讓怪物鬧起來的言丰之。

可突然間，走廊牆壁上的人臉陷入安靜。

不管是被戳傷還是布滿血絲的眼睛全都瞠得老大，只有一隻眼和一張嘴的臉孔上出現了恐懼至極的表情。

下一秒，它們齊齊張嘴淒厲尖叫。

「啊啊啊啊啊啊——」

驚覺情況不對，祈洋和姜星河馬上催促眾人加快速度，別在二樓逗留，趕緊去找姜星願。

一行人卯足勁往樓下狂奔，急促凌亂的腳步聲此起彼落，可隨即被更巨大的動靜蓋過。樓上傳出炸裂般的聲響，還能聽到重物落地的聲音。

眾人的心臟也跟著重重一跳。

露娜小姐出來了！

被驚動的管家和女傭從各處跑出來，猛一見到罩著枕頭套的幾人，他們忍不住呆了下。

……這誰啊！

可管家隨即反應過來，入住公館的客人只有那一批，其中就包含那個不能說出名字的可恨男人。

「你們違反規矩，沒有準時回房，違規者必須接受懲罰！」管家的影子裡長出諸多細絲，末端連著顫抖著掀開眼皮的眼珠子。

「這是誰訂下的規則？」言丰之拋出質問，轉頭又低聲問身後，「誰有火？姜老師你別割手，不是燒怪物的那種，要真的火。」

「等我一下！我這有……打火機、火柴、鎂棒，就打火石……」于小魚手忙腳亂地在包裡翻找，注意到眾人震驚的視線，她解釋道：「化學老師總會放些亂七八糟的東西嘛，除了那些，還有像試管、石蕊試紙、小蘇打粉、過碳酸鈉……」

眾人⋯⋯

不不不，一般化學老師才不會放這些在身上！

接過打火機，言丰之又對著管家大聲問一次，「這是誰訂下的規則？」

「當然是主人！」管家嚴厲地回答。

「你們的主人是誰？」言丰之再問，「露娜小姐又是誰？」

管家狠厲的表情滲入剎那空白。不只他，連女傭們也陷入靜止，好像有誰按下暫停鍵。

言丰之他們身後猝然傳出怪異的蠕動聲，幾人回頭，心臟重重一跳。

暗紅色的肉泥從二樓樓梯間溢湧而下，它們如浪潮你推我擠，一下就淹沒上半段樓梯，朝一樓逼近。

肉泥匯集在一起，就像一隻形狀可怕的肉蟲在樓梯間匍匐蠕動。

距離一樓剩下幾級階梯時，肉泥在空中散開旋轉，轉眼捏塑出人形。

那是一名身穿紅色衣裙，戴著紅色圓帽的美麗女人。她肩上多了一襲白色披肩，優雅地從肩頭垂落。可再細看，就會發現那根本不是什麼披肩，而是無數蒼白手指纏編在一起。

露娜小姐臉上沒了笑意，隨著她走下階梯，手指編成的披肩拉長，彷彿一瓣瓣垂在身周的白色翅膀。

所有四散的點都串連起來了，成爲一條清晰無比的線，終點直指露娜小姐的眞正身分。

林投樹、海腥味、在樹林徘徊的一家四口怪物。

兩年前在楓香洋樓殺死妻小的周亞思。

楓香洋樓讓渡書上被贈予人的簽名。

李昭娘。

李昭娘。

更廣爲人知的另一個名字是——

言丰之啓唇，「林投姐。」

最末一字逸入空氣的瞬間，火舌也燒去契約書受讓人的名字，整棟楓香洋樓猛然震晃一下，天花板、牆壁上無時無刻都在大亮的燈猛然破滅。

啪啪啪啪啪啪啪！燈泡破裂的聲音接二連三，快得像要連成一條線。

全日籠罩在建築物內的光明終於熄滅大半，破碎的燈源與暗影在屋內交錯閃動。

被幽暗覆住的管家和女傭們齊齊僵直，從他們頭頂上方浮現出一雙雙慘白的手，手指間纏著無數細絲，連接到他們的手腳上。

當白手現出形體，登時被無形之刀一把切斷，「啪啪啪」地從空中掉落至地面，有如垂死掙扎的蟲。

隨著操控他們行動的雙手剝離，管家和女傭臉上浮出恍然，直到這時終於大夢初醒，他們猛然看向另一端的紅影。

慘白的燈光下，海腥味席捲而來，露娜小姐的身軀徐徐伸展、變形。

女人的臉依舊美麗，嘴唇豔紅，冷白色的肌膚如同精緻的瓷器。紅衣成了厚厚的黏膜，白色的手指披肩比先前見到的還要龐大，垂曳至地，像是隨時會掀動的巨翅。

她懸浮在空中，裙襬似鮮血流淌，垂在兩側的手變得細長又巨大，手指如枯枝突出，指尖處裂開一張又一張的嘴。

祈洋飛快舉起手機，在不可視ＡＰＰ的鏡頭裡看見露娜小姐的眞實身分。

——月級怪談．林投姐。

這行字一躍出，祈洋想也不想地大喝一聲，「跑！」

和逃離的眾人截然相反，恢復清醒的管家和女傭則是紛紛朝露娜小姐凶狠地撲過去。

嘶吼聲中，管家和女傭露出怪物的模樣，眼珠從皮膚下掙脫出來，遍布在臉上、身上。

「月、月……」李月吟吞吞口水，和徐國春牽著的手握得死緊，「不可能吧……月耶！」

他們只接觸過芒級怪談，月級怪談的力量究竟是什麼概念他們根本無從知曉。

「月級很可怕嗎？」于小魚不是很明白這些怪談的等級。

「把我們全滅輕而易舉。」祈洋扯扯嘴角，轉頭問姜星河，「你現在哪一級？」

「星，還沒成功升月。」姜星河心頭沉重。

「眞巧，我也是。」祈洋的舌尖抵抵腮幫子，壓在心上的重量絕對不比姜星河少。

星對月，雖然只差一階，但其中的力量差距有如天塹。

「要是再來個星級點燈人，還有機會能嘗試封印或驅散……」祈洋視線落至李月吟和徐國春身上，頗爲嫌棄地咂下舌。

他們倆最多芒級，力量還挺弱，根本不能寄望派上用場。更別說這兩人只差沒像兩隻小雞崽抱在一起瑟瑟發抖，連言丰之跟于小魚都比他們鎮定多了。

「該死，人手不夠，不能跟月級怪談硬扛！」祈洋的大腦拚命運轉，想找出能解決困境的辦法。

「既然我們都要去找姜老師的妹妹了，順便去那借個人手如何？」言丰之冷靜地提出意見，「再多一個人幫忙，你們是不是就有辦法對付露娜小姐了？」

「哪來的人手可以……」祈洋對上言丰之的眼，忽然讀懂對方的言下之意。他大感震驚，隨後忍不住認眞思索起這計畫的可能性。

等等……說不定可行？

「什麼人手？什麼辦法？」李月吟聽不懂兩人打的啞謎，心急追問。

都這時候了，拜託幾位大佬就別賣關子了，沒聽到令人膽戰心驚的砰砰聲響正往我們步步接近了嗎！

「我們去問星星。」姜星河言簡意賅地說明下一步。

「誰？」徐國春一時沒反應過來，幾秒後才想起，「姜老師的妹妹？我們要問她什麼？」

「問楓香鬼屋的線索。」姜星河邊跑邊說，「星星會知道契約書的位置，最有可能是楓香鬼屋告訴她的，她或許知道楓香鬼屋躲哪去了。」

祈洋接著說：「只要找到楓香鬼屋——這片夜土的眞正主人，我們就能得到幫手了。」

不管楓香鬼屋會如何看待他們這票客人，但有件事，祈洋和姜星河可以肯定。

怪談不會允許其他怪談侵門踏戶，更別說對方還想吞了自己，將這片夜土化爲己有。

「但楓香鬼屋不是只有芒……」李月吟吶吶地說。

「露娜小姐處心積慮想吞了楓香鬼屋，絕對不是圖它等級低。」言丰之直白說道。

讓月級的露娜小姐費盡心思都想吞噬的怪談，不可能是最低階的芒。

「祈洋。」言丰之忽地拉了祈洋一下，「我有事要問你。」

祈洋猜不出言丰之想問什麼，但還是配合對方步伐，和他並肩一起。

言丰之壓低聲音把事情說了一遍。

祈洋的臉色幾經變換，表情在「你瘋了？」和「他媽的你就是瘋了！」輪替，最後轉變成「啊啊該死，我知道了！」。

兩人嘀嘀咕咕的說話聲被越來越響亮的動靜蓋去。

眼看眾人離目的地越來越近，但後方聲響也跟過來了，這說明露娜小姐正逐步逼近。

「來得及嗎？」李月吟不時慌張地扭頭往後看。

「這裡交給你們，我去想辦法搞定另一邊。」言丰之拋下話，人就跑得不見蹤影。

「之之！」于小魚想喊住人已經來不及。

「小言哥他……要怎麼搞定？」李月吟和徐國春面面相覷。

「他都那麼說了，就交給他。」祈洋壓下內心的一絲擔憂，強硬催促，「我們這邊也趕緊準備好。姜星河，你那邊行嗎？」

「目前看來還行。」姜星河簡潔地說。

「那就動手！」祈洋說。

幾人不再多言，迅速投入各自負責的工作。

楓香洋樓的燈光暗下大半，曾經耀眼璀璨的水晶燈被破壞，所剩無幾的燈飾掛在空中晃動，晃出一片不安的光影。

管家率領女傭圍攻紅衣女人。

紅衣女人輕而易舉地撕碎怪物。

怪物宛如四濺的黑色水花飛落各處。

這些都被言丰之拋在後頭，他跑得很快，腳步邁得又大又急，好像在草原上全速衝刺的獵豹，什麼也不能阻擋他的前進。

露娜小姐瞥見言丰之往外狂奔的身影，沒把他放在眼內，漫不經心地將女傭撕成兩半。披散在身周的手指翅膀立刻探出，每根手指都有一張嘴，爭先恐後地將女傭吃得丁點也不剩。

「攔住入侵者！」管家模樣狼狽，從影子下探出的眼珠已有多顆爆裂，血淋淋地垂掛在半空。

「沒有用的。」露娜小姐彎起紅艷的嘴唇，兩隻白色翅膀逐漸壯大，凌厲逼向管家，她散開交織的手指，宛如一張致命的網要籠罩住目標。

管家想逃，可埋在影子裡的雙腳紋絲不動。他低頭一看，青白的臉因驚恐扭曲。從露娜小姐裙襬滲出的暗紅色不知何時侵蝕了他的影子，甚至部分開始爬上眼球細絲。

露娜小姐滿意地笑了，準備一口吞食管家殆盡，身子卻突然像被無形力道扯了一下。

那一下相當細微，恍惚間彷彿錯覺。她沒放在心上，欣賞著手指覆住管家，尖銳的指尖撕扯著管家的臉。

可那股拉扯力量很快又來了，還變得更加猛烈，生生將露娜小姐拉得向後趔趄幾步。意識到自己身上發生什麼，露娜小姐猛然臉色大變。

◆

隔著一扇大門，楓香洋樓內外猶如兩個截然相反的世界。

館內怪物打得激烈，乒乒乓乓的聲響不斷，中間夾雜著類似野獸的尖嚎或是淒厲的慘叫；館外則被死寂籠罩，紅月高掛夜空，好似一顆巨大的眼，靜靜俯視地上發生的一切。

言丰之站在大門前，緩了下呼吸，再度抬手敲打門板。

咚咚咚！咚咚咚！咚咚咚！

「露娜小姐的邀請函」的怪談故事——只要在紅色月亮出現的夜晚，去楓香鬼屋敲門，就有機會收到露娜小姐的邀請函。

有機會，代表不一定會出現。

言丰之要做的就是拉高露娜小姐現身的機率，最好確保她能夠過來。

爲此他向祈洋問了一些事，確定有可行性後，就攬下調離露娜小姐的任務。

他跑得快，比所有人都快。

而祈洋和姜星河必須要去救姜星願。

敲門聲在屋外急促響起，和屋內的咆哮混合在一起，彷彿一場瘋狂怪誕的樂曲。

還沒過來。

露娜小姐還在裡面。

言丰之不管手敲痛了，又一次扯開喉嚨大喊。

「露娜小姐！露娜小姐！李昭娘啊——」

緊接在吶喊之後的，是高亢的招魂咒語。

「李氏昭娘，是什麼絆住妳的腳步，可有聽到家人對妳的呼喚？」

「回來吧！何必離開軀體，飄蕩四方？」

「回來吧！何必捨棄住地，旅遇凶險？」

「東方不可停頓，西方不可歇止，南方不可滯留，北方不可徘徊。」

「回來吧，歸來吧！」

「歸來！歸來！李昭娘，魂兮歸來——」

披上「林投姐」故事的外衣，露娜小姐同時也被賦予了「林投姐」故事的特質。

林投姐是個厲鬼。

既然是厲鬼，針對鬼魂的招魂咒語就能應用在露娜小姐身上。

言丰之不停重複著敲門和招魂咒，手臂像綁了鐵塊，喉嚨乾啞像要著火。

直到楓香洋樓內的動靜戛然而止。

直到死寂席捲內外，凍人的冷意霎時覆上言丰之的後背。

言丰之握拳的手停在門前，沒有再用力敲下。他深吸一口氣，轉過身。

這一瞬間，他的腦袋像被槌子重重敲打，眼眶灼熱刺痛，眼周像有烈火在燒灼，就連雙腳也是用盡力氣才總算穩穩站在原地。

露娜小姐就站在他面前。

女人的臉依舊美麗，但除了臉之外，全身都脫離了人類的範疇。

她身形抽高，隨著俯身落下的陰影輕易就將言丰之籠罩在內。慘白的手指翅膀垂曳在身後，黏膜披裹身上，裙襬如鮮血湧動，裙下是無數雙手臂交握纏繞，往外蔓延，彷如拖曳著一條長長的蛇尾。

言丰之本能地察覺到身體不適是直視變了形態的露娜小姐的緣故，可他沒挪開眼，就這麼雙眼泛紅地與露娜小姐對視。

「要給我的邀請函呢？」就連語氣都是一副理所當然。

露娜小姐怒極反笑，翅膀中的手指動了動，朝言丰之遞出一張邀請函。

邀請函一被拿走，露娜小姐的身影轉瞬消失。

露娜小姐一走，周遭的壓迫感也跟著消失。言丰之大大喘了口氣，貼著門板好站穩身子，待暈眩感過去，他毫不遲疑地將邀請函撕成兩半。

然後再度握拳敲門，又一次唸起招魂咒。

屋內剛生起的動靜沒一會就消弭，那抹暗紅不祥的身影二度出現於大門外。

露娜小姐的笑容徹底隱沒，瞪著言丰之的眼神像巴不得把人吞了。

言丰之還是從容的態度，「邀請函呢？」

邀請函被粗暴地扔上言丰之的臉，當他拾起邀請函，露娜小姐已然不見蹤影。

「走得眞快。」言丰之將邀請函撕了再撕，拋到腳下，「我都還沒跟她說無三不成禮。」

身爲尊貴的客人，當然是要懂禮貌的吧。

當露娜小姐第三次被強行拉離戰場，目睹管家和女傭甚至露出「又來了？妳慢走」的神情，她感到自己被深深地羞辱了。

垂在身周的蒼白翅膀揚起，手指蠢蠢欲動，就等著言丰之接過邀請函，要把這人類撕個粉碎。

但露娜小姐最後還是按下這股衝動，比起與一名人類在這裡僵持不下，阻止另一批人喚醒這片夜土的眞正主人更重要。

但是在看見言丰之當著她的面，將邀請函撕個粉碎，擺出等她一走就要再敲門叫人的姿態，露娜小姐氣得渾身發抖。

身爲怪談至今，她從未見過如此厚顏無恥的人類！

理智被露娜小姐扔到一邊去，管他什麼兩害相權取其輕，她現在就要吃了他！

白色的手指抓向言丰之，卻被驀然升起的屛障擋住。

言丰之亮出祈洋給他的防身用符紙，「妳不會覺得我眞的沒任何準備吧。」

露娜小姐嘴角扯出森寒的弧度，「你又覺得這東西能保護你多久？這種跟小孩玩具差不多的東西。」

言丰之清楚露娜小姐說的沒錯，雖說她的手指翅膀被擋下，可屛障上也出現裂紋，即便什麼都不做，也撐不了多久。

更別說露娜小姐要是拿出眞本事，屛障很快就會碎得四分五裂。

言丰之卻笑了，「妳確定要和我在這裡耗時間？就算只耗上幾十秒，恐怕妳擔心的事就會發生了吧。」

假如視線能化成刀，言丰之早就被千刀萬剮了，可他的話無疑戳中露娜小姐心頭。

露娜小姐冷下臉。要是不殺了這人類，他肯定會鍥而不捨地將她一再拉到楓香洋樓外，可殺了這人類須花點時間，那點時間也許會造成關鍵性的影響。

心念電轉間，露娜小姐做了決定。她不再給出邀請函，也沒有殺了言丰之。

她直接轟碎楓香洋樓的大門。

在飛揚的木屑中，厚重的門板當場化為一堆碎片，大門處留下一個偌大的門洞。

換言丰之的臉色變了，「露娜小姐的邀請函」指名要敲楓香鬼屋的大門，其他門可不算在內。

現在大門沒了。

言丰之一個箭步撿起巴掌大的碎片，這時只能死馬當活馬醫了，醫不成就是人生在此登出。

看到言丰之吃癟，露娜小姐感到神清氣爽。她輕蔑地笑一聲，剛要消散，大量黑影瞬間如潮水自屋內溢出，轉眼竄出走廊，如四濺的黑色水花撲上露娜小姐。

從黑影裡冒出管家和女傭們的怪異身影，他們伸出手臂，牢牢拖住露娜小姐，利齒眼珠和白色手指撕咬在一塊。

「我們會拖住入侵者，去找我們的主人！」管家嘶聲高喊，「你們找到燈了，只要把燈交到主人懷裡就可以！」

不管言丰之一行人想做什麼，有件事可以確定。

敵人的敵人，就是朋友！

幫助言丰之，就是幫助己方。

言丰之立刻扔開大門碎片，轉身直衝屋內。

遭到先前戰鬥波及，洋樓內凌亂不堪，燈光熄滅大半，地上全是燈泡的玻璃碎片，所剩不多的光線照在碎片上，折閃出晶亮的光芒。

言丰之一路跑去，好像跑在一條閃爍的星星之路上。

姜星河畫出的大門就矗立在最左邊的房間裡，言丰之推開半掩的門，失重感瞬間襲來。

當言丰之重新站穩，發現這次的門開在空無一物的房間裡。

言丰之跑出去，門外是多條走廊朝不同方向延伸，地板上橫倒著楓香洋樓的門牌，像一具具殘破的屍體。

這地方門板的顏色隨時會變動，默記顏色只會迷失方向。

能畫出新出口的筆在姜星河身上，要是無法與他們會合，言丰之就得記住這扇門的位置，否則不曉得會被困在這座迷宮多久。

他習慣性往口袋找，摸到了能派上用場的東西。

言丰之跑起來，每經過一個轉角，就往路上扔下一顆水果糖當作識別的記號。

跑著跑著，言丰之覺得自己這行爲有種似曾相識感，沒多久他恍然大悟。

用糖果來記路……這還眞像糖果屋的情節啊！

被拋棄的兄妹爲了回家，在前往森林的路途上撒下麵包屑，卻被小鳥吃光，再也找不到回家的路。

說起來，這地方的空氣聞起來還香香的，像經過麵包店外會聞到的甜蜜香氣。

幸好這裡沒有會吃糖果的小鳥……言丰之剛回過頭，生起的慶幸就在刹那煙消雲散。

這裡沒有小鳥，但有手指花。

長在牆邊的手指花正窸窸窣窣把糖果撥過來，察覺到言丰之的視線，撥弄的速度加快，隨後咧開嘴巴，將糖果一口呑入。

地上頓時什麼也不剩。

言丰之沿路跑過來，都不知看過多少次手指花。他不用折回去看，都猜得出撒下的糖果也落得跟麵包屑一樣的下場了。

算了，迷路就迷路吧，再不行就找紅色的門。姜星願說過，紅門會通向同一個安全屋。

言丰之面無表情剝開糖果紙，將葡萄味的糖果扔進嘴裡，與其再讓手指花吃掉，還不如自己吃。

前面又是一扇綠色的門，言丰之推開門走進去，連接的是小女生的娃娃房。牆邊堆滿許多玩偶，有的老舊，有的新穎，有的破破爛爛，棉花都被掏出來。

沒人在這裡。

言丰之推門而出，走過幾個轉角，再次看到門，還是三道緊鄰在一起的門。

打開第一扇門，是個黑色的空房間。

打開第二道、第三道門，門後空間同樣都黑漆漆的。

見裡面沒人，言丰之粗略掃過一圈便失了興趣，可突然想到什麼，離去的腳步又折返。

言丰之快步走進房間，不管是牆壁、地板或天花板上，四散的小小留白莫名讓他在意。

他湊過去觀察，手指在牆上撫摸，發現並不是油漆沒塗均勻才留白，而是白色的牆壁上被人寫了無數的正字符號。

密密麻麻的「正」交錯重疊，鋪天蓋地地侵佔房間各處。

另外兩個黑色的房間也是同樣狀況。

言丰之站在敞開房門的三個房間前，姜星河與姜星願的對話猶在耳畔。

「星星，妳待在這裡多久了？」

「六……不對，今天的還沒畫上去，所以是七天，我每天都會在牆上畫一條線做記錄喔。」

言丰之看著數也數不清的正字符號，一時像失去發聲能力。

那麼多的正字，姜星願究竟在這個地方待了多久？

◆

「星星！星星！」

姜星河幾人飛快地在迷宮般的走廊與房門間不停穿梭。

在此處又變成少年模樣的姜星河邊跑邊呼喚妹妹的名字，冀望對方能聽見自己的聲音。

不同色彩的門開開關關，門後有的是走廊，有的是房間，不時還要跨過猶如殘屍橫躺的鏽蝕門牌。

在無法定位姜星願位置的情況下，眾人首先要找的是紅色的門。只要是紅門，一定會直通唯一一間安全屋。

姜星願大半時間都待在裡面。

「紅色、紅色……」李月吟東張西望，各種色彩看得她眼花繚亂，偏偏就是沒有他們要找的紅色。

「那邊好像有……」徐國春手才剛抬起又喪氣放下，「不對，看錯了，是紫色。」

不只是紫色，還有其他容易令人混淆的粉紅色、深橘色、淺橘色混雜其中，一眼看過去著實容易錯認。

「簡直像在色譜大考驗……」于小魚喃喃地說，「之之那邊不知道怎樣了？希望不會有事。」

想到言丰之是單獨行動，于小魚就掩不住憂心。

「小言哥一定沒問題的！」自從第一夜被言丰之救過，情侶檔對他一直有種謎樣信賴。

「趕緊找到紅門就是了。」祈洋繃著臉，心裡壓抑著如滾水沸騰的焦躁，「李月吟，抓好于小魚。」

「好的好的，包在我身上！」像要證明自己有做到，李月吟還舉起自己和于小魚扣得死緊的手。

見于小魚有李月吟和徐國春幫忙看著，祈洋放下心。可想到人不在此地的言丰之，那顆心又忍不住高高提起。

言丰之那傢伙……沒問題吧？

從那次言丰之在牆上成功畫出符文來看，這人即便還沒覺醒點燈人的天賦，體質多少也是有點特殊。

如果讓他唸誦招魂咒，再配合「露娜小姐的邀請函」中的既定規則，勢必有極高機率能成功將露娜小姐強制召喚過去。

雖說做足了所有能想到的防護措施，祈洋還是難以放心，甚至開始生起一絲後悔。

啊啊，早知道就別聽言丰之的……這種事根本不該讓一個普通人去負責，那傢伙應該是被點燈人保護的一方才對！

祈洋越焦慮，臉上的神情就越冷峻。

「真該死，果然就該阻止他！」

祈洋的抱怨被姜星河聽見，他回過頭，「你之前有成功阻止過嗎？」

祈洋一時語塞，他認眞回想了下，越想臉色越青。

靠，根本就沒哪次成功過！言丰之總是表面應好，轉頭就幹著相反的事，可以說是把陽奉陰違這套玩得特別溜。

雖說現下狀況緊急，但瞧見祈洋鬱悶的臉色，姜星河也忍不住笑了。

「既然阻止不了他，我們就好好配合他，總比讓他像脫韁野ㄍ……野馬亂竄好。」

祈洋……別以爲我聽不出來，你剛是想說野狗吧。

但不得不說，姜星河的這番話奇異地說服他了，本來躁動不安的心也逐漸平靜。

但再回想起言丰之面對那些怪物時不按理出牌的氣人表現，祈洋忽然覺得……也許他該擔心的是言丰之那張嘴會不會先惹毛露娜小姐。

「你可以多相信言丰之一點。」姜星河做結論。

「嘖，你就這麼放任他吧，不知道的人還以爲你是他媽。」祈洋陰陽怪氣地說。

「依我性別來說，當他爸比較適合。」姜星河推推眼鏡。

不是，你們兩人是怎麼回事？徐國春等人在後面聽得目瞪口呆，怎麼現在開始爭論是該當小言哥的爸還是媽了？

你們有問過小言哥意見嗎？別趁著當事人不在，降人輩分啊！

「我覺得……」于小魚犀利地說，「之之大概會更想當他們的爸。」

這話一出，前面兩名男人靜默了，情侶檔則是對視一眼，差點憋不住笑。

于小魚那話太有畫面感，彷彿眼前栩栩如生地浮現出綁著丸子頭的男人一臉平淡，說著氣人的話。

「來，喊爸爸，喊了就給你們吃糖。」

李月吟暗暗地想，不知道爲什麼，還眞想看到這一幕眞實上演啊。

深怕自己內心大不敬的想法會被祈洋他們看出來，李月吟趕忙轉開視線，避免對上他們的眼。剛轉頭搜尋一會，一抹鮮艷的紅色就落入眼內。

李月吟多盯幾秒，確定不是紫色、橘色，也不是粉紅色，立刻高聲說，「是紅門！我看到紅門，在那邊！」

一行人快步趕過去，姜星河動作最快，來到紅門前敲門。

「星星！星星妳在嗎？」

門後無人回應，姜星願這時候並不在安全城堡裡。

雖然早有預料，幾人的心還是不禁沉了沉。

言丰之與其他怪物不知道能拖住露娜小姐多久，要是沒有這片夜土原主人的幫忙，面對月級怪談，他們根本毫無勝算。

不遠處霍地響起一聲咆哮，讓所有人心頭猛地一跳。

是那個爛泥怪物！

它會出聲只有一個可能……它找到姜星願了！

「星星！」姜星河總是冷靜的神情碎裂，想也不想地朝著聲音來源追過去。

「你們幾個在這等，別亂跑！」祈洋撂下話，轉眼也不見人影。

李月吟三人自然不敢隨意亂跑，以免不小心把自己搞丟了。

「不曉得外面情形怎樣了……」于小魚原本想靠牆站，眸光瞥見牆邊的幾簇手指花，嚇得連忙遠離牆壁。

「那玩意不會一直長吧？」徐國春也看到那些像海葵蠕動的白色手指，他吞吞口水，感覺這裡好像也不是那麼安全。

就算怪物不在這，不停扭動的手指也足夠令人毛骨悚然了。

「小妹妹是不是說看到手指出現，就得砍掉或踩扁？我們現在……是要踩它嗎？」李月吟頭皮發毛，「噫，這樣我還寧願去踩蟑……」

她停頓一下，然後不得不沉痛承認，和手指比起來，還是蟑螂比較恐怖。

李月吟爲自己打氣，心一橫就要衝上前去踩扁那些手指花，于小魚及時出聲。

「我想到了！我有麵粉跟打火機！」

「小魚老師，妳包包裡爲什麼……」

「麵粉是之前跟女傭要的，我帶在身上就是想說預防萬一。」

徐國春：……

到底要預防哪種萬一？

「麵粉跟打火機是要用來？」李月吟遲疑地問。

于小魚嚴肅地說，「粉塵爆炸有聽過吧。我想說比起用踩的，用炸的或許更能根絕這些花。」

……小魚老師，妳不怕把我們也根絕了嗎？

還沒等李月吟和徐國春戰戰兢兢地提出自己的看法，先前離去的祈洋和姜星河霍然出現在視野裡，姜星河的臂彎裡還托著一抹嬌小人影。

小女生模樣狼狽，丸子頭散掉一半，髮絲凌亂地垂落下來。

正是他們苦尋的姜星願。

見祈洋他們找到姜星願，李月吟等人剛湧上欣喜，猛然又想起一件事。

那追著人的怪物呢？

簡直是想到什麼來什麼，令人想到獸類的咆哮聲下一瞬就迴盪在這處空間，空氣中的甜味被臭味遮蓋。

「姜星願……姜星願！」咆吼中還穿插著含糊黏膩的叫喊。

「大哥哥、大姊姊快躲起來！怪物過來了！」姜星願緊張地朝李月吟他們猛揮手。

怪物從轉角後出現了，仍是肉塊的模樣，臉部則像套著一個肉色橡膠頭套，上面的大嘴貫穿左右，下身是無數觸肢揮舞，托著那具沉重的身軀朝前移動。

「這麼大!?」李月吟滿臉驚恐。

祈大佬他們說過迷宮裡的怪物快高至天花，但眼下這個……分明是超過天花板。受限於高度，多的肉都往旁邊壓去。

「它是嗑了什麼？怎麼能長那麼快！」徐國春不敢置信。

很快他們就知道怪物變大的原因了。

怪物身下探出幾根觸鬚，伸向牆邊的手指花，接著連根拔起，往自己身下塞去，好像那裡藏著一張隱密的嘴巴。

怪不得手指花得割掉，它們全成了怪物的養分。

姜星河放下自己妹妹，「快進去躲好。」

「哥哥你們呢？」姜星願固執地站在門前，不肯打開門。

「進去就是了！」姜星河嚴厲地說。

「我不要！不能留哥哥你們在外面！」姜星願急得紅了眼。

「姜星願進去！」姜星河提高音量，眼神是不容置喙的強硬。

姜星願最怕哥哥用這種冷冰冰的語氣訓人，反應過來時，已反射性聽話地打開紅門。

姜星河以強勢又不失溫柔的力道將人推進房裡。

祈洋落後了姜星河兄妹一小段距離，眼看紅門就在前方，他立即再提高速度，一個衝刺後猛然轉過身，直面向怪物。

「一二三，木頭人！」

在祈洋能力的影響下，怪物頓時被釘在原地，動彈不得。

「一二三木頭人」一發動，被圈選在範圍內的人就不能動。只要人不動，按照遊戲規則，被選爲鬼的對象自然也不能動。

祈洋雖然無法行動，但其他人能動。

姜星河擋在紅門門口前，拉開弓弦，等到弓箭接近滿月狀，驟然鬆手。

箭矢呼嘯飛出，挾帶雷霆之勢貫穿怪物的腦袋，怪物笨重的身子被那猛烈的力道帶得甚至往後仰倒。

徐國春喉頭滾動，下一秒他的皮膚覆上石片，硬化過的拳頭在怪物倒地前猛力揮出。笨重的巨大肉團重重砸在地板上，「砰」的一聲迴盪在走廊間。

徐國春自己也因用力過度倒退幾步，他白著臉，身體晃了晃。李月吟趕緊扶住他，以免他跟怪物一樣倒下。

「消滅了嗎？」于小魚緊張地踮腳探看。

「還沒。」姜星河冷靜地再拉弦，不待怪物撐起身體，箭矢再度化成光束飛出。

一箭、一箭，再一箭。

連續三箭全都鎖定頭部，其中一枝直接刺入它因痛嚎而張開的嘴內。

怪物終於倒地，小山般的身軀表面不再有起伏。

「它是燈還是一般怪物？」李月吟扶著徐國春靠到牆邊。

如果是夜土自行產生的怪物，一段時間就會消失。但換成怪談創造的燈，就算死了，只要再被怪談重新賦予力量，就能再次復活。

「燒了就知道。」祈洋大步走向怪物，在手上割開一條傷口，擠出的鮮血直接澆淋在怪物身上。

沒有任何反應，點燈人的血沒有化爲火焰。

幾人鬆了口氣，是普通怪物。

沒聽見房內傳出動靜，姜星河以爲姜星願被嚇住了，馬上轉身想安撫，可門口沒有人。

姜星願不知什麼時候站到那盞圓筒燈旁，燈光下的小臉失去表情，像覆上一層面具。

「星星？」姜星河心頭籠罩一抹不安。

祈洋眼尖，注意到白光裡有東西，「燈裡是什麼？」

所有人看向圓筒燈，燈光慘白又過分明亮，達到了刺眼的地步。而在光裡，好似有數也不數清的物體在蠕動。

從光裡伸出一隻白色的斷手。

「啊！」于小魚驚恐低呼。

光就像盛載不了那麼多的數量，把更多斷手抖了出來。它們嘩啦嘩啦地掉落在地板上，從手指上又長出更多手指。

在過於明亮的光照下，所有人都看見手指生長得越來越快，有若瘋長的植物，又似蒼白的浪潮堆積沖刷，以可怕的速度爬至姜星願腳下。

手指爬上姜星願的雙腳，更多手指如蟲子爬上她的膝蓋、大腿、腰間……持續向上。

那具小小的身軀好像要淹沒在白手指裡。

姜星願神情木訥，猶如毫無知覺的木偶，「燈是好的燈是好的光是好的光好溫暖……」

就在這時，李月吟聽見後頭傳來動靜，她回頭一看，驚叫聲登時衝出喉頭，「那個怪物又在動了！」

祈洋猛然扭頭，瞳孔收縮。

怪物眞的在動，它慢慢地撐起身體，過不了多久就會完全站起，再朝他們衝過來。

「它爲什麼還能動？它明明不是燈啊！」徐國春有些崩潰地嚷。

「媽的，眞的要瘋了！」祈洋低咒一聲，毫不猶豫地再次直面怪物，手上浮出金光。

姜星河聽見李月吟等人在驚喊怪物又活過來了，但他已經分不出心力。

「星星！星星！」姜星河使勁地敲打透明牆，恨不得自己的聲音能傳至姜星願耳中，「快出來！快離開房間！」

姜星願歪著頭，白色的手指爬至她的胸口，它們扭動伸展，像花又像蟲子。

姜星願喃喃地說，「燈很好燈很溫暖我們都喜歡燈，星星的燈要交給……交給……」

姜星願的臉上猝然流露一絲痛苦。

「不行，星星的燈是屬於星星的……不能……不能……」

「姜星願，我叫妳立刻出來！立刻離開那個房間！」姜星河嘶吼，「燈是壞東西，妳忘了妳自己說過的嗎！」

「燈是壞的，但星星的燈……我的燈……」姜星願看起來更痛苦了。

眼看姜星願要滅頂在密密麻麻的手指花當中，就在此時，姜星河聽見一聲大喝傳來。

「姜老師！破壞房裡的那盞燈！」

姜星河本能採取動作，銀藍光芒在他手中形成長弓，箭矢在他手指搭上的瞬間成形。毋須思考，光箭頓如流星射出，竟成功穿進紅門房間。

正中那盞過於刺眼的燈！

佔據在房間裡的光輝瞬滅，黑暗一籠下，白色的手指就像沾到了火，飛也似地退離。

房外的怪物也在衝過來途中驟然灰飛湮滅，消散在迷宮裡。

瘦弱的小女生孤伶伶地站在黑暗中，臉上空白消退，接著覆上迷茫，她東張西望，像看不見門外的一切。

「哥哥？哥哥？哥哥你在哪裡……」

孤單待在這裡的時候，姜星願沒哭。

被怪物追的時候她沒哭。

就連與姜星河在迷宮裡再度重逢時，她也忍住了淚水。

但現在小小的孩子就像再也承受不住那些層層壓在身上的恐懼，細弱的肩膀垮下，她號啕大哭起來，不停地哭喊著哥哥。

「我在這裡，哥哥在這裡！」姜星河只覺心臟像被粗暴揉爛，他用力地敲向門口，以為會一如之前撞到堅硬的障壁，然而握起的拳頭卻穿了過去。

姜星河不知道是什麼緣故讓阻礙消失，他只知道他要趕到妹妹身邊。

姜星河衝至姜星願面前，將那哭得一顫一顫的身子摟入懷裡。

「哥哥在這裡，哥哥就在這裡……」

嘶啞的低語落至姜星願耳畔，她猛地抬頭，似乎終於看清眼前的一切。

「哥哥！」姜星願把姜星河抱緊緊，哭得更大聲了。

在幽暗的房間裡，突然亮起的光變得格外醒目。

和先前佔據房內的慘白燈光不同，這次的淺黃光暈教人感到溫暖。

于小魚吃驚地喊出聲，「姜老師你在發光！」

少年不知何時變回了成年男人，身周泛出一圈淡淡的光，昏黃柔和，光輝籠罩在他與姜星願周邊，簡直就像是……

「一盞燈？」祈洋慢慢地說。

言丰之吐出一口氣，「姜老師，你就是那盞燈。」

就像管家說的，他們早就找到燈了，屬於怪談最重要的主燈。

姜星願，才是楓香洋樓的眞正主人。

她才是怪談——楓香鬼屋。

發生在姜星河身上的異狀都有了解釋。

不用收到邀請函也能進來這片夜土，在楓香洋樓內暢通無阻，能夠打開每一扇門。

姜星河這一刻彷彿遭到重擊，頭暈目眩，言丰之的聲音變得遙遠，像朦朧的霧氣籠罩。

「姜老師，你的妹妹現在究竟幾歲？」

姜星河想要張嘴，但過多的記憶如大浪襲來，轉瞬就將他捲進過往最深處。許許多多的泡泡飛起，每個泡泡裡都盛載著一幅景象。

「我妹妹前幾天到楓香鬼屋，那是她最後出現的地方。」

啪，泡泡破裂。

「她還在唸大學。」

啪，泡泡又破裂。

「她長大了就不喜歡拍照。」

啪啪啪啪啪，泡泡不斷地破裂再破裂。

少女的姜星願、成年的姜星願，與他待在一塊的姜星願接二連三地消失。

最後剩下的是年幼的姜星願。

姜星河眼前天旋地轉，他抱著姜星願一塊倒下。

「姜老師！」

在此起彼落的焦灼叫喊中，姜星河想起來了，全部都想起來了。

他的妹妹，他最寶貝、最重要的星星……

她的時間早就永遠定格在十三年前的那一天晚上。

「星星掰掰，明天見！」

幾名小女生在路口停下，和接下來要跟她們走不同方向的姜星願揮手告別。

「對了，明天要去哪裡玩？我哥說他們要去糖果屋探險，看裡面有沒有躲著巫婆。」

「男生好幼稚喔，那又不是眞的糖果屋，當然不可能有巫婆嘛。」

「可是它有時候聞起來香香的，有點像烤好的餅乾。」

「是花啦，那邊開那麼多花，香香的也很正常。而且裡面又沒住人，不可能有人在那烤餅乾或麵包。」

「該不會就像我哥說的一樣，裡面躲著巫婆？」

姜星願知道她們說的是哪間屋子，離她家有點遠，附近種了很多棵楓香樹，已經很久都沒人住進去了。

可就算沒人住，變成鄰居阿姨口中的廢屋，那間屋子和其他屋子還是不一樣。

它看起來好優雅，外表是灰綠色的，庭院長滿花花草草，周邊種了筆直的楓香樹，經過前面時會聞到香香甜甜的味道。

簡直像童話故事裡會出現的房子一樣。

姜星願有個夢想，等長大後，她要買下那個房子，和哥哥一起住進去，成為楓香洋樓的主人。

幾個小女生妳一言我一語地討論著她們口中的糖果屋，有人想學男孩子去那邊探險，有人覺得危險，而且可能有很多蟲子。

一聽到有蟲子，其他人馬上打退堂鼓，商量著明天放學去哪玩。

「還沒去過星星家耶，不然我們去星星家玩？」

「星星、星星，可以嗎？」

「我家喔……」姜星願面有難色，「不行啦，我家有怪物，很嚇人的，會把人吃掉的。」

「咦？真的假的？」同學興奮地嚷道：「我們想看怪物！」

「不行不行，真的不行，怪物很恐怖的！」姜星願的腦袋搖得像波浪鼓，「去妳們家玩比較好玩啦。」

見姜星願堅持，幾人也不強求。

「好吧，那就明天先來我家吃蛋糕。」

「嗯嗯，掰掰，明天見！」

「星星掰掰！」

同學們朝姜星願揮揮手，揹著書包繼續踏上返家的路途。

「掰掰！」姜星願笑容滿面大力揮著手，直到幾個人都消失在轉角，堆起的笑臉瞬間垮下，符合她年紀的朝氣色彩跟著褪得一乾二淨。

假如她的同學們折返回來，一定會被她的表情嚇一跳。

姜星願在學校裡總是像個活力用不完的小太陽，大家都喜歡她。

可現在，姜星願臉色陰沉，眉宇間更是盤踞著鬱色。

姜星願抬頭看下天色，小學生放學早，天還很亮。

哥哥要晚上才會回來。

姜星願踢下路面，心不甘、情不願地踏上了回家的路。

她家在彎彎曲曲的小巷子裡，要繞過一個路口，再一個路口，第三個路口。

「星願啊，這個帶回去，跟妳哥哥一起吃。」住在巷口的阿婆對姜星願招招手，塞給她一袋蘋果，「唉唷，那女人怎麼捨得丟下你們倆這麼好的孩子啊。」

走沒幾步，換斜對面的阿姨塞給她一把巧克力。

「星願，你們媽媽還是沒回來嗎？這樣啊，你們爸爸也很辛苦，你們就多體諒他一下。」

姜星願乖巧地對鄰居道謝，只是隨著離家越來越近，她的步子也變得越來越沉重。

他們家在公寓四樓，沒有電梯，只能走樓梯上去。

姜星願有時候會想，要是永遠走不到家門口該多好，要是樓梯再長一點多好。

這樣她就用不著那麼早回家了。

他們家的鞋櫃放在大門外，姜星願檢查一遍，從鞋子的擺放迅速判斷出狀況。

哥哥果然還沒回來。

——爸爸在家。

姜星願的心口緊縮一下，本來要往前的腳步頓住，心中更是產生一抹退意。

站在門外好一會，姜星願握緊拳頭，爲自己打氣。

她可是英勇的姜星願小隊員，不能給姜星河小隊長丟臉！

沒錯，只要小心點，不要弄出太大聲音，就能順利度過關卡了！

通關的話，她就可以等哥哥回來時告訴他，要他再送她一顆代表勇氣的糖果才行。

她有偷偷看過了，哥哥的抽屜裡放著一盒新買的糖果，有好多口味。

她一定要選最好吃的草莓味！

做足心理準備，姜星願這才掏出鑰匙，打開大門，盡量放輕動作地推開門。紅鐵門雖然老舊斑剝，但還好哥哥之前有幫它重新上油潤滑，不然以前推起來都會發出「嘎咿——」的長長聲音。

門後就是客廳，裡頭景象一覽無遺。

黑色的皮革沙發正對著門口，海綿從破口處擠出來，像一串內臟掛在那，露出陳舊黯淡的色彩。

面部潮紅的中年男人躺在沙發上呼呼大睡，衣襬拉高，一手放在起伏的肚皮上，一手垂至沙發下，手裡抓著一瓶酒。地板上還有多個啤酒罐東倒西歪，沒有喝盡的酒液從瓶口流淌出來。

雷鳴似的鼾聲迴響在客廳裡，熏人的酒味中還夾雜著一股更強烈的酸臭味，像發酵過的穢物，像垃圾滴落的水。

這個味道已經佔據在家裡好幾年了。

聞了那麼久，姜星願還是會忍不住厭惡地將小臉皺成一團。

緊貼在門前，姜星願仔細觀察，確定沙發上的中年男人真的睡著了，她屏住呼吸，踮腳尖朝臥室的方向移動。

一步、兩步、三步……她快接近走廊的入口，再往裡面走，左邊就是她的房間。

姜星願很小心了，可她沒預料到中年男人抓在手裡的酒瓶會忽然鬆脫，在洗石子花紋的地面發出「哐啷」的響動。

突來的聲音嚇了姜星願一跳，她身子一震，跟著「呀」了一聲。

小女生的聲音又尖又細，客廳裡的鼾聲驟然停住。

姜星願心臟狂跳，她看見沙發上男人眼皮眨動，那是他要睜眼的跡象。

她知道這時應該用最快速度跑回房間，然後關門上鎖，可身體卻動彈不得。

快動！快跑！她拚命地命令自己，兩條發軟的腿卻依舊像生了根，牢牢地紮在地板上。

中年男人張眼坐起，嘴裡發出無意義的咕噥，混濁帶黃的眼睛轉動一圈，發現了姜星願。

姜星願的雙眼全是恐懼。

她把爸爸吵醒了……

她把怪物吵醒了！

姜星願的存在似乎大大刺激到沙發上的男人，他怒吼一聲，笨拙站起，踢到了堆在沙發下的啤酒罐。

姜星願的大腦被空白佔據，纏繞她腳上的樹根斷裂，她拔腿往房間衝。

一腳踢開那些礙事的瓶罐，男人猶如一隻驟然發狂的野獸追在後面。

姜星願的心臟快要從嗓子眼跳出來，書包肩帶從肩膀滑下，掛在手肘上。她顧不得拉好它，用最快速度回到自己房間，慌亂地把房門用力關上。

門板完全掩上的前一刻，見到的是姜富海猙獰如怪物的臉。

姜星願幾乎是抖著手指替門上鎖。

就在下一秒，門把被粗魯地轉動，喀啦喀啦地作響。

姜星願慌忙再看向門鎖，確定自己真的有鎖好。

門把被轉動幾下就停止，換成房間門被粗暴地猛踹。

磅磅磅！門板被踹得晃動。

「姜星願！」

「姜星願妳給我滾出來！」

「臭婊子生的也是小婊子！快滾出來！」

「跟妳媽一樣欠人教訓！」

「小婊子還不快出來！」

暴怒的吼聲轟隆隆地響個不停，姜星願煞白小臉，站離好幾步，心驚膽跳地看著那扇被人猛踹的門板。

不會有事的，門上鎖了，門打不開的……姜星願緊掐自己的掌心，不停安慰自己。

沒錯，哥哥把房間鑰匙藏起來了，外面的人絕對進不來的。

像要增加自己的安心感，姜星願趕緊跑去找鑰匙。

她拉開抽屜，往抽屜上面一摸……空的。

不可能，怎麼會是空的？她明明在上面黏了她的祕密筆記本，鑰匙就夾在裡面。

姜星願焦慮地四處摸索，依舊摸了個空，她不死心地彎身往裡面望。

抽屜上方的隔板什麼也沒有。

難道她是放在另一個地方了？姜星願掀開床單，床墊下有個破洞，她從裡面挖出一個糖果鐵盒。

盒子裡擺著幾顆水果糖，沒有筆記本。

她的筆記本真的被人拿走了。

哥哥不會隨便拿走它，唯一的可能是……

姜星願整個人像掉進冷冰冰的水裡，凍得全身發冷。她的呼吸越來越急促，驚恐萬分地轉過頭。

踹門聲不知何時停了。

外頭的安靜沒有維持多久，接著就聽到鑰匙插入，轉動一圈。

咔嚓。

門被打開了。

怪物在外面。

爸爸走進來了。

怪物怪物爸爸怪物怪物怪物怪物怪物大步走進來，一把拽住姜星願的頭髮。

頭皮的疼痛使她尖叫出聲，雙腳往地板用力蹬著，雙手拚命地朝四周抓扯，想要阻止自己被帶出房間。

「不要！不要！放開我！好痛！」

姜富海無視她的大叫聲，像拖麻袋把她拖到了客廳。

「閉嘴！」

長年酗酒讓姜富海挺著啤酒肚，說起話來也有些口齒不清。

但成年男人的體格對小女生而言就像座撼動不了的小山。

姜富海的胳膊甚至比姜星願的小腿還粗。

巴掌落在她的臉上，她重重地摔在地板上。

然後是拳頭，很多很多的拳頭砸下來。

「妳寫那什麼東西！說老子是怪物？」

「說妳要跟姜星河那個小雜種去找妳媽？去找那個賤貨？」

「別作夢了！妳以爲她會要你們嗎？那個賤人丟下這個家跑了，跟別的男人跑了！」

「我有做錯什麼嗎？啊？我爲這個家付出那麼多！」

「我喝點酒又怎樣？沒我賺錢，這個家早就倒了！賤人還在那邊唸唸唸！」

「對，老子現在是沒工作了！那也不過是暫時的！她憑什麼逃離這個家！」

「妳別想跟那婊子一樣！你們兩個雜種這輩子都不要想——」

在發狂的咆哮聲中，姜星願的意識漸漸模糊，淚水鼻水糊了滿臉，她覺得自己好像喊了哥哥，也可能沒有。

她不知道，實在是好痛好痛。

可是……還好哥哥不在這裡，不用爲了保護她捱打。

姜星願小隊員這樣也算保護到姜星河小隊長了吧。

應該要給她一顆草莓糖果當獎勵的，嘿嘿。

拳腳下的小小身子不知何時沒了動靜。

看著那具一動也不動的身體，姜富海那顆被酒精浸泡得混沌的大腦終於遲緩地感到一絲不對勁。

怎麼不動了？也沒有聲音了？

以前怎麼打不是都沒事？

姜富海搖搖晃晃地蹲下來，推了推，發現沒反應又推了推。

還是沒反應。

「喂！喂！」姜富海把姜星願翻了個面，頓時一個激靈，整個人嚇得往後跌，酒意退了大半。

女童雙眼緊閉，嘴邊染著觸目驚心的血。

姜富海顫顫地伸手至她的鼻下。

「噫啊啊！啊啊啊！不是我……跟我沒關係！」姜富海發出不成調的慘叫，連滾帶爬地往後退。

先前還是凶神惡煞的施暴者，現在卻徹底慌了手腳，害怕得不行。

姜富海手腳發軟地在地上坐了一會，公寓走廊開始傳出其他動靜，是住在這層樓的人陸續回來了。

姜富海猛然回過神，強忍著驚惶，跌跌撞撞地走向姜星願，將人抱到她的房間裡。

他把人放到床上，轉向靠牆那一側，再把被子拉高，蓋住姜星願的半張臉。

看起來就像是姜星願側躺著在睡覺。

反鎖上房門，姜富海粗重地喘了一大口氣，掌心還在發涼。

他一秒也不敢在屋子裡多待，抓了車鑰匙就奪門而出。

紅鐵門重重關上，直到幾個小時後，再度被人從外打開。

體格以同年齡來說過瘦的少年走了進來。

在外面就知道姜富海不在，姜星河進屋的動作沒有刻意放輕。

「星星？」姜星河喊了一聲，沒有得到回應。

他揹著書包往裡面走，他的房間在姜星願對面，對面的房門緊閉。

他轉動一下門把，不意外門是鎖著的。

他叮嚀過姜星願，要是自己還沒回來，就把房門上鎖，或是躲到他房間裡。

「星星？」姜星河敲敲門，沒聽到妹妹的聲音。

睡著了嗎？

姜星河回房裡放下書包，換下制服，再到廚房裡翻找冰箱。

他快速準備了一頓簡單的晚餐，走到廚房門口揚聲喊道：

「星星，可以出來吃飯了喔！」

換作平常，房間門會馬上開啓，一顆綁著丸子頭的小腦袋會探出來，擺出敬禮的手勢。

「姜星願小隊員收到！」

古靈精怪的笑臉沒有如期出現，房間門仍關得緊緊。

睡那麼沉嗎？姜星河隨手往圍裙擦了擦，來到妹妹房前。

「星星，起來了喔！姜星願小隊員，該吃飯了！」

得不到任何回應讓姜星河納悶極了，他回房拿出備鑰，打開妹妹的房門，走進去幾步，就看到棉被下有個鼓鼓的身影。

果然睡得正香啊……姜星河浮起莞爾的笑容，但還是打算叫人起床吃飯，免得有人半夜餓得肚子咕咕叫。

來到床前，姜星河臉上的笑容消失了。

就算被子蓋住半張臉，仍然看得出姜星願的側臉腫得老高，一看就是被人重重搧過。

怒火與懊惱在姜星河的心頭翻滾，他表面不顯，輕手輕腳地推推姜星願。

「星星、星星，該醒來了，醒來吃飯，然後我再幫妳擦藥。」

姜星願雙眼緊閉，沒發出半點聲音。

姜星河猛然驚覺不對，急忙拉開被子，映入眼中的景象使他整個人如墜冰窖，恐懼如波波潮水淹來，讓他呼吸不過來。

床鋪上，小小的身子側躺著不動，臉頰腫脹，嘴邊染血，露在衣褲外的身體遍布瘀青，青紫交錯，有的還變成駭人的黑青色。

簡直像被五顏六色的水彩塗抹在身上。

「星星……」姜星河嗓音顫抖，手顫顫地探至姜星願的鼻下。

非常細非常細的鼻息微弱地呼出，稍不注意就會被忽略。

姜星河在短時間內經歷了大起大落，全身好似要被冷汗浸透。

思及自己要是再晚點進來房間……姜星河感覺像挨了一記重拳，令他頭暈眼花，反胃感湧上。

他強行壓下嘔吐的衝動，使勁打了自己一巴掌，疼痛讓他尋回理智。

姜星河用最快速度衝去打電話叫救護車，對方說會盡快過來。

姜星河掛上電話話筒時手都是抖的。

救護車不知道什麼時候能過來，星星能等上那麼久嗎？

妹妹細不可察的呼吸讓姜星河打了個哆嗦，他只剩下妹妹相依爲命了。

他只有星星一個家人而已。

姜星河衝回房間裡，設法讓昏迷的姜星願靠在自己背上。他將人一把揹起，不管不顧地往外跑。

姜星河跑去向鄰居求助，只要有大人願意載他們到醫院……

但始終沒人敢幫忙。

這棟公寓的住戶都知道姜富海有多麼惡劣難纏。

曾有人看不過去他教訓孩子過火，說了幾句，從此姜富海各種蓄意找碴，找警察也沒用，最後逼得那戶人家搬家了事。

有了前車之鑑，誰都不想惹事上身。

姜星河只能揹著妹妹離開公寓。

鮮紅的月亮掛在天空，宛如一隻俯視的眼睛。

巷子裡的路燈一直沒人來維修，周邊的照明只有月光和樓房窗戶後的燈火。

在這種偏僻的窄巷內，住戶早早就拉下鐵捲門。

姜星河咬著牙，使出全身力氣奔跑，只想快點跑到大馬路上。

說不定能攔到別的車幫忙……說不定能剛好碰上往這開來的救護車……

姜星河不知道自己跑了多久，兩隻胳膊越來越沉重，好幾次差點托不住姜星願的身體。

兩條腿也像綁了鐵鏈，每往前抬起一步都千辛萬苦。

肺部更是灼燙得彷彿要爆炸，空氣竄進氣管，化成一團團的火焰。

不能停下來！姜星河的腦子快轉不動了，只記得這個念頭。

他張著嘴，粗重地喘著氣，突然落到臉上的濕意讓他不自覺仰起頭。

一滴、兩滴……越來越多雨滴落下。

下雨了。

「哥哥……」

細如蚊蚋的呢喃傳入姜星河耳內，讓他精神一振，疲憊的身軀再度湧出力氣。

「星星妳再等等哥哥，再等一下……妳一定會沒事的！哥哥唱歌給妳聽好不好？」

身後人沒有回應，似乎是睡了，似乎……那聲呼喚不過是姜星河的幻覺。

趴在背上的身子好像逐漸僵冷，姜星河告訴自己不要多想，那不過是下雨的關係。

他猛力地吞嚥幾次唾液，試圖壓下即將衝上來的哽咽。

姜星河沙啞地唱起歌，「一閃一閃亮晶晶，滿天都是小星星……」

在自己刺耳的歌聲中，姜星河好像再一次聽見姜星願開開心心地唱著自己改編的童謠。

「掛在天上放光明，好像許多小眼睛。」

「一閃一閃亮晶晶，我把星星送給你。」

姜星願綻放大大的笑臉。

「都送給哥哥，哥哥就能許很多願望了！」

眼淚不知不覺爬滿姜星河的整張臉，他不敢回頭，再也憋不住的哽咽衝出喉頭。

在如同被世界遺棄的冰冷黑夜裡，姜星河看到了那棟屋子。

它敞開著大門，散發出溫暖的燈光，像母親張開手臂的懷抱，等著受委屈的孩子上前。

淚眼矇矓中，姜星河跌跌撞撞地跑過去，不住地大聲呼救。

「有人嗎！求求你幫幫我們……求你救救我妹妹！」

姜星河揹著自己的妹妹跑進了灰綠色的洋樓。

跑進了那間在十三年前——還被孩子們稱為「糖果屋」的楓香洋樓裡。

姜星願就像溺水之人終於離開水面，發出了猛烈的吸氣聲，緊閉的眼睛也在剎那張開。吊帶褲上的破洞消失，髒兮兮的污漬褪去，就連綁在丸子頭上的星星髮圈也恢復明亮的色澤。

「哥哥……」姜星願摸摸尚未清醒的姜星河的頭髮，又對他吹了一口氣。

姜星河痛苦緊皺的眉頭慢慢鬆開，彷彿從惡夢過渡到美好的夢境裡。

姜星願站起身體，雙腳漸漸離地，飄浮在空中，身下的影子有異物在蠕動翻滾，像活躍的黑色海洋。

她都想起來了。

想起那雙伸向自己的溫柔手臂，年輕的男人聲音問她：「小朋友，妳要不要也成爲怪談？成爲怪談就能活過來，就能和妳的哥哥一直在一起。」

她想和哥哥在一起，她不要哥哥傷心難過。

於是在十三年前的那一夜，人類姜星願死去，與怪談「糖果屋」融合的姜星願誕生。

姜星河成爲她的主燈，但她不想要哥哥只能被困在她身邊，她改動了他的記憶，混淆了他的認知。

她讓哥哥離開了。

姜星願閉眼再張開，下一瞬，無數細絲從她的影子裡生長出來，末端張開一顆又一顆眼球，像一叢叢盛綻的花朵圍繞在姜星願身周。

隨著眼球花瘋狂綻放，轉眼蔓延至整間屋子，它們宛如植物生長般伸展著柔軟的絲線。

那些躲至牆縫的白色手指嗅到危機，剛像蟲子蠕動逃了幾步，就見細絲靈巧活動，瞳孔位置裂開一道嘴巴，層層環繞的利齒轉眼就將手指撕咬得粉碎。

更多的白色手指陷入慌亂，細長的蒼白物體四處爬竄。眼球花興奮不已，一張張血盆大口在瞳孔處張開，爭先恐後地投入這場盛宴。

先前來自姜星河兄妹記憶的幻象已全數褪去，祈洋望著眼前有如陷入狂歡的景象，不禁想起言丰之說過的話。

「露娜小姐處心積慮想吞了楓香鬼屋，絕對不是圖她等級低。」

楓香鬼屋顯然用了特殊手段隱瞞真正的等級，恐怕跟露娜小姐一樣，連名字都藏起來。

既然是負責楓香鬼屋的檢查人，祈洋自然也對它做過一番調查。

楓香洋樓會被叫作楓香鬼屋，不是兩年前屋裡發生了分屍案，而是在它還是廢屋時因模樣陰森，又有人說它會自動亮起燈光，有時還能聞到奇異的甜香。

如今藉由姜家兄妹的記憶，他們知道了在被湮沒的過去時光裡——它曾經被當地的孩童稱爲糖果屋。

糖果屋是眾所皆知的童話故事，可憐的兄妹被遺棄，在森林裡迷了路，受到甜蜜香氣的吸引，一路找到了由糖果餅乾建造的屋子。

啊啊，眞的是太剛好了。

散發甜香，引誘人上門的洋樓；被迫離家，相依爲命的可憐兄妹。

祈洋舔了嘴唇一下，將不可視ＡＰＰ的鏡頭對準被眼球花包圍的姜星願。

螢幕上先是跳出一串文字。

芒級怪談．楓香鬼屋。

旋即那排文字成爲一排不住跳動閃晃的亂碼，過了幾秒才重組成清晰的字。

即使已做了心理準備，祈洋的瞳孔還是收縮一瞬。

——月級怪談．糖果屋。

湊過來的徐國春和李月吟懷疑自己眼花看錯了，他們目瞪口呆地盯著好一會，隨後徐國春失聲吶喊。

「月、月級怪談？楓香鬼屋不是芒級嗎？」

「不是，它連怪談名字都變了啊！」李月吟不敢置信地指向APP畫面，來回重複看了姜星願和手機好幾次。

看著昏迷未醒的姜星河，祈洋總算弄懂前因後果了。

誰能想得到，洋樓這些年會被判定爲「芒級怪談．楓香鬼屋」的原因，居然是因爲怪談的主燈不在。

糖果屋、屋子、兄妹。

雖然不曉得爲什麼，但身爲主燈的姜星河一直沒待在夜土裡。

少了主燈，就少了力量，等級自然跟著下降。

猝不及防間，「咚」的一聲如重雷落下，所有人反射性仰頭。

「啊啊啊！」于小魚當場腿軟。

李月吟與徐國春白了臉，雙手不自覺握得更緊。

一張巨大的人面貼在玻璃屋頂外，暗紅洋裝變得黏稠，像裹著一灘血肉。

「找到了找到了找到了找到了找到了找到了。」露娜小姐咧著嘴笑，「原來一直躲在這裡，像小老鼠一樣躲在屋裡側。」

姜星願抬起頭，神色平淡。彷彿要刺激趴在玻璃天窗外的露娜小姐，眼球花進食的速度更快，甚至刻意放大咀嚼的聲音，將那些手指咬得嘎吱作響。

聽見咀嚼的聲音不停響起，目睹從牆角長出的手指花快速減少，露娜小姐怒極反笑，紅唇咧開了猙獰的笑容。

「所以我最討厭小屁孩了，雜種就是不懂禮貌。」

「我也討厭有壞阿姨跑到我們家。」姜星願反唇相譏，她飄浮得更高，眼球花的高度與體積也隨之劇增。

如果說先前還是眼球花叢，那麼現在已化成一座眼球巨林。

「妳說誰是阿姨？」露娜小姐臉孔扭曲，五官失控地在那張巨大的面容上遊走。她的白色皮膚在融解，原本還有幾分人形輪廓的身軀變形，成爲暗紅畸異的巨大肉塊，密密麻麻的手指自血肉裡鑽出來。

它們交纏編織，有若一片片垂下的蜻蜓翅膀。

幾乎在露娜小姐徹底失去人形的前一刻，祈洋示警的厲喝到來。

「別看它！」

來不及了。

正好直視上方的言丰之來不及別過臉或閉上眼，他的雙眼就像被釘住，視野內一陣扭曲，映入眼中的景物像在融解、流淌。大腦像被人粗暴地攪拌一圈，腦子好像要碎成腦花，他咬緊牙根才沒有痛號出聲。

高空中的巨大肉塊似乎分裂出更多肉塊，表面生出泡膜，在「啵啵啵」的破裂聲中露出一張張人臉。耳邊嗡嗡作響，像有無數人在不停說話、尖叫、哭泣，又如野獸咆哮。

言丰之不知道自己眼白上的微血管瞬間破裂，鮮血快速染紅他的雙眼，溫熱的液體同時自鼻子流出。

扒在玻璃穹頂上的肉塊在微笑。

那個直接入侵腦子的古怪聲音在說：

快看，全心全意地看，讚美^ $#&*，吟頌^ &*（#。

無法辨認的音節在言丰之腦子裡伸出觸鬚，要扎進他的大腦皮質深處。他的鼻血剎那間流得更凶，滴滴答答地落至地面上，暈開一灘紅色。

付出你的肉體心靈，交出你的大腦手腳內臟血液脂肪骨頭，一同讚頌^ $#&*吧，言丰之——

然後那個古怪的聲音就在言丰之的腦海中卡頓了。

楓香洋樓的規定，稱呼客人時必須說出全名才顯得禮貌。

不論是屋主、傭人，或是趁隙混淆屋內認知的冒牌主人都得遵守。

而這裡的全名，又以登記簿上的為準。

高空處，披垂著手指翅膀的肉塊開始抖動，越抖越劇烈，彷彿反應著主人崩潰的心情。

言丰之發現桎梏鬆了，眼球不再像被人死命扒著不准轉動，他重重地吸口氣，趕緊捂住自己的眼睛。

同時間，鋪天蓋地般的沙沙聲拂過言丰之耳畔，像無數翅膀振翅飛動。

揚起的黑影捲住言丰之，把人放回同伴身邊，再重新覆蓋在所有人眼前，隔絕了他們和露娜小姐的對望，就連姜星願也被擋在影子之後。

在他們看不見之處，姜星願的下半身成為融化的暗影，影子膨脹巨大化，深處有黃澄澄的眼球蠕動。

「你們可以張眼了，哥哥就拜託你們了。你們去找管家，管家會告訴你們怎麼出去。」

言丰之試探地岔開一條指縫，面前黑壓壓一片，有時還能與暗影內張開的眼珠子對上。

確認眼下安全，言丰之放下手，感覺鼻子下和下巴都濕濕熱熱的，他伸手一抹，掌心上全是黏糊糊的血。

他摸摸口袋，找不到衛生紙，他回頭問其他人，「你們誰有衛生紙？」

言丰之一轉頭就換來幾聲尖叫。

「天啊之之！」

「小言哥！」

言丰之的模樣看起來著實嚇人，雙眼因微血管破裂染成一片通紅，看起來像血要從裡面溢出來，半張臉更是塗滿血污。

「之之你還好吧……」于小魚掏出面紙，心驚膽顫地看著言丰之，眞怕他的眼睛會流出血，「你怎麼會……」

「跟那個對上眼了，來不及閉眼。」言丰之含糊地說。

「他臉沒炸開都算幸運了！」祈洋臉色鐵青地走過來，不管言丰之還在擦臉，使勁捏住他的下巴，把人扳向自己，「眼睛沒事，微血管破了而已。那種東西可不是普通人能盯的，月級怪談好歹要有星到月級的能力才能勉強對上視線。」

徐國春和李月吟一陣慶幸，要不是祈洋警告，他們又及時閉眼，恐怕會炸成煙火。

「我也覺得我沒什麼大問題……感謝我之前寫的小作文。」言丰之看了一眼紅通通的衛生紙團，感慨自己這血眞能流，要是再被迫看個幾秒，可能就要變成第一個因鼻血失血過多而死的人了。

假如祈洋能聽見他的內心話，直接就是冷笑一聲。

再看幾秒，不只臉炸，連身體也炸成血肉煙火了。

將染血的紙團隨意塞進口袋，言丰之剛想往外竄就被祈洋拽住，他茫然回頭。

「你抓我幹嘛？這時候不是得跑了嗎？人家怪談在這大打出手，我們留著只是給人送人頭。」

像在印證言丰之的話，黑影後倏然傳出驚天動地的聲響，楓香洋樓的裡側跟著大力搖晃。恢宏闊氣的洋樓在這一刻好似成了小孩手裡的玩具，被抓著上下左右搖動。

祈洋訕訕地收回手，總不好說拜之前經驗所賜，看他想跑，下意識就以爲這人又想去惹事生非了。

「我去找燈了！」感受到揪住後領的力道消失，言丰之快如脫兔，眨眼不見人影，只餘他的高喊從遠處飄來。

「找燈？」徐國春一臉茫然。

「蠢貨，還傻站著不動幹嘛？你跟我也去找林投姐的燈！」祈洋不留情地踢了徐國春的屁股，驚醒呆愣的情侶檔和于小魚。

「燈、林投姐……露娜小姐的燈是……」徐國春的大腦仍是一團漿糊。

李月吟意會過來，祈洋和徐國春負責燈的話，她和于小魚要負責的就是……

兩名年輕女性對視一眼，快速跑至昏迷的姜星河身邊，一人一邊將他攙扶起來。

「徐大毛，你還不快跟上祈大佬！」李月吟連聲催促男友。

「欸？」

「別欸了！跟去就對了！」

「所以為什麼啊！」

「徐同學，你知道林投姐的故事嗎？」于小魚扯著嗓子說，「林投姐因為被人騙財騙色，所以上吊而死，但這故事其實還有後續！」

于小魚總算知道為什麼會覺得「李昭娘」這名字在哪聽過。

為了提振學生精神，她在課堂上會說一些小故事，其中一個就是林投姐。

上吊自殺的林投姐變成厲鬼，找上負心漢復仇，她附身在對方身上，讓他自己親手殺了妻兒，最後再讓他懸梁自盡。

「啊！啊啊啊！」徐國春這下徹底反應過來，見李月吟朝他點點頭，要他別擔心這邊，他不敢再耽擱一秒，馬上全力追上祈洋。

李月吟和于小魚扶著姜星河，儘可能地加快速度往外走。

眞身是「林投姐」的露娜小姐入侵了「糖果屋」的夜土，偷偷將一部分轉換成自己的領域。

而擁有夜土，就表示這裡有她的燈在。

殺妻殺子再自盡的周亞思，不只是行爲合乎怪談故事裡的負心漢，就連名字也相同。

再也不會有比他更適合的燈了。

後方驚人的動靜讓李月吟她們面色發白，兩人不敢回頭看，埋頭加快腳步，心裡拚命祈禱言丰之他們這一趟順利成功。

第12盞

洋樓搖晃得厲害，不論裡側或是外側。

姜星河畫的門還在，言丰之一馬當先從裡側跑出來。他沒照鏡子，不曉得自己的模樣嚇人，一雙眼睛紅得似血，臉上沾著沒擦乾淨的血污。

管家和他一打照面，差點以爲這是哪來的發瘋野狗，反射性貼靠著牆壁。見他是往大門外跑，連忙出聲喊人，想問問現在是什麼狀況。

「言──」

說好會幫他們找到主人，怎麼主人還沒看見，屋子就要先被拆了？

強拆違建也不是這種拆法，況且楓香洋樓也不是違建啊！

然而管家剛喊出一個字就後悔了。

依照規則，他們這些楓香洋樓的住民一旦喊了客人的名字，就得有禮貌地喊完全名。

管家不知道自己這一刻的心情，和正與他們主人打得乒乒乓乓的露娜小姐同步了。他只能一邊扭曲著臉，飛速唸著言丰之當初瞎掰的小作文，一邊錯愕地看著祈洋和徐國春接二連三往屋外跑。

所以到底是怎麼回事？集體逃難嗎？

那他們的主人呢？還有那個意圖竊取楓香洋樓的女人呢？

管家想問，偏偏嘴巴不得空閒。他咬牙切齒，第一百零一次地詛咒言丰之。

就在這一剎那，整座建築物加劇晃動的震度，地板似波浪起伏，牆壁顫動，掛在牆上的畫作發出「咔咔咔」的聲音，接著聽見後面傳出了驚天動地的聲響。

兩名怪談突破裡側，來到外面了！

管家臉色驟變，用極快倍速一口氣唸完言丰之的名字，轉頭就往屋內衝，險些和跑過來的李月吟他們撞個正著。

女傭們也慌張跑出來，臉上、身上的眼珠拚命眨動，全身散發著驚慌失措的氛圍。

「管家！」李月吟氣喘吁吁地喊，「你們主人……姜星願小朋友要我們來找你，說你知道怎麼離開夜土！」

當「姜星願」三字從李月吟口中說出，被施加在管家和女傭身上的最後一層束縛鬆脫了。

他們回想起自己主人的名字，他們知道自己該做什麼了。

管家和女傭的身體一下失去人形，嘩啦啦地瓦解成黑泥狀，如同一條條油亮的黑鰻，飛也似地追尋著主人的位置而去。

它們將和主人融為一體，它們將成為主人之力。

其中表面有多顆眼珠浮沉的黑泥匆匆拋出話，「站在月亮正下方，出口就在月亮下的月亮下，把草撥開就能看見門了！」

「等……」李月吟想喊住人，可所有黑泥早跑得不見蹤影。

「我們先出去！」于小魚身為較年長的那位，果斷做出決定。

屋子已成了搖搖欲墜的危樓，再待下去只怕會被埋在裡面。

李月吟點點頭，和于小魚費力地把姜星河扛出去。

一出屋外，兩人就先抬頭尋找月亮的位置。紅月一如之前幾個夜晚，依舊高高地懸掛在夜空當中。

「有月亮了，但月亮下的月亮下又是哪裡呀！」李月吟看著那顆又圓又大的紅月，有些崩潰，崩潰之餘倒也沒忘記和于小魚繼續遠離洋樓。

誤入月級怪談的夜土已經夠倒楣了，李月吟實在不想更倒楣地被屋子壓死。

喔不，不是一個，這片夜土現在有兩個怪談在打擂台呢。

兩名年輕女性牢記著祈洋的交代，完全不敢回頭看後面，就怕不小心撞見沒遮蔽的怪談眞身。

跨出洋樓的庭園，外頭是成片樹林。紅月高掛在烏漆墨黑的夜空裡，灑下的月光替雜亂的樹木染上一層不祥色彩，好似幽暗處隨時會傳來鬼哭神號。

于小魚呑呑口水，感覺他們像置身在鬼片現場，這時身後又是乒乓重響，夾雜著難以形容的怪異咆哮和尖嘯。

她的後背爬上一股戰慄，差點反射性回頭看了，幸好李月吟及時大叫了一聲別看。

于小魚心臟跳得急促，她白著臉，朝李月吟感激地點點頭，順便修改了先前的想法。

重新改過，他們哪是在鬼片現場……分明就是駭人程度拉到百分百的恐怖片！

「我們快走，去找出口！」李月吟說道。

言丰之三人飛奔至樹林內，夜晚的樹林幽暗陰冷，四周樹影彷彿成了鬼影幢幢。

手機的強光驟然破開黑暗，筆直往前照射，替言丰之他們照出一條銀白色的道路。

倉促的腳步砸落在林中地面上，徐國春手裡緊攥著曼德拉草玩偶，只要怪物出現，就能即時爲他們示警。

爲了盡快引出怪物，祈洋想也不想地劃開掌心。他用力一擠，鮮血立刻一股股滲出，血腥味乘著晚風飄散出去。

「祈洋你受傷了？」言丰之聞到鐵鏽般的腥氣。

「怪物喜歡血肉，更喜歡點燈人的。」祈洋冷靜解釋，「如果它在附近，應該很快就會順著味道找過來。」

「我、我也來！」徐國春深吸一口氣，也想在自己手上弄出傷口。

祈洋冷酷指出事實，「你流完全身的血都沒用，味道只會被我的血蓋過去。」

換句話說，徐國春等級太弱，派不上用場。

怪物果然循著點燈人的血腥味而來。

最先感應到的是曼德拉草玩偶，閉攏的葉片猛然炸開，它瞪大眼，表情瞬間從祥和轉爲猙獰。

「啊——」

淒厲的尖叫簡直像瀕死的鳥類在哀嚎，在闃暗的樹林裡直教人毛骨悚然。

「來了！」徐國春大叫。

言丰之他們馬上停住腳步，警戒四周動靜。

成片樹影後倏地冒出一張男人的臉，平凡的臉孔上掛著和善的笑容。

「早安，今天天氣很好。」

正是周亞思的臉。

言丰之他們已經摸清怪物的把戲，自然不會上當。

祈洋的指尖亮出金芒，下一秒如同子彈出膛，迅雷不及掩耳地對準人頭後面射出。

男人臉上還是掛著和善笑容，彷彿這個表情已經定型，但樹影中傳出一聲倉促的吼叫，旋即一道影子狼狽地衝出來。

「怎麼那麼大！」徐國春震驚，這比影片裡見到的還要大上一圈，「它是嗑了什麼！」

「它的孩子和老婆。」言丰之幽幽地說。

「小言哥這玩笑有點可怕……」看見言丰之一本正經，徐國春的乾笑凝固，「不是吧！它真的吃了!?」

「它來了，小心！」祈洋警告。

體型如坦克車的黑毛怪物收起男人腦袋，邁開六隻手，氣勢猛烈地朝三人方向衝過來。

祈洋擺出射擊姿勢，指尖前不停凝聚金光，再化成高速的子彈往怪物身上招呼過去。

力量升級的怪物在速度上也跟著提升，閃竄如黑色閃電，接二連三避開飛來的利箭，有幾枝來不及躲開，擦過它的身體，但只造成皮肉傷。

「啊啊啊啊！」徐國春扯著嗓子爲自己打氣，手掌覆上灰色石甲，層層硬石包裹在外。趁怪物全副心神都放在祈洋那邊，他從另一邊衝上前，雙手交握，高舉拳頭猛力砸下。

這一擊如重石壓在怪物身上，支撐它身體的六隻手登時往下凹折，原本要撲向祈洋的攻勢生生被打斷。

祈洋沒放過這機會，金光瞄準怪物頭部，化成高速的子彈射出！

怪物尖嘯，面部上的手指瘋狂蠕動，有如死命掙扎的白蟲。

如果換成其他時候，怪物一受傷就會狡猾地選擇撤退。但這裡的氣味太香了，香得它飢腸轆轆，恨不得把面前所有人都撕裂咬碎，通通塞進體內。

痛楚、食欲、憤怒將怪物的大腦絞成一團混亂，最後只剩下一個念頭。

吃。

吃吃吃吃吃吃吃。

把食物都吃掉！

怪物的下巴裂開，如同拉鍊直直往下拉，露出藏在體內的嘴巴，一圈圈利齒像是吸盤附在周圍。

要不是言丰之反應迅速，及時扯開徐國春，他覆著石甲的一隻手就會連著上臂被那張宛如果汁機的大嘴吞入。

徐國春嚇出一身冷汗，白著臉正要跟言丰之道謝，卻驚見對方反倒衝上前去。

「小言哥！」徐國春的冷汗如旋開的水龍頭狂冒。

「言丰之！」祈洋瞳孔收縮，還來不及把人撈回，那名年輕人已把某個東西丟進怪物的大嘴，轉頭往回跑。

「都往後退，最好找個遮蔽物躲起來！」言丰之奮力揮著手臂警告，雙腳邁動得飛快，轉眼躲至大樹後方。

祈洋彈舌，改撈走傻住的徐國春，及時把人帶離危險區域。

幾乎是他們前腳剛躲好，後腳就聽到了驚人的爆炸聲，地面甚至產生震動，灼熱的猛烈氣流呈放射狀散開。

假如他們沒有及時躲起，這時恐怕已被爆炸力道掀翻在地。

徐國春目瞪口呆，看著黑毛怪物所在之處炸出一朵橘紅色蘑菇雲。

怪物在熊熊烈焰中翻滾、尖嚎，就算這場爆炸的威力無法置它於死地，但帶來的痛苦仍是真真切切。

「祈洋，趁現在！」言丰之從樹後探出頭催喊。

祈洋將血抹上自己指尖，手指染得紅艷艷，他唇角扯開桀驁的弧度，再次瞄準怪物，染血的金色子彈破空射出。

剛聽到尖利的呼嘯聲，箭矢已經沒入怪物體內。

點燈人的血即刻轉成致命的烈焰，怪物的慘叫在大火中漸漸轉弱，最後徹底消弭。

「小小小小言哥……」徐國春又敬又畏地望著言丰之，「你剛剛是做了什麼？怎麼怪物忽然『砰』地爆炸……」

「感謝小魚老師之前給的炸彈包還有一點肥料。」言丰之看著自己製造出來的爆炸，感慨地說，「我也沒想到場面能搞那麼大。」

「啥？肥料？」徐國春拔高音調，「你確定那真的是肥料，不是一顆炸彈？」

于小魚親手製作的簡易炸彈包體積迷你，方便攜帶，效果頂多是膨脹，然後發生小小規模的氣爆。

徐國春實在很難相信只加一點肥料，就能弄出這種大場面。

「小魚老師給的是固態氮肥，又叫作……喔對，硝酸氨，看起來像是一片片白色的結晶。」言丰之回想著于小魚的指導教學，「她說這種化合物本身不會爆炸，不然也不會拿來當作肥料，但它非常擅長火上加油。」

「硝酸氨？火上……加油？」徐國春迷茫地問，眼中滿是大學生的清澈與愚蠢。

「碰上高溫或爆炸，它會引發更激烈的反應，就是更大威力的爆炸。我把所有的炸彈包都餵給怪物了，所以就……砰！」言丰之從于小魚那現學現賣，說完後都感覺自己增加了閃耀的智慧光輝。

徐國春看向言丰之的眼神果然充滿崇拜，但下一瞬來自楓香洋樓的咆吼讓他一個激靈，急忙向祈洋尋求確認。

「祈大佬，我們現在燒了露娜小姐的燈，應該削弱她的力量了吧！」

那吼聲隔著樹林能聽得清楚，像是野獸，像是無以名狀的恐怖生物。

「可是就算降低力量，糖果屋打得贏她嗎？」徐國春不禁焦慮起來，和小孩外表的姜星願比，露娜小姐怎麼看都更強大。

「打得贏，糖果屋的元素都集得差不多了。」言丰之感覺自己流了汗，想抬手擦擦臉，又想到自己臉上都是乾掉的血，擦下去大概會糊得面目全非。

「糖果屋的元素？」徐國春不解地重複道。

祈洋冷漠地瞥了一眼過去，得虧這人還不是點燈人，不然這種缺的不只一根筋的腦袋，他早就狠狠巴上去。

看看人家言丰之，雖然只是個普通人……想起他不受控的眾多行爲，祈洋皺著眉把這評論吞回去。雖然是個不太普通的普通人，但人家都能掌握到重點了。

「糖果屋。」祈洋不耐煩地拉長聲音，內心嘀咕世上白痴怎麼那麼多，「兄妹被拋棄，在森林裡迷路，找到糖果屋，然後呢？」

這題徐國春知道，「然後哥哥被巫婆關起來，準備養肥吃掉，妹妹則遭到虐待，最後兩兄妹合計……」

「行了，沒要你說完整個故事。」祈洋打斷，面對徐國春那清澈又愚蠢的眼神，他按著抽動的額角，沒想到這人還傻傻地沒發覺關鍵。

「你看糖果屋的元素都湊齊了。」言丰之扳著手指數給徐國春看，「兄妹、屋子，雖然姜老師現在人應該走了，但也算回歸過糖果屋懷抱……最後就是巫婆。」

「哪來的巫……！」徐國春雙眼猛然瞪大，終於理解過來，也因爲如此才格外震驚，「等等，露娜小姐!?」

言丰之說，「照你們業界的說法，怪談張開夜土，挑選符合故事元素的目標成爲它的燈，燈越多，它的故事性越完整，力量也會更加強大。露娜小姐的燈被點了，同時她自己無意中入了套，成爲糖果屋的故事元素，變成姜星願的燈。」

雙方力量頓時此消彼長，露娜小姐衰弱，姜星願則是增強。

只要不出什麼意外，兩位怪談的戰鬥結果想必很快就會出來。

徐國春聽懂了，他拍拍胸口，「這樣就好，不然我還眞的擔心姜老師的妹妹會輸……不知道月吟他們那邊找到出口沒有？」

還眞的是想什麼來什麼，徐國春一提及自己女友，熟悉的叫喚就從遠處傳來。

「徐大毛！」李月吟從另一端跑來，上氣不接下氣地大喊，「小魚老師和姜老師都出去了，你們也趕緊過來！」

「找到出口了？」徐國春驚喜交加。

「對，你們快點！洋樓快塌光了，這片夜土感覺也變得很不對勁！」

李月吟會這麼說不是毫無來由。

原先被夜幕籠蓋的區域在不知不覺中出現粗大的暗紅裂縫，令人聯想到血管或是傷疤，它們正朝著夜土各處持續延伸出去。

祈洋迅速做出判斷，「糖果屋，那個小女生也要不行了……夜土要塌了，快走！」

「往這邊！」李月吟急忙帶路，領著眾人奔向她們先前找到的出口。

徐國春大吃一驚，「這裡嗎？」

紅月的正下方，拔去大片草葉的地面赫然鑲著一扇敞開的門，門裡是深不可見的黑暗。

「往這跳進去就能出去了對吧。」言丰之確認道。

「對！」李月吟點點頭，她剛是目送于小魚他們從這離開的。

「我知道了。」言丰之說，「那我晚點再來。」

「咦？」李月吟懷疑自己聽錯了。

祈洋肯定自己的聽力沒問題，他清楚聽見言丰之說了什麼，心中剛浮出不祥的預感，就見對方竟是拔腿跑了，還是跟出口完全相反的方向！

「別擔心我，你們先出去！」言丰之不忘朝後面的人揮手。

「姓言的！該死，言丰之你他媽到底有什麼毛病！」祈洋咒罵一聲，朝言丰之追去。

李月吟和徐國春被這場變故弄得不知所措，「小言哥、祈大佬！」

「你們先走！」祈洋頭也不回地喝道：「別管我們！」

李月吟和徐國春對視一眼，咬咬牙，最後毅然跳進出口裡。

空中傳來崩塌似的響動，啪哩啪哩、劈里啪啦、轟隆隆，各種聲響夾雜在一起，濃黑的夜幕好似隨時會完全瓦解。

言丰之狂奔在返回楓香洋樓的路上，敏捷的姿態如同肌肉爆發的獵豹。

全力奔跑下，很快就看到楓香洋樓的所在，只不過那幢灰綠色的建築物如今已四分五裂，在楓香樹的包圍下成了一片狼藉廢墟。

言丰之跨過那些橫倒的圍牆、梁柱、石塊，在礫石遍地間尋找姜星願的身影。

最後在左樓的位置找到一個塌陷大坑，坑裡倒著恢復部分人形的姜星願和……一團潰散的肉泥。

紅艷艷的肉泥裡垂垮著幾枚破爛的翅膀，白色手指宛如被踩爛的蟲子四處散布。

姜星願看上去比連人形都沒有的露娜小姐好上一點，但也僅僅一點。她的下半身化成一灘黑影，本該柔軟充滿光澤的眼球全都變成灰敗的色彩。

就跟預測的一樣，糖果屋贏過林投姐了，可也付出相當大的代價。

夜土的瓦解說明了怪談主人已至極限。

姜星願要不行了。

言丰之觀察一圈，挑了個方便攀爬的地方小心爬下去，一落地馬上跑至姜星願身邊。

言丰之拿出一直放身上的那本筆記本，翻到最後一頁，上面之前浮出了新的字跡，狂亂地寫著「我想吃我想吃我想吃」，黑字密密麻麻地疊在一起，有些最後成了一團令人不安的黑色。

言丰之攤開掌心，一顆粉紅色包裝的糖果靜靜地躺在上面。

那道奇異的提示音猶在耳畔跳動——將甜蜜的滋味送給眼睛的主人。

「吃糖，當然要吃喜歡的口味，妳喜歡草莓對吧。」

筆記本上的最後一頁驀地出現變化，那些瘋狂黑字隱沒，最後留在上面的是一行歪歪斜斜的童稚字體。

我想吃草莓口味的糖果。

姜星願眼睛亮起，就和她的名字一樣，那是有如星星璀璨明亮的光芒。

黑影裡飛出多條細絲，幫忙姜星願撐起身體。她小心翼翼地接過言丰之遞來的糖果，慎重的模樣好似那是什麼貴重寶物。

「哥哥，謝謝你的糖果……」姜星願朝言丰之展顏一笑，「這個給你，當作交換。」

姜星願閉下眼，身前倏然平空出現一個小巧的盆栽。

花盆上畫著拙劣的小人塗鴉，裡頭種著一株綠芽，兩片嫩綠色的葉片如手掌向左右張開。

乍見到花盆上的塗鴉，言丰之瞳孔收縮，裡頭掀起了劇烈的波濤。

三個高矮不一的小人手牽手站一起，後面是大大的房子，小人臉上也掛著大大的笑臉，最右邊下方還寫了一個「丰」。

言丰之小時候常偷懶不想寫全名，乾脆就只寫「丰」來代替。

對，小時候。

這個花盆是他還小的時候送給哥哥的禮物，爲什麼會出現在這裡？在怪談「糖果屋」的手裡！

他哥明明……已經過世了啊。

「妳爲什麼會有這東西？」言丰之以幾近粗魯的動作搶過花盆，他細細摸著花盆上的畫，每一筆畫都是他再熟悉不過的，「是誰給妳的？他叫什麼名字？」

「我不知道那個大哥哥叫什麼名字。」姜星願搖搖頭，「那是好多年前的事情……他來到我的夜土，離開前把這個給我保管。說未來有一天，要是有人給我草莓味的糖果，就把這個給他，告訴他多去逛逛，會有驚喜也不一定。」

姜星願那時候想著，不可能有人給她草莓味糖果的，唯一會給她糖果的哥哥已經不記得自己了。

很奇妙，姜星願其實已經不記得那人長什麼樣了，但對方說的話卻記得清清楚楚，清晰得好像昨天才發生過。

男人說：「我們打個賭，看我說的會不會實現，我贏的話，妳就幫我交給那人。」

姜星願問，「那你輸的話呢？」

男人很篤定，「我不會輸。」

姜星願可以不答應，但是……只幫忙保存一個盆栽也不是什麼困難事，況且從來不會有人主動跟怪談打交道，甚至是打賭。

她最後答應了。

她等啊等、等啊等，誤入夜土的人來了，和她談判的點燈人來了，會願意給她糖果的人始終沒來。

長期喪失主燈的情況下，她的意識也漸漸產生混亂，然後露娜小姐來了。

繫著手指披肩的紅色肉塊騙她找到了「燈」，給了她假的「燈」，讓她困囿在過去的創傷裡。

再然後。

姜星願抬眼望向言丰之。

她不只等到會給她草莓糖果的人，就連哥哥也來了。

言丰之不明白，姜星願口中的那個男人爲什麼會篤定自己能贏？他怎麼知道未來肯定會有人進來夜土裡，送姜星願一顆草莓味的糖果？

就算是言丰之自己，也是因爲有那道提示音才會……

那道聲音。

言丰之抿直嘴唇，假如說出現在他腦中的電子音和那個男人無關，他是絕對不會信的。

還有那句「多去逛逛，會有驚喜也不一定」……

去哪逛？言丰之可不覺得話裡指的是普通旅遊景點。既然他在夜土裡拿到哥哥的遺物，最有可能指的就是……

怪談夜土。

從姜星願那再也問不出更多，言丰之把湧至嘴邊的疑惑都吞回去，鄭重地抱緊盆栽。

這是他哥的遺物，無論如何他都會帶走它。

姜星願剝開粉色糖果紙，將糖果放進嘴中，睽違多年的甜蜜滋味在她舌尖上擴散。

「哥哥，好甜啊……」姜星願抿出小小的笑容，那聲「哥哥」像是在對著言丰之說，可更像是對著此刻不在這裡的那個黑襯衫男人。

言丰之感覺心頭沉甸甸的，像被壓上重物。他不是很明白這種感受，但可以確定他一點也不喜歡。

他忍不住再往口袋掏了掏，但水果糖眞的全沒了，一個也沒剩下。他有絲懊惱，早知道就該多帶一些放身上。

這樣人家小朋友就能多吃點糖了。

姜星願嚥下最後一縷甜蜜，眼睛慢慢合起，所有眼珠如乾掉的花完全枯萎。

坐在地上的孩子就像睡著了，她閉著眼，睡顏恬靜。

黑影如潮水覆蓋了那具小小的身子，最後如灰燼撲簌撲簌地落下，只留下一個黑黝黝的石頭。拇指大小，好似一顆乾枯的種子，又像燃燒殆盡的火種。

下一剎那，銀白色的小星星自火種周遭一顆顆亮起，一路向前蔓延。它們攀爬過斷垣殘壁，越過瓦礫遍布的地面，直到抵達李月吟他們找到的那個出口。

星星爲誤入夜土的人點亮了一條回家之路。

一切都結束了。

正當言丰之這麼想著，風中傳來了一道模糊，但能深刻感受到滔天怒火的吶喊。

「姓言的！言丰之你這王八蛋！你跑哪去了！操！這該死的天空，別再砸下來了！」

言丰之一僵，想到要面對祈洋那張陰沉沉的臉，原本要抬起的腿突然有點邁不動。

但蹲在這裡不動也不是辦法，地上有星星指路，祈洋只要有注意到，鐵定很快就會找到這地方來。

算了，要罵就罵吧，難道他還不能再跑嗎？言丰之坦然地想，順便把黑石頭收入口袋。來都來了，多帶點東西走也正常。

夾著小盆栽很難爬上去，言丰之把它塞進另一個較大的口袋，不忘將拉鍊拉上，免得攀爬途中從裡面掉出來。

「言丰之！」祈洋的聲音由遠而近。

聽著那道好似隨時會變身噴火龍的暴躁喊聲，言丰之想也不想地加快腳步，沿著星星的指路匆匆往前跑。

然後有極細微的破空聲傳來，被祈洋漸漸靠近的喊聲蓋了過去。

等到言丰之意識到腳踝、腹部，還有肩頭傳來劇痛時，身體就像被剪斷提線的木偶，先是僵住一秒，再不受控地跪倒在地。

他低頭一看，暗紅色的肉觸貫穿他的肩膀跟腹部，末端還在蠕動。

下一刻肉觸抽離，血花從洞口裡噴綻。

言丰之反射性按上肩膀，大片血液轉眼染紅半身。他回頭一望，只見以為早已了無聲息、濺在石板間的肉泥不知何時浮了起來，轉瞬凝聚出接近人形的形狀，表面起起伏伏，如同在淺淺呼吸著。

言丰之瞬間就釐清緣由，不禁咒罵一聲，大意了！

糖果屋將林投姐圈為自己的燈，等於也替林投姐續命了。

言丰之下意識握住口袋裡的黑石，上面的溫熱還沒散去，還沒成為一顆真正死寂的星星遺骸。

只要夜主還沒死去，燈也會倖存。

被姜星願打倒的露娜小姐也還會有一口氣在。

大腦發出強烈尖銳的警告，簡直像有一百萬隻雞在言丰之腦中齊齊尖叫。他踉蹌著再站起，連傷口也顧不得按了，任憑血嘩啦嘩啦地朝外流，卯足勁往前跑。

肉團飄在後面，發出露娜小姐的聲音，「把它給我把它給我把它給我把它給我把它給我把它給我。」

言丰之死命狂奔，鮮血隨著他劇烈的動作流得更快。他的眼前短暫一黑，差點摔倒。他跌撞地再往前跑，狼狽回首中見到肉團散開，如大批肉色蒼蠅朝著他疾速飛來。

言丰之清楚，依自己的速度肯定拚不過那灘肉泥，他也無法確定能不能撐到祈洋找來。他唯一知道的就是，黑石不能落入露娜小姐手中，如果那也算手的話。只要讓敵人目的落空，就等於他們這邊贏了。

言丰之掏出口袋裡尚有餘溫的黑色石頭，緊緊攥在手中。

「雖然對妳跟妳哥都很抱歉，但沒辦法了。」他喘了口氣，毫不猶豫地將黑石吞下肚。

如果說失血讓言丰之短暫地眼前一黑，那麼吞下黑石後，則是瞬間天旋地轉，猛烈的暈眩感襲來，他再也站不住腳，整個人撲倒在地。

失去意識的言丰之不知道，在他倒下後，他裝著小盆栽的口袋拉鍊被拉開，綠苗如活物般從中探出。

綠油油的小葉子看起來可可愛愛，可一發現肉觸要靠近言丰之，馬上膨脹成一道猙獰巨大的虛影，把肉觸和那灘肉泥全部一口吞下。

虛影在言丰之身上盤旋一圈，張開龐大的一對翅膀，像要將人包覆住，卻又在察覺動靜接近時「咻」地竄回至言丰之的口袋裡。

小苗苗還不忘探出一點，重新拉上拉鍊。

布滿傷痕的夜土終於支離破碎，在怪談世界崩塌的最後一刻，祈洋急促的腳步聲在言丰之身邊重重落下。

「言丰之！喂，言丰之！」

◆

言丰之感覺自己在作夢，否則無法解釋前一秒他還被肉泥追著跑，下一秒就變成了他在墜落。

急遽的失重感對言丰之來說倒不陌生，極限運動玩幾次便明白了，就是過程有點漫長。以這高度來看，到底的時候大概也要加入肉泥的行列了，就是不知道跟露娜小姐比起來，誰會更稀巴爛。

言丰之的腦子裡跑著這些亂七八糟的想法。

沒辦法，他也無法擺脫往下掉的狀態，只能想些有的沒的來打發時間。

才剛這麼想著，言丰之發覺視野驟然一變，他突然變成躺在地面上了。

周遭一片幽黑，地面很硬，躺起來磕人，往上看是遍布點點星光的夜空。

這在繁華熱鬧的槐花市可看不到，密集的大樓和連綿成海洋的燈火遮蔽了星星的存在。

要是時間場合都對，言丰之不介意躺在這裡好好欣賞無光害的夜景。

但他沒忘記自己失去意識前正面臨怎樣的危險，他可不想在夢中直接無知無覺地登出人生。

他得醒來，他得脫離這個古怪的夢才行。

言丰之剛要抬手狠捏自己一把，無垠的夜空之中驀然浮出一扇巨大的石門。

門上布滿眾多怪異雕刻，看不出雕的是什麼，卻讓人感覺磅礴神祕。

在言丰之愕然注視中，大門緩緩打開，門後依舊是夜空裡矗立著一扇門。

這要是打開後又是另一道門，就成了門版的俄羅斯娃娃了吧。

言丰之沒想到他還眞的想對了。

門又一次打開，第三扇門出現。

隨即開門的速度陡然加快，門開了還是門，門中門彷彿無窮無盡地延伸，無數的門建構出一條長長通道。

正當言丰之以爲星空之門會無止盡地開下去，通道盡頭倏地出現異樣的景色。

赤艷的紅色塞滿了整個門框內，表面布著坑洞。

言丰之花了些時間才意會過來那是月亮，紅色月亮的一部分。

紅月太龐大了，根本看不見全貌。

怪異的歌謠響起，好似有多人在吟誦、在囈語，它們匯集在言丰之耳邊，成爲嗡嗡作響的河流。

言丰之的意識有刹那的恍惚，難以言喻的神祕力量在呼喚著他，讓他忍不住朝門中的月亮伸出手。

就在他張開手指似乎要觸及星空之門的瞬間，身下霍然失去支撐，他再度急遽墜落。

言丰之張大了眼睛，在這一刻拉回自己的神智。

他在往深淵墜落，底下是不見底的黑暗，風聲在耳邊呼呼地颳著，其中夾雜著野獸般的嘶吼嚎叫，四周黑影裡似乎有東西在蠕動，要從裡頭掙脫出來。

星空之門離他越來越遠，紅月也離他越來越遠。

歌聲和獸吼同時在腦子裡轉換成言丰之能理解的意思。

看我。

月亮和深淵同時說。

看我。

看我看我看我看我看我，快看——

言丰之是個反骨的人，人家越叫他幹什麼事，他就越不想幹，這點受害者祈洋可說是深有體會。他閉上眼睛，舉起了雙手，學著他看過的電影主角堅定地……

豎起了兩根中指。

謝了，誰都不看，請叫他端水大師。

◆

言丰之再醒過來時，發現自己躺在一間病房裡。

四處都是白色的，空氣裡飄散著淡淡的消毒水氣味，床邊還坐著一個雙手抱胸、蹺著腳、低頭打瞌睡的男人。

那顆腦袋不時往下一點一點，好似小雞在啄米，垂下的頭髮遮了半張臉，但脖子上的皮革項圈讓言丰之一眼就認出來。

「小狗汪汪叫？」

「你他媽叫誰小狗！」祈洋如觸電彈直身體，雙眼張大，凌厲地瞪向言丰之。

言丰之很無辜，「我說的是『小狗汪汪叫』。」

「那有啥差……不對，你爲什麼會知道這個名字！」祈洋臉色紅轉青，再變爲黑。

言丰之面轉向天花板，「撞到腦袋能讓人多出不存在的記憶。」

「什麼？你頭還痛嗎？我馬上叫醫生過來！」祈洋面容馬上轉爲緊張，伸手探向呼叫鈴。

「我開玩笑的。」言丰之說，裝作沒看到祈洋鐵青的臉，「沒有多出來，只是忽然想起我從頭帶的唯一一位作者，本名就叫作祈洋。」

祈洋的臉色變換得像個調色盤。他只在一家出版社用這個現在回想都覺得有點蠢的筆名，他用力瞪著言丰之，從齒縫間迸出了不敢置信的四個字。

「小言編輯……你不是說你是八卦雜誌的！」

「追訪怪談不也算八卦的一種？」言丰之側過臉，舉起手搖了搖，「嗨，小狗汪汪叫。」

「就說不是小狗……算了。」

他不跟躺病床的人計較。

祈洋快速掃過坐起的言丰之一眼，剛醒來的年輕男人看起來似乎沒什麼大礙。

祈洋的視線不自覺落在言丰之的肩頭，再往下滑落，停在棉被蓋住的地方。

他找到言丰之的時候，這傢伙差不多是一個血人了，肩膀、腹部和腳踝都開了大洞。

要不是他的同事及時救援，這人就要因失血過多涼掉了。

祈洋把自己頭髮抓得亂七八糟，蹺起的腿也放下，兩腳岔開，變成大馬金刀的坐姿。他抬抬下巴，示意言丰之看向枕邊。

言丰之轉過頭，見自己的兩支手機整齊排在那裡。

祈洋說，「黑色那支響了不少次，顯示是你弟打來的，我沒碰，你自己先看一下，還有你的東西都裝包裡了。」

言丰之剛打開手機，各種通知立刻跳個不停，要不是早就調成靜音，叮叮叮的聲音便要吵得人頭疼。

言丰之大略看過一輪，挑了幾個重要的回覆，就先把手機放到一旁，「其他人呢？都沒事吧。」

「有事的當時只有你一個。」祈洋沒忍住翻個白眼。

當時……言丰之沒忽略這個字眼，更沒忽略身體狀況。除了躺久有點痠痛外，沒半點疼痛傳來。

他偏頭看向肩膀，將領口拉下，果然沒看見傷口。他沒拉開被子檢查其他地方，想必結果也是一樣。

祈洋知道言丰之在想什麼，主動解釋道：「你昏迷時灌了你幾瓶特殊藥水。雖然傷好了，但你最後曾與怪談接觸，怕留下什麼毛病，還是送來醫院檢查。這間是和點燈人合作的私人醫院，不用擔心會有問題。」

言丰之猶豫一陣，還是問出口，「姜老師呢？他還好嗎？」

「憑什麼你叫他老師，叫我就是小狗？」祈洋大感不公平。

「我喊的明明是小狗汪汪叫。」言丰之拒絕被污衊，「而且人家是老師沒錯，你除了兼職作家難不成也有兼職講師？」

祈洋這才意會過來，言丰之單純是因爲職業才喊姜星河「老師」，而不是他以爲的厚此薄彼。

「咳，是沒。」祈洋掩蓋一瞬尷尬，回答言丰之的問題，「幹我們這行的，早就做好了心理準備，姜星河自己會想辦法調適的。」

「姜老師的父……精子提供者。」言丰之改了說法，那人著實不配「父親」兩字，「他人現在如何了？」

「你這什麼亂七八糟的稱呼。」祈洋都要無語了，「你是想問姜富海吧。」

言丰之點點頭。

「出來後我們去查過了，姜富海早被列爲失蹤人口，差不多也十三年了吧。」祈洋意味深長地說，「最後出現的地方是在楓香鬼屋附近。」

言丰之滿意了，「那我應該沒問題了。」

「很好，那就換我問你問題了。」祈洋把椅子拉近，目光犀利如鷹隼，「你那時到底爲什麼要跑回去？」

腦中提示音的事很難跟人說，畢竟言丰之也不知道該如何解釋，所以他省去前因後果，化成直截了當的一句話。

「我答應過要給她一顆糖果。」

「嗄？」祈洋瞪大眼，見言丰之很認眞地看回來，他意識到對方沒說謊。

他是眞的想送怪談一顆糖果，才又跑回去。

似乎是對言丰之的行爲無話可說，祈洋抹把臉，最後作結地說，「言丰之，你他媽就是個瘋子。」

「特地跑回來救我的人也差不多吧。」言丰之彎彎嘴角。

祈洋嗤了一聲，「點燈人的責任就是保護你們普通人，要是某人不亂跑，我也用不著多花時間撈人。醫院的錢有人付，你到時直接出院就可以，要是發現什麼問題，或是想找人催眠忘了夜土的事……」

祈洋嘆口氣，還是說出來，

「就打我手機，號碼你那邊有吧。」

「有喔，畢竟我是小狗汪汪叫的責編嘛。」言丰之愉快地擺著手，沒點破祈洋曾說過不想浪費時間在找死的人身上——當然他可沒有找死的意思，頂多是漏算了意外。

「就說別再叫那個破名字了！」祈洋怒氣沖沖地走出病房，沒過一會又折回來。他撕下一張紙，在上面飛快寫下一串號碼，「姜星河的聯絡方式，你之後如果想找他的話。」

再放下一把糖果

「還你的檸檬糖。」

透明糖果袋裡裝著圓滾滾的深褐色糖果，言丰之想著不是咖啡糖就是可樂糖，愉快地拆了一顆扔進嘴巴裡。

下一秒就聽見祈洋說，「那是特製的苦茶糖，清涼退火，不會太苦。」

言丰之這人什麼都不怕，就怕苦，味覺上的苦，一點苦味對他來說都像要了他的命。

感受到苦味瀰漫整個口腔的瞬間，言丰之雙眼瞪大，表情扭曲，幾乎下一刻就要從病床上彈起，宛如一隻受驚炸毛的貓。

這還是祈洋頭一次瞧見言丰之變臉。

這人總是一副處變不驚的模樣，就連面對顯露真身的月級怪談也敢冒險直視。

誰能想到如今一顆根本算不上有多苦的糖果——祈洋肯定這真的不苦——居然能讓言丰之一臉崩潰。

教養讓言丰之沒把糖果吐出來，他神情痛苦地用最快速度咬碎糖果，一口吞下肚。殘留在嘴裡的苦味讓他整個人神情恍惚，彷彿經歷了一場慘無人道的酷刑。

他用眼神無聲控訴祈洋怎麼能背叛他的信賴，竟然拿那麼苦的糖給他！

祈洋費了好大一番工夫才沒在病房內暢快地笑出聲，這一幕真的太值得了。

他將苦茶糖帶走，這一次是真的離開了。

言丰之吐著舌頭，好像這樣就能驅散口中苦味，他瞥著祈洋留下的手機號碼，想了想，最後把它先夾進錢包裡。

距離事情過去一個多禮拜，言丰之的生活沒太大變化，身體也沒出現問題，那天吞下怪談遺骸彷彿只是吞了一枚再普通不過的糖果。

他繼續在雜誌社當他的編輯，老闆還是同樣摳門。楓香鬼屋的調查由於沒有實質證據證明那晚言丰之和老楊有到那地方去，說好的加班費被一筆勾銷。

言丰之不是沒想過再到楓香鬼屋敲個門，好藉此重新舉證，可惜連鬼屋本體都不在了。

那棟屹立豐州區多年的灰綠色洋樓在他們回外面不久就整個崩坍，成為一片殘垣瓦礫。

而老楊……

老楊和其他失蹤者的屍體在整頓楓香鬼屋殘骸時被發現，引起軒然大波，也讓警察焦頭爛額。

網路上更有眾多討論，有人說楓香鬼屋會吃人，有人說這些人都是被露娜小姐帶走。

有人說……有人說……

但這些都和言丰之沒有太大關係了。

螢幕下方的LINE亮起，言丰之點開一看，是李月吟組建的聊天群組跳通知。

李月吟、徐國春在事情結束後發來了好友申請，言丰之都加了。他們倆是要當點燈人的人，從他們那或許能打探到一些怪談的消息。

雖然有祈洋的聯絡方式，但言丰之懷疑這人不會對一介普通人透露什麼。

言丰之與李月吟他們不同，雖說接觸了怪談，卻沒覺醒任何力量，起碼到現在都沒有。

好歹他也是吃了怪談遺骸的人，難不成他胃的消化能力太好了？

言丰之疑惑幾秒便把這事拋諸腦後，沒覺醒就沒覺醒，這不能阻擋他想尋找怪談的心。

他哥的遺物爲什麼會出現在怪談的夜土裡？

還有那個神祕的男人又是誰？跟他哥、跟他腦子裡出現的聲音有什麼關聯？

言丰之一不留神，群組裡又被刷了一長串訊息。

主要是李月吟在說。

她消息靈通，說于小魚決定找人催眠，徹底忘記夜土的事。又說本來想拉姜星河和祈洋進群，但前者至今請假一週多，連課都換其他老師代課了，到現在還碰不到人，而後者……

李月吟是李小花：祈大佬的手機號碼根本要不到！

就算只用文字呈現，還是能感受到李月吟的哀怨。

言丰之想了想，移動滑鼠遊標，點開邀請，在跳出的一排好友裡找到一個叫「大海無量」，頭像也是一片海的人。

視窗裡立刻跳出「書中自有言如玉已邀請大海無量加入群組囉」的訊息。

李月吟是李小花：欸欸欸？小言哥，這個該不會是！

國境之春：祈大佬！！！！

大海無量：？？？

大海無量：？？？？？

大海無量：。

沒管情侶檔的震驚，也不管祈洋表達無言的標點符號，言丰之關掉聊天視窗，重新投入工作。

他一手按著滑鼠，一手放在鍵盤左邊，每將一章節的文字拖進整齊綠格子佔據的頁面裡，就按下shift鍵，好讓文字不會溢排。

螢幕盯得累了，就多看擺在旁邊的多肉植物幾眼。

從夜土帶回來的那個小盆栽，言丰之本想拿到辦公室放，但考慮到這是怪談交給自己的東西，雖然小綠苗可可愛愛，看起來無害，但要是突然出現什麼異變就麻煩了。

保險起見，言丰之最後選擇把它放在房間的窗台邊。

不同的聊天軟體時不時亮起，言丰之有時點開，有時擱著不管，等下班回家後再看。

發現有作者敲他，言丰之點開一看，對方丟了幾個連結上來，從縮圖可以看出是可愛動物的趣事。

既然都顯示已讀，言丰之發了個「貓貓愉悅」的表符當作回覆，接著又看到新連結。

這次沒縮圖，只有一串網址。

對方敲了一行字。

小言編輯、小言編輯，聽說你們要搞個怪談專欄，在跟人收集怪談。

言丰之想著這專欄還沒開始就先死了一個攝影師，老闆估計覺得不吉利，會不會做下去都還不知道。

他還沒回應，對方又發了一行字過來。

那你有聽過鬱金香大飯店十九樓嗎？

《爲怪談點燈 1》完

後記

不管是老朋友或新朋友，都感謝拿起這本書、看到這裡的你們。

接下來是後記時間～

請大家給我一點掌聲，磨了很久的新系列終於開坑了XD。

扣掉構思大綱跟第一集細綱的時間，真正開始寫稿，真的是花了很久的時間。

第一集大綱是寫了又打，打了又寫，寫了再打。

以上輪迴N遍，現在回想起來還是忍不住要覺得頭禿。

新系列是新的一個挑戰，想要寫詭異美麗的怪物兼玩命闖關，腦細胞燒了一堆，但有時還是會出現不自知的BUG。

這時就要感謝編輯大人，第一集的問題單發過來時，才發現自己漏了哪些細節。雖然看到那麼多的問題要一一處理時，瞬間感到一陣暈眩，頭髮感覺更加不保了。

然後下一集，又要再面對這個頭、禿、模、式。

希望我和編編的頭髮都永存。

新系列的書名叫作《爲怪談點燈》，簡稱「點燈」。

其實一開始只想到要有「怪談」兩字，但前後綴該加什麼，一時間眞找不到靈感。

直到某一天在店裡吃飯，聽到了吳克群的歌，〈爲你寫詩〉。

聽到在唱副歌，「爲你寫詩，爲你靜止，爲你做不可能的事」，一剎那眞的像醍醐灌頂XDD

我想到了！

於是書名就這麼出現了，就是大家現在看到的「爲怪談點燈」。

點燈的主角小言是個雜誌社編輯，因此跑去找了就是這職業的朋友，問了她許許多多的問題，讓小言的工作能更具體地表現出來。

感謝我親愛的雜誌編輯朋朋。

接下來碰到新疑問就可以再繼續煩她了（朋：欸

點燈能夠順利呈現在大家面前，眞的受到了很多幫忙。感謝編編、被我煩的親友們，畫出如此美麗圖畫的日々老師。

嗚嗚嗚小言造型眞的太可愛了～～～

以及，再一次感謝把書帶回家的你們。

希望你們會喜歡個性有點機車的小言和這個新故事（合掌）

醉琉璃

熱鬧感想區QR Code

歡迎大家上來分享心得唷！

■怪談名稱：露娜小姐的邀請函

■本體：林投姐

■等級：（偽）芒級／（真）月級

■怪談介紹：

只要在紅色月亮出現的時候去楓香鬼屋敲門，就有機會收到露娜小姐的邀請函……

收到的人，會被帶到另一個世界。

■怪談外觀：

戴著暗紅圓帽，穿著暗紅裙裝的美麗女人，膚色冷白、嘴唇紅艷。無數白色的手指交纏，如同披肩垂下，遠看似白色的翅膀垂落。裙襬如鮮血湧動，裙下是一雙雙手臂交握纏繞，猶如拖曳一條長長蛇尾。

怪談檔案

■怪談名稱：楓香鬼屋

■本體：糖果屋

■等級：（偽）芒級／（真）月級

■怪談介紹：

槐花市豐州區靜安路44號的廢棄洋樓，曾發生屋主殺害全家再自殺的命案。如今早已無人居住。

據說，會在夜晚亮起燈光，還會聞到奇異的甜香。

■怪談外觀：

綁著丸子、穿吊帶褲的小女生，下半身是融化的膨脹巨大黑影，深處有黃澄澄的眼球蠕動。無數細絲如植物從她周邊的影子裡長出，頂端是一顆又一顆的眼球，瞳孔位置長有環繞層層利齒的嘴巴。

為怪談點燈

下集預告

「小言編輯，

你有聽說過鬱金香大飯店十九樓嗎？」

告訴言丰之新怪談的作者失蹤了。
留下的訊息裡，提及自己在飯店不存在的十九樓。
爲了尋回失蹤作者，爲了不讓對方的專欄和人生一起天窗。
言丰之成功進入神祕樓層，但不僅碰上誤入的靈異主播團隊，
還收到，來自飯店的公告──

尊敬的房客您好，歡迎入住鬱金香大飯店。
以下是房客住宿須知，為維護飯店的品質和安全，
還請共同遵守。

……

感謝您選擇本飯店入住，為您服務是我們全體的榮幸。
希望你能成功離開一起死:)

《爲怪談點燈 2》敬請期待！

國家圖書館出版品預行編目資料

爲怪談點燈 1 / 醉琉璃 著.——初版. ——台北市：
魔豆文化出版：蓋亞文化發行，2025.09
面； 公分.（Fresh；FS242）
ISBN 978-626-7542-25-5（平裝）

863.57 114008607

fresh FS242

為怪談點燈 1

作　　者　醉琉璃
插　　畫　日々
封面設計　單宇
責任編輯　林珮緹
總 編 輯　黃致雲
發 行 人　陳常智
出 版 社　魔豆文化有限公司
發　　行　蓋亞文化有限公司
地址：台北市103承德路二段75巷35號1樓
電話：02-2558-5438　傳真：02-2558-5439
電子信箱：gaea@gaeabooks.com.tw
投稿信箱：editor@gaeabooks.com.tw
郵撥帳號 19769541　戶名：蓋亞文化有限公司
法律顧問　宇達經貿法律事務所
總 經 銷　聯合發行股份有限公司
地址：新北市新店區寶橋路二三五巷六弄六號二樓
電話：02-2917-8022　傳真：02-2915-6275
港澳地區　一代匯集
地址：九龍旺角塘尾道64號龍駒企業大廈10樓B&D室
電話：+852-2783-8102　傳真：+852-2396-0050
初版一刷　2025年 9 月
定　　價　新台幣 320 元
Published and printed in Taiwan

ISBN 978-626-7542-25-5

魔豆

魔豆